光文社文庫

或るエジプト十字架の謎

柄刀（つかとう）　一（はじめ）

光　文　社

An Egyptian Cross Mystery

Hajime Tsukato

或るエジプト十字架の謎

contents

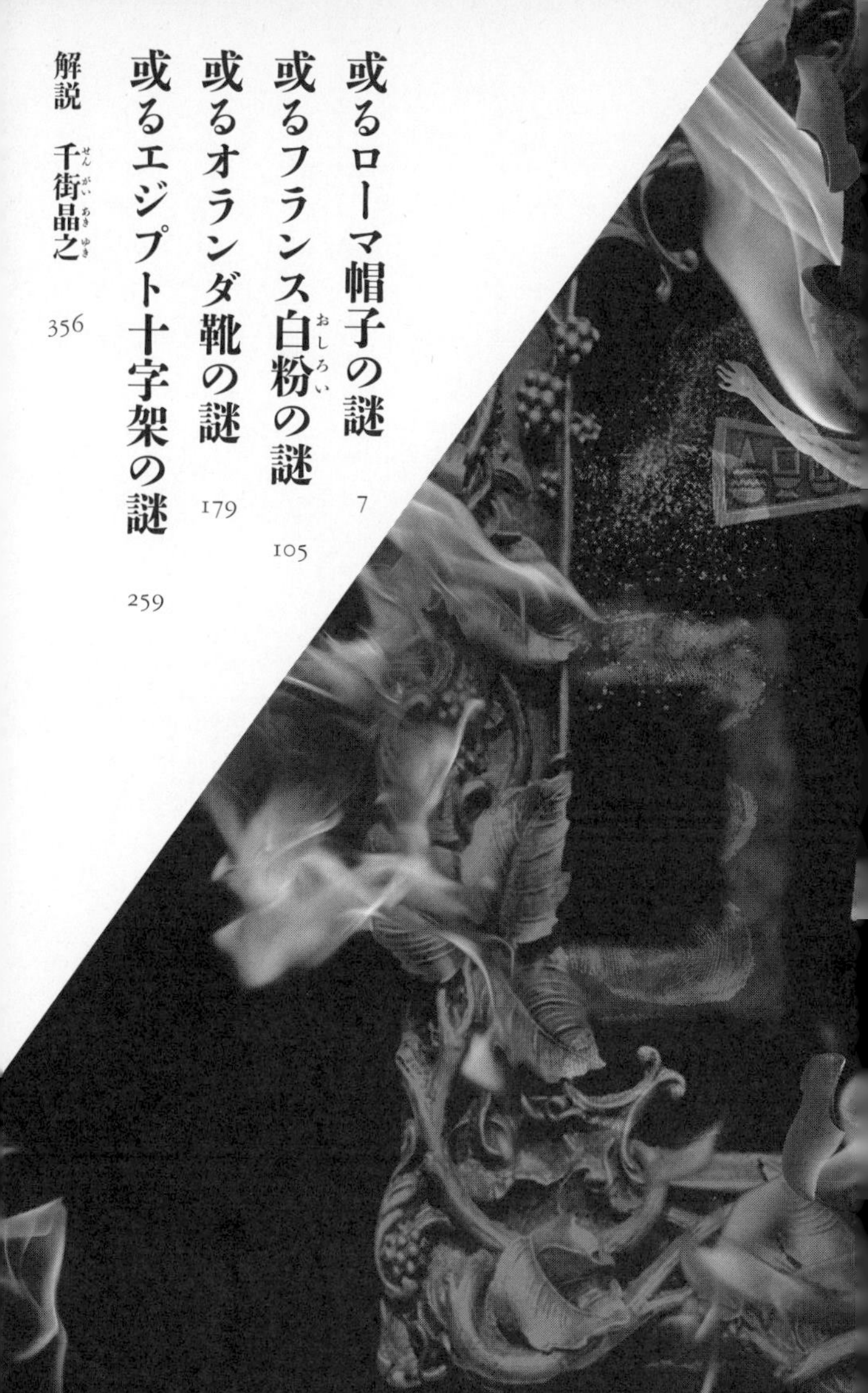

或るローマ帽子の謎

1

　帽子のつば(ブリム)がエリザベス・キッドリッジの視界を邪魔しているかもしれないと気づいた南美希風(みなみみきかぜ)は、

「これから犯人の姿が映るのですね？」

と言ったところで帽子を脱ぎ、前屈(まえかが)みになった自分の胸元に当てた。姿が記録されているのなら解決への道は単純そうだが、捜査陣には意気込んだ様子がなく、それが彼には不思議だった。防犯カメラのモノクロ画像の質が悪いのは見ていて判(わか)ったが、

「二人めがそうです。でも、映像が不鮮明すぎて人物特定の役には立ちそうもありませんよ」

と稲田(いなだ)刑事が残念そうに告げたことで事態がはっきりした。カメラや、このトランクルーム区域一帯の管理人の一人である谷中(やなか)は、皺(しわ)深い顔に複雑な表情を浮かべた。これも当然だろう。

モニターに出ているのは午後八時頃の映像で、右下の時刻表示によれば十九時五十九分である。真夏とはいえ、さすがに辺りはもう暗い。

中央で奥へとのびる道は、狭いもので、車は進入して来たとしても切り返せないに違いない。いかにもひっそりと薄暗い、人影すら乏しい場末的な空間が映し出されている。

メイン道路のどん詰まりにこの管理小屋が建ち、防犯カメラが正面に固定されて撮影をしている。そうした映像で、音声は記録されていない。

メイン道路の両側には、コンテナとよく似た外観の小さな建物が並んでいる。五つずつ十棟、それぞれ独立して、個室として貸し出されているものだ。

何十分も人の動きはなく、久々に映し出されたのがその男だった。徒歩である。当然ながら、街へと通じる奥からやって来て、向かって右側の並びの三棟めと四棟めの間で画面の右方向へと曲がった。

画像の粒子が粗く、照明は頼りなく、距離もあるため、映し出されているのはぼやっとしている人影にすぎなかった。性別が判る程度だ。男に間違いないだろう。しかし身長を十センチ単位で割り出すのも無理そうだ。特に太ってもやせてもいない男。服装は白っぽく、半袖だろう。紙袋なのか、大きな四角い袋を右手にさげている。サングラスを掛けているだろうか……。

その人物の姿がコンテナ型のトランクルームの陰に消えた時、次の人物の姿が不意に——

という印象で出現した。平均的な体形の男。この画面ではやはり顔も識別できない。前の男と同じく、年齢も、二十代から四十代と大雑把に見積もられる程度である。この暑さの中で黒っぽい長袖の上着を着ているが、フードもあり、どうやらヨットパーカーであるらしい。海岸線であるこの地区では、それも馴染む装いかもしれない。

しかしそうしたこと以上にすぐに目を引くのは、男の様子だった。身を潜める足運びで、第一の男が消えた方向に、窺うように首をのばす。

「挙動不審だな」

と声をあげたのは、この部屋の五人めの人物、権藤警部だった。恰幅がいいというよりはやや腹が出すぎの体形かもしれないが、りゅうとした背広が似合い、ふっくらとした顔に丸メガネという風貌には味がある。

「明らかに、前の男を尾けています」稲田刑事は背筋をのばして、上官の見解に応えた。

こっそりと後を尾けている。そのため、この男の姿は今まではっきりと捉えられていなかったのだ。身を隠すための盾になる物は多少はある。同じ外観の建物が並ぶため、号数表示板が左右交互に立っていたりするし、彼らの来た方向には大型のバイクも停まっている。これらを利用して身を隠して来たのだろう。

様子を窺っていた第二の男も、トランクルームの陰にスッと身を進めた。

両者は第四号トランクルームに入ったはずで、そこが殺害現場だった。

「確かにこの画質では、拡大しても、手掛かりになる顔は得られそうにないな」

丸メガネの縁を叩きながら、権藤警部は低く言う。

「はい。いかんともしがたいようで」

自分の責任であるかのように稲田刑事は恐縮するが、谷中は気にした様子もなく、

「では、早送りしますよ」

と、すでに経験済みなのだろう作業に移る。

高速で再生される画面の中でも、美希風は目に留めていた。八時十五分頃、奥に停まっていたバイクが走り去る。

無論、エリザベスも気づき、彼女は遠慮なく声に出した。

「今のオートバイ、ライダーは無関係だな?」

「それは間違いありません」

稲田刑事が答えると、気を利かせて谷中は画面をストップさせ、巻き戻した。

発車シーンで見て取れるのは、細身で長身の男がバイクに跨がるところだった。

「この方は、第五号のトランクルームを借りている野際という人ですよ、たぶん」

谷中が説明する。

「昼間に利用なさっているので、見知っています。夜も使う時があるんですねぇ。トランクルームでは、趣味の釣り道具を作っているみたいです。ルアーなどですね」

「この男がやって来たのは、問題の二人が来る五十分ほど前」とは、稲田刑事の説明だ。

「そしてこのとおり、二人と入れ違うように、十数分して手ぶらで離れて行く。事件との関連はまったく見いだせませんね。第四号から第五号のトランクルームまで、カメラに映らずに移動する方法もありません。屋根の上まで映っていますから」

「怪しい人じゃありませんよ」

日頃の印象を、谷中はそう語る。

谷中栄一郎（えいいちろう）は六十六歳。ここで貸し部屋業を続けている貸しビル業者の再雇用社員である。四ヶ月前に、本社の来客用駐車場の誘導員からこちらへと異動になった。この管理小屋には日中二人が詰めているが、この業務に関しては至って閑職である。問題が発生したり問い合わせ事項ができて訪ねて来るトランクルームの利用者はほとんどいないのだから。従って詰めている二人の本業といえるのは、本社から回されてくる表や文章の照らし合わせ作業などの補助的なものになる。谷中は有名な表作成ソフトも使いこなせるし、かつては社内広報課に属していた。

五時まで勤務して、防犯カメラを作動させると退所するのが日課である。翌朝、その映像を見直して問題がないかを確認するのだ。今日は土曜で休日であるから、無人の管理小屋で一日中防犯カメラが作動していたことになる。

今夜ここへやって来たのは、本社からイレギュラーな確認業務を指示されたからで、おかげで事件の第一発見者になってしまった。このようなドラマ同然の出来事に巻き込まれ、夜中まで足止めを食ったと知れば、老妻は心配しつつ呆れるだろうか、それとも、珍しがってはしゃぐであろうか……などとの思いも谷中は巡らせた。

「野際とはすでに連絡がついています」

稲田刑事がエリザベス・キッドリッジにそう説明を加えていた。

「認めています、この時間帯にこの貸し部屋に来ていたことを。事件のことはなにも知らないと驚いていましたし、怪しいことはなにも見聞きしていないとのことです」

「本当に無関係のシロならば、情報提供者にもならないということか」

奇妙なことに男言葉ばかりを使う外国人の女性を、谷中は横目で見あげた。

お台場にも東京ディズニーリゾートにも近いこの地域では、外国人の姿はよく見かけるほうだが、さすがに、堂々と捜査の現場に立ち会っているところなどは目にした覚えがない。

刑事にしては装いに高級感があり、不思議な存在だった。

不思議といえば、同行者らしい若い男も、とても刑事には見えない。

2

　エリザベス・キッドリッジは、アメリカ、ニュージャージー州在住の法医学者で、南美希風の心臓移植手術を成功させたロナルド・キッドリッジの娘になる。年齢は四十を超えたところで、美希風と同じく未婚。体格はよく、骨格のしっかりとした顔立ちは整っている。アッシュブロンドはセミロングにまとめられ、長いまつげや、通った鼻筋に女性美が漂うが、眼光や締まった口元からはキャリアを築きあげた人物の重みが窺えた。

　ここ数年、美希風は恩人ロナルドともほとんど連絡を取っていなかったが、姉の美貴子はエリザベスとなにかとメールの交換をしていたらしく、それを知った時はいささか驚いた。女同士で、世間話や時事ネタをわいわいと、もっぱら英語で楽しんでいたようだ。

　そのエリザベスが来日することになった大きなきっかけは、東京で行なわれる、警察庁が企画推進した世界法医学交流シンポジウムである。アメリカ代表に選ばれたエリザベスは、この際、長期休暇を取って、知人の多い日本を満喫していこうとのプランを立てた。美希風と対面した時、彼女は、彼の健康状態や服用している薬などを細かく尋ね、まるで父親の代理であるかのようであった。もちろん、父親の患者の一人として美希風のことを知り、術後経過も話題にして身内と交流をもっていたのだからそれも当然であったろう。今回彼女は、父親と旧知の者とも多く会っていく予定であるようだ。もう引退しているロナルドは、山小屋生活が気に入っているという。

七月の第二土曜である今日がシンポジウムの本会で、明日は各専門分野に分かれたグループセッションが行なわれる。そして本会終了後、今夜はレセプションが催されていた。エリザベスがややドレスアップしているのもそのためだ。〝ドレス〟といってもパンツスーツだが、紫色と紺色の中間の色合いには深みがあり、生地も良く、シックな装いと感じさせた。イヤリングと胸元のブローチは共にパール。一番華やかなデザインなのはシューズで、ゴールド調のベルトやラインストーンなどがきらびやかだ。

レセプション出席者は一人のゲストを招待でき、エリザベスが選んだのが美希風だった。そのため、彼も多少は身なりを整えている。薄紫色のグレンチェックのシャツに、帽子も――無論、会場でかぶっていたわけではないが――高級素材のパナマハットで、山形本体部分周辺の、茶色く渋いレザー製であるハットバンドには、専門家には判る最上級の結び目がある。

エリザベスに招待された美希風だが、彼は法医学になんの関係もなかった。本職はカメラマンだ。今も、持参しているバッグにはデジタル一眼レフカメラが入っている。居住地も、東京とは離れている札幌で、東京の出版社と打ち合わせに来ていた折に、エリザベスとのこうした付き合いを深めていた。もっとも、「そちらの撮影旅行のスケジュールに合わせるから、長期的なガイド役を務めてくれないか」と、来日前から話はきていた。こうした折、いい記念写真を撮ってもらえるだろうという彼女の思惑はほとんど隠されることがなかった。

エリザベスは美貴子を通して、美希風の日本での探偵的な活躍を何度か耳にしており、それが興味を引いた最初の理由であるらしかった。職業柄、エリザベスは美希風の、尋常ではない内容が多い体験を事細かに知りたがり、それが同行者として白羽の矢を立てたりレセプションのゲストにした理由の一つでもあったようだ。ただこれだけではなく、ゲストに選んだ理由はもう一つある。

今回のシンポジウムには、帯同検視プロジェクトという、画期的で珍しい、目玉企画があった。東京都内で検視事案が発生した場合、他国の〝検視官〟や法医学者も現場に出向き、日本での検視活動を実地で体験するという内容である。複数の検視官の臨場によって検視の精度も客観性も向上すると期待できるが、それ以上に、現場で交わされる生の声による、得がたい経験則や、人種的な差異、教科書には載らない勘のような判断力などを、国を超えて共有しようとする試みだった。犯罪のグローバル化が当然の時流であり、テロやサイバー犯罪に対処するための情報の迅速なる共有はどの国の警察組織にとっても目前の急務だった。留学的な捜査専科研修をさらに推し進め、各国捜査畑の連携を強めるためのパイプ役となっている国際刑事警察機構などと警察庁が連動し、警視庁にも協力を願って今回のプロジェクトは大々的に動いている。

世界法医学交流シンポジウムには発展途上国の検視官も参加しており、彼らが現場から得るものは相当に重要な価値を持つはずだった。

五つの枠を巡って抽選が行なわれ、一番に選ばれたのがエリザベス・キッドリッジだ。無論、今日明日中に検視該当事案が都内で発生しなければすべてがお流れであるが、タイミングがいいのか悪いのか、レセプションの最中に急報が入ったのだ。二番手以降に出番を譲ってレセプションを続けてもいいとのことだったが、エリザベスは迷うことなく出動を願い出た。そしてその際、南美希風も引っ張り出したという成り行きである。

場所は新木場駅の南。人工の運河で切り出された人工の島といえる地区である。人通りなどありそうもないそのエリアには、一見、コンテナが並んでいるようだったが、それらはレンタル契約されているトランクルームだった。ここまでの案内役は、殺害事件発生の報を受けてから赤坂のレセプション会場に駆けつけてくれた、警視庁捜査一課の権藤警部であった。この事件の検視官が彼である。三人は、運転手つきの覆面パトカーでここへとやって来た。

夜空に星は見えず、厚い黒雲が覆い隠しているのだろう。不意を突くように時々、頭上では突風が唸るが、がっちりとした建造物が周辺に多いせいか、彼らのいる地上では風を感じなかった。

押しかぶさるような蒸し暑さの中、所轄である湾岸署や警視庁捜査一課の刑事たちの人垣を抜け、三人は第四号トランクルームの前に立った。半ばあいているドアを押さえるようにして彼らを迎えたのは、権藤と同じ捜査一課の北（きた）警部補で、

「どうも、警部」

と挨拶する様（さま）には、気さくさと気の重たさが同居して表われていた。階級差を感じさせない親しみを見せて口角がわずかに緩（ゆる）んでいるが、すでに疲労感を滲（にじ）ませているような目元には、真剣さはもちろんだが、厄介事に難儀を感じているような色があった。

帯同検視プロジェクトのことは当然すでに伝わっているらしく、北刑事はエリザベスと美希風に向けて動かした視線を、

「アメリカの法医学者さんということですから……」と、エリザベスの上で留めた。「こちらがそうですね？」

第一印象をとても良くするだろうエレガントな微笑を浮かべたエリザベスが発した言葉は、

「お前の言うとおりだ」

で、北刑事をのけ反（ぞ）らせた。

「あっ、すまない」すぐに謝り、エリザベスは訂正する。「〝お前〟だけは使うな、言い換えろと、言われていたのだった。……〝君〟か〝あなた〟だな？」

エリザベスに頷（うなず）いておいて、美希風は北刑事に頭をさげた。

「申し訳ない。彼女に日本語を教えた者が、どういうわけか男言葉だけを伝授したようでし

て」

最初にこの話を聞いた時、美希風は首をひねった。丁寧言葉かどうかなどの違いに、長い間気づかないものだろうか、と。今のアメリカなら、日本語教室などの学習の場を度外視しても、日本語のテキストは無数にあるだろう。日本製のアニメで日本語を覚える者も多いという。楽曲にしろドラマにしろ、字幕スーパーで流されている作品も数多いはず。

それらを耳に入れた時、自分の言葉がどこか変だと気づかないだろうか……。

だが少し考えると、そうでもないかという気にもなった。

男性名詞や女性名詞といったヨーロッパ言語のような文法的な性別はなく、相手によって使い分ける体系立った尊敬語もない米国語だが、それよりもっと日常感覚に沿っていえば、教師であるネイティブな日本人が教えてくれているのだからまずそれを信じて疑わないだろうし、ドラマなどから聞こえてくる日本語には男言葉があるのだから、そこの正しさのほうを意識してしまうのも有り得ることだ。

同じ日本語でもどうだろう、地方言葉と標準語の間で似たようなことは起こらないか？

自分が使っている言葉は標準的なのとは違うらしいと知っている——察していても、実際に標準語だけの場所に投げ込まれて初めて、強い訛りがあるのだという事実に衝撃を受けるのではないだろうか。まったく通じず、間違っていると笑われ、そして修正もなかなかきかない。

エリザベスは、右も左も判らない外国語である日本語をゼロから学習し、急速に覚えてしまったために、かえって素直に間違いが定着してしまった。こんなことをした教師役はけっこう罪深いだろう。

エリザベスも、ブルーの瞳を凍らせて言う。

「こんなふざけたことをした男には償ってもらう。とても、ひどく。紀伊半島という所の〝スペイン岬〟にいるお前——そいつとは会える予定なので、その時が楽しみだ」

「どうするつもりです？」

笑いつつ、美希風は訊いた。

「こうだな」

と、エリザベスは、正面に向き合う架空の男の首筋を抱え込むと、破壊力充分と思える鋭い膝蹴りを何発も繰り出した。それはちょうど、架空の男の股間に見事に命中し続けており、目にした男たちの表情を一様に歪めさせた。

「お手柔らかに頼みますよ、キッドリッジさん」

苦笑でなだめる美希風は、彼女との初対面を思い出していた。挨拶の直後、すでに親密であるかのような雰囲気で彼女は手を差し出し、「ベスと呼べ」と微笑んだものだ。遠慮なくベスと呼ばせてもらう時もあるが、それはもちろん時と場所を選んでのことだ。彼女はもっぱら、美希風くん、と呼ぶ。勉強したいので、英語は極力使わず、遠慮なく日本語で通してくれと要請されている。

表情を整えた北刑事の目が美希風の上で留まった。

「それで、こちらは？」

「日本での、わたしのオブザーバーだ」

すかさずエリザベスが返していたが、甚だ曖昧にして不正確な情報だ。

さらに彼女は、室内を覗き込んでこう続けた。

「それに見たところ、多くの帽子が関係していそうな現場ではないか。ご覧のとおり……」

と、エリザベスは美希風の頭の上を指差した。「この男は帽子に関してはここの誰よりも造詣が深いだろう。役立つと思うが」

美希風はブリムをつまんでそっと帽子を持ちあげると、

「こちらはエリザベス・キッドリッジさん。私は南美希風と申します」と、名乗りをあげておいた。

戸枠と北刑事の体の隙間から部屋の奥が見えている。壁にある棚には、様々な種類の帽子が並んでいた。

「ラマラルゴの帽子でしょうか？」と、美希風は北刑事に告げた。

「ほう、判りますか？」

「有名なデザインのフェルトハットがありますし、カタログも見えています。ローマの高級ブランドですよ」

　何事か思案しようとした様子の北刑事に、

「南さんは公的にも臨場できる立場だから、問題ないさ」

　と落ち着いた声で請け合ったのは権藤警部である。

「この方は、北海道警察の、民間から登用された特別捜査官だ。私とは、若い頃合同捜査をして以来昵懇（じっこん）の、道警捜査一課の霧岡（きりおか）警部の肝いりでね」

　美希風は警察組織の一員ではない。権藤は明言したが、特別捜査官という肩書きも、形を整えるために苦心をした便宜（べんぎ）的な呼称に近い。形式としては民間委託を受けているようなもので、呼び出されれば出向くという役回りだった。特別捜査官とは、サイバー犯罪や化学的テロなどに即応するための専門知識を有する人材が採用されるものだが、美希風はなんの専門職なのかというと、これも特殊というか、極めて風変わりなものだった。一応、物理的に体系立った犯罪現場に対する解決能力を有する者、と名付けられている。まあ端的にいえば、密室状況など、不可能事犯を相手にした時に手際を発揮してほしいと期待されているわけだ。そのような事件の時だけ協力を要請されるが、それは年に数度もあることではない。

　この現場も、その手の謎はなさそうだった。

　しかし、この特例的な〝特別捜査官扱い〟という美希風の立場が、今回のレセプションにエリザベスが彼を招いたもう一つの理由であった。捜査畑における美希風のその臨時的な役割には、法医学や検視現場の知識があってもいいだろうとの判断だ。レセプションでの会話であっても、最先端の知見に触れられるかもしれず、もしかすると思いがけない人脈を得ることもできるかもしれない。そうした意味もあって、彼女は美希風をこうして現場にも引っ張り出している。

一種の親心かもしれないが、親心というのは多かれ少なかれ、くすぐったい迷惑感を懐かせるものだ。美希風は犯罪現場に近付くことなど避けたいし、それに慣れたいとも思わない。まして殺人現場など――。

謎があるならば、それと相対したいとの欲求が脳髄に生まれるだけだ。

――それにしても……。

年上の女性が世話を焼きたがる傾向が自分にはないだろうか、と、美希風はふと意識した。姉といい、このエリザベス・キッドリッジといい、何人か思い浮かぶ顔がある。気のせい気のせい、と、そう思いたいところだが……。

変にいじられやすいタイプではないよな、と自己分析している美希風の横で、

「推理力も侮れんそうでね」権藤警部がさらなる押しを加えている。「多くの事件の解決に寄与されているそうだ。君とは、〝北〟と〝南〟で、いいコンビ名になるしな」

「コンビ名はともかく……」北刑事は苦笑する。「南さんも立ち会うことに異論はありません。基本的にはです」警部補の顔に、重い困惑の色が浮かんでくる。「プロジェクトへの協

力も呑み込んでいます。ただ、この事件だけはどうでしょうか、警部。……コカインがらみなんですよ」

丸メガネの奥の権藤警部の両目が、鋼線のように細められた。

「陰に、あの対象組織がいるのか？」

「まず間違いないかと」

しかしここで、幾分重苦しくなっていた権藤警部の表情が緩んだ。

「だからこそ、この人たちの目は必要なのかもしれない」

「え？」

「上のほうに訊いてみろ。安心できる指針が得られるさ」

わずかな間をあけてから頷いた北刑事は、振り返って現場室内に視線を走らせた。それからまた三人に向き直る。

「まだ鑑識さんが動いているので我々も入れません。問い合わせる時間もありますし、警部たちは先に、防犯カメラの映像を確認して来てはいかがです？」

……という提案を受けて、美希風たち三人は、所轄署の稲田刑事の案内で管理小屋へ向かったのだ。

野際という男がバイクで立ち去ってから、防犯カメラの映像はまた早送りされた。

次に通常の再生速度に戻ったのは、二十一時一分で、奥——駅方面から一人の男がやって来る。今から二時間ほど前の映像だ。

「私ですワ」

咳払いしながら谷中栄一郎が言った。

変わらずに粒子の粗い人影だが、ぶらぶらと近付いて来るに従い、谷中当人だな、ということが判る。

3

稲田たち初動の刑事にはすでに話してあったが、新たな三人に、時間外にここへ呼ばれた理由を谷中は説明した。花火が原因だ。海岸エリアで男性アイドルグループのイベントが行なわれており、打ちあげ花火も夜空を彩った。しかし、上空の西風が強すぎた。花火の火の粉が想定外に遠くまで流れ、観客席に飛び込んで悲鳴をあげさせ、駐車場や走行中の車にも被害が出そうだった。この騒ぎを知った本社が、レンタルルーム区域など管理地域に問題が発生していないか見回れ、と指示してきたのだ。

近くに住んでいると重宝（ちょうほう）に使われすぎると、谷中は内心ぼやいたが、手当は出るというし、確かに、火事など発生したら大問題だ。

「ほら、出て来ますよ」

稲田刑事が注意を促す。

谷中が画面から姿を消して四分。時刻表示は二十一時六分。

美希風とエリザベスは揃(そろ)って、画面に顔を近付けた。

第三号と第四号のトランクルームが並ぶ画面の右側、そちらの通り道から、ヨットパーカーを着た男がスッと姿を現わした。今度は前を閉じ、フードをかぶっている。首をのばして、素早く左右を窺う。そして、顔を背(そむ)けるようにして背を丸めると、奥へとのびるメイン道路を足早に進んで闇に溶け込んだ。

「今のシーンの時、管理小屋に入っていた私は、画面に人の動きが見えたので目をやったのですよ」

と谷中は言う。

「動きが、やはりどこか怪しげでしょう？　それで気になって、見に行ったのです。……普通でしたらそこまでしたかどうか判りません。でも今夜は、問題がないか見て回れとの業務内容でしたから、それが意識にあって行動したのだと思います」

「すぐに、あそこに並ぶトランクルームへと向かったのですね？」と、美希風。

「ええ。第三号と第四号に挟まれた通路です。前を通り抜けて来た時、通路に異常はありませんでしたから、なにかあるとすればトランクルーム内のはずでした。といって、第三号は、しばらく空きのままなのですけどね」

「二人の人物があの通路に入って行ったわけですが、どちらかが第四号トランクルームの利用者だと判別できますか？」美希風は重ねて訊いた。

「それがねえ……」谷中は頭を掻く。「もともと、あの部屋の利用者とは面識がありませんで。半数以上がそうなのですが、その方ももっぱら、夜に利用されているようですね。前任者でしたら、契約時に顔を合わせているはずですが……」

「契約したのはいつなのです？」

「去年の九月ですね」

何ヶ月も前に一、二度顔を合わせた程度では、この不鮮明な映像を見てもその人物と特定はできないだろう。そもそも被害者の身元が判明しているのかどうか、美希風は稲田刑事に尋ねてみる。

「残念ながら不明です。所持品がなにもない。ただ、鑑識さんの話では、指紋などからして被害者が部屋の借主であるのは確かなようです」

稲田刑事はそこからは、権藤警部への報告であるかのように体を向けた。

「ここの端末から契約時の記載事項を呼び出してもらい、調べてあります。白井哉久の個人名で借りられていますが——」

「白井哉久か」警部には心当たりがある様子だ。

「ええ、例の白井です。電話には誰も出ませんし、住所も、マップ検索によると実在するものではありませんでした。すべて架空でしょうね」

「そうだろうな。顔写真も当然ないわけだ」

「はい。服装を手掛かりに緊急配備をかけましたが、もう都会に紛れ込んでいるでしょう」

画面には、メイン道路を進む谷中栄一郎の後ろ姿が映っている。右手には懐中電灯を握っているようだ。問題の、右手側の通路へと慎重に歩を運ぶ。

「念のために、鍵を持って行って第三号のドアをあけてみました」当の谷中が、自然と解説を担(にな)う。「合鍵を作ったりなどして不正利用している者たちがいるのかもしれないと思いましたので。でも、中は空(から)っぽで、なんの異常もありませんでした。それで、向かい合っている第四号トランクルームの呼び鈴を押したのです。二、三度鳴らし、ドアレバーを握ると回ったので、声をかけながらあけました」

「あいてしまったのだな」言った後、エリザベスは注釈を加えた。「いや、今のは、オープンとクローズの意味ではなく、ありがたくないことに……というか、望んでもいないのに起こってしまったという意味だがね」

「はい、判ります」谷中は真面目な目の色——というよりも、その時の現場の様子が脳内に甦(よみがえ)って神妙になった様子だ。「内部が見えると、一目で、大変な惨劇が起きたと判りました」

　しばらくして画面に映った谷中の姿は、まさに、腰も抜かさんばかりになりながら惨状から慌(あわ)てて逃げ帰って来る男のものだった。

「こうした様子を表わす言葉はあるかね？」

　エリザベスが訊き、美希風が答えた。

「こけつまろびつ、ですかね」

　それをエリザベスが口の中で反芻(はんすう)している間、画面は早送りされたが、パトカーが到着するまで変化はなにも起こらなかった。


　美希風たちと入れ違いになった鑑識の技官が、防犯カメラの映像をコピーする手はずである。

　美希風たち四人は管理小屋を離れて、現場の第四号トランクルームへ戻るところだった。南側である背後は海に面していて高い塀で囲まれ、管理小屋の一画だけが凸(とつ)形に海へと張り出している。トランクルームエリアは左右対称で、第一号と第六号が南の塀に背を接している。トランクルームはどれも左右に細長く、中央に一つ、出入り口がある。窓はない。

　第一号のドアは北を向き、幅四メートルほどの通路を挟んで第二号のドアと向き合っている。第二号と背を接して第三号があり、向かい合って現場の第四号トランクルームがあった。

歩きながら稲田刑事が語ったところでは、借主の半数が仕事場として利用しており、残りが、書庫も含めて趣味の部屋として活用しているようだということだった。第四号は、帽子集めを趣味にしている者が、コレクションルームとして使っている……と見受けられるらしい。ここの利用者専用の駐車場はなく、近くに路上駐車している車も見当たらないという。

制服警官が立っている角を右に曲がると、鑑識や私服に囲まれた現場入口はすぐだった。三段のステップに続き、鉄製のドアがある。

「ご覧になって来られましたか、警部」あいているドアから、北刑事が顔を出す。「あれでは手配もかけられませんけどね」

「そうだが、被害者と容疑者が行動した時刻がはっきりしたのは朗報だ。で、どうだね？　管理官たちは、キッドリッジさんたちの臨場をむしろ諒としたのではないかな？」

「おっしゃるとおり」

事情をお知らせしましょうという目配せを美希風とエリザベスに送った北刑事は、ステップの脇から通路の奥へと皆を誘い、声を潜めた。

「実は、我々警視庁の組織犯罪対策第五課の薬物捜査係を中心に、ある大規模な麻薬密売組織を洗い出しているところなのです。私ども捜査一課も、そして麻薬取締部も協力態勢を敷いています。そろそろ組織の全体像に迫れそうなのですが、ここへきて、芳しくない情報も聞こえてきたのです」

言い淀んだ後、北刑事は、思い切った調子で一言発した。

「警察内部に、組織と通じている者がいるということでして……」

「スパイといっていい」権藤警部がそう付け加えたのは、エリザベスに正確な意味を伝える意図もあったかもしれない。「所轄ではなく捜査一課内にいる、という話です。それも、複数。……確かに、作戦の内容が事前に漏れていたとしか思えない失態も起こりましてね」

「この、裏切り者がいるという情報（ネタ）は残念ながらガセではないらしいと上層部は判断し、警察内部の捜査も断行しようとし始めているところです」

苦々しげな北刑事に美希風は尋ねた。

「内部調査の対象となる容疑者はいる、ということですか？」

「私の耳にはそこまでは聞こえてきていません」

そう応じた北刑事に目線で問われた権藤警部が、次に口をひらく。

「私も聞いていない。トップ周辺が極秘で目星をつけているのかもしれないが、伝わってきている計画は、不特定の刑事を順次当たり、強権的であっても身辺調査をしてみる、というものだ。金の出入りを調べたり、不審な通信内容がないかなどを洗う」

「お恥ずかしい話だが、情けないという以上に、深刻で予断を許さない事態と言わざるを得ません」

「キッドリッジさん。南さん」

権藤警部は二人をしっかりと見据え、

「本来、司法組織内のこのような腐敗や落ち度は部外者には当然漏らしたくないものだとご理解いただけると思います。しかし残念ながら――まったく無念だが、仲間を無条件に信じ切ることで、今まで積みあげた捜査が無に帰すようなこともあってはならない。互いに目を光らせるべき現状です」

彼が美希風たちを見る目は、むしろ静かなほどだった。

「そこで、あなたたちだ。この現場も、コカイン密売組織がからんでいるようですから、向こうの息のかかっている者がここにいるのであれば、捜査を左右されかねない。我々全員が犯罪者側であるなら、事件そのものが都合よく歪められる」

「身の安全のためにも、そうでないことを望むな」

真面目な顔でエリザベスが口にし、権藤警部は重く微苦笑してみせる。

「全員――ではないことは、私は承知していますからご安心ください。心情的に言えば、無論、麻薬組織に加担する者などここにはいないでしょう。それでも外部の目があったほうがいい。客観的な証言者です。あなたたちが捜査を査察する目であれば、後の内部調査でも、疑うべき観点をかなり省くことができる」

瞬く間に、ずいぶんと大きな役割を背負わされることになったな、と思うと美希風はやや気が重く、帽子を少し目深にした。レセプションのゲストから、法医学者の現場でのサポート役、そこから、捜査チームの監査的なお目付役に、とは。

しかし、内通者がいなければ、法医学者の現場でのサポート役で済むことになる。

滅多なことで、そんな輩(やから)は紛れ込んでいないだろうと、美希風は思うことにする。

「その役割の場合」と、エリザベスが言っていた。「公になるまでは、警察内部にスパイがいるということは絶対に口にしないことも要求されるわけだな」

権藤と北の両刑事は、頷くまでもないという態度を示す。

エリザベスはここで、美希風のほうに首を回して質問をした。

「こうした時に使える、門外不出(もんがいふしゅつ)に似た言葉がなかったか？」

「ああ、口外無用ですね。口の外に出すな、です」

「むよう……。むようというのも、意味が幾種類かあるようでむずかしい。天地無用というのもあるな？　これは、天地が必要ないということではないな？　口外無用に近いようだが……」

彼女がこうしたことを尋ね、唸ったりしている間に、深刻にもなっていた場の空気がほぐれていた。

権藤警部がドアのほうに足を向ける。

「では、現場を検証しましょうか」

もちろん美希風も現場に足を踏み入れたが、彼は三十秒ほどで外へと回れ右をした。それでもその間に、トランクルーム室内はざっと観察できたつもりである。

左右に長く、十メートル近くあるだろうか。入ってすぐ左手にはそれほど大きくはない衝立。右側の壁には陳列棚があり、帽子が幾つも載っている。正面の右側にも、小ぶりの置物台があって、その前の床にはスタンドタイプの帽子掛けも立っている。壁の左側には姿見。ほぼ中央に置かれている机の上には帽子関連雑誌が多数並んでいる。

遺体は、右側の壁の陳列棚と机の間に倒れていた。一番広く床が見えている場所である。体の右側を床につけ、頭部を出入り口側へ向けている。年齢は四十代後半かと思われる男であった。頭を何度か殴られたらしく、無残極まりない。血しぶきが辺りにかなり散っており、流血の惨状だった。

発見者の谷中が一目で、男の死を確信し、警察を呼び寄せたくなったのは当然といえた。

美希風も一目以上見る気にはならず、さらに耐えがたいのは臭いだった。この暑気の中、空気のこもっている室内には血の臭いが充満している。気持ちが悪くなりそうで、美希風は早々に退散したのである。

外気で深呼吸をし、邪魔にならないようにステップの端のほうに腰をおろした。

「メンソール系のクリームが必要だったか」

肩をすくめるようにしてエリザベスが言うが、情けなさを感じているわけではなさそうで、仕方ないなあと苦笑する、それはほとんどおどけだった。メンソール系云々は、腐敗臭などが強い現場で鼻の下に塗るクリームのことであろう。

美希風がチラリと振り返って見ると、顔色も変えない彼女のほうは、フォーマルな装いにもまったく頓着せず、ブランドもののバッグを軽く抱え込みながら遺体の正面で身を屈めていた。本来の検視官である権藤警部も、遺体の全身を観察してから同じようにした。

一見すると帽子のコレクションルームでしかない室内の様子を頭で再生し、美希風は、戸口のすぐ室内側に立っている稲田刑事に訊いてみた。

「ここが、コカインとどう関係するのですか？」

「そうですねえ……」彼は頭の中を整理した様子だ。「ここを突き止めた――といいますか、リストアップできた最初のきっかけは、マトリのGメンが入手した情報です」

エリザベス用に、用語や略称の説明がここで入った。麻薬取締官の略称であるマトリ。厚生労働省に属している。GメンはGovernment Manの複数形であるとしてエリザベスにも理解しやすいが、日本では〝連邦捜査官〟であることは意味しないとも伝えられた。

「これはかなり以前のことになりますが」と、稲田刑事の話は進む。「マトリから薬物捜査係へ、コカイン密輸ルートの一つに、ラマラルゴの商品が関係しているらしいと連絡が入ったのです」

「それは考えられないでしょう」美希風は思わず口に出した。「ラマラルゴは有名な大手とはいえませんが、歴史あるブランドですよ」

「当初、それと同様の見解が大勢でしたが、無視もできませんので、三度ほど、ラマラルゴの帽子を空港で集中的にチェックしました。もちろん、麻薬探知犬も使って。しかし成果はゼロ。優良な業者にふさわしい、健全な輸入品でした。ですが、そのうち判明したのです」

――なにが？

美希風は、期待と不安で先を待つ。

「ラマラルゴに関連する輸入品が問題だったのですよ。帽子掛けです。これは、ラマラルゴの姉妹会社の下請けが扱っています。ラマラルゴは、運営には直接タッチしていません。商いの義理で、何年か前に抱き合わせ広告を許可したという程度のつながりです。この金属加工業者が生産して扱う軽金属製の帽子掛けは、平均すると月に二度、東京湾で陸揚げされます。この製品内部にコカインが隠されていたのです、毎回ではないようですが。効率化のために、コンテナ丸ごと検査できる大型エックス線検査装置が港湾の税関にはありますが、これでは発見し切れずにいたものです。選別して精査した結果、税関職員が発見。薬物捜査係が動きました。四日前のことです」

「その捜査結果から、リストアップが始まったのですね？」

「そうです。国内での受け取り業者側の大方は散り散りに逃走しましたが、二名の身柄は確保されました」

いち早く散り散りに逃げられたというのも、内部通報者が暗躍した結果なのかもしれないと、美希風は想像した。

「勾留して三日になりますが、この二名、知らぬ存ぜぬで口を割りません。ただ、並行した捜査で、この業者――〝ホームメイク商会〟という名ですが、ここで麻薬を取り出して売買しているわけではないことは突き止められました。麻薬仕込みの帽子掛けを、その偽装のまま買い手に渡しているのです。それでここからは、問題の形式の帽子掛けの流通先、定期的に購入している者を洗い出しました。十数の会社や個人がおり……」

稲田刑事はスマホを操作していた。

こうした会話の間にも検視は進んでいて、エリザベスや権藤警部の声が聞こえてきている。死亡推定時刻に関するものや、一撃で死亡していたはずだ、などといった内容だ。

「こうしたリストになりまして……」

スマホの画面を美希風の前に差し出してくれながら、稲田刑事は、

「それぞれ入手しているのが、加工されていない真っ当な製品であることなどを確認して無関係な者を除き、残りはこの三つに絞られたところだったのです」

最終的なリストには、個人購入者として白井哉久の名があった。権藤警部が先ほど、この名に心当たりがある様子を見せたのも当然だ。

そして美希風は、ちょっとした閃きを口に出した。

「この表記でしたら、裏の意味のある偽名を作ったと見なせますね」

「は？」

「シロイヤク、と読めるでしょう？　白い薬、です」

「……なるほど」

他の刑事たちの耳もこれは拾ったようで、北刑事の、

「なかなか味な真似をしてくれる奴らのようでしてね」という口調は、忌々しげだった。

「ここは、警視庁の第七方面本部のお膝元でもあるのですよ」彼の説明によると、この人工島を東に渡ると第七方面本部の庁舎があるらしい。「嘗めた真似をしてくれます」

内偵段階でこのトランクルームが浮かんだとしても、まさかとの思いがあり、捜査順位が後回しになったり傾注力が弱まったりしたかもしれない。だとしたら、盲点を突く〝嘗めた真似〟計画である。会社名も、ハウスメイクではなく、ホームとしてあってふざけている。麻薬は、家庭も自身の人生も破壊するだけの絶対的な害毒だ。不快感がじわじわと醸成され、それは美希風にとって怒りとも感じられてきた。

刑事たちもその思いで現場に臨んでいるだろう。

「この白井という男には連絡がつきませんでした」稲田刑事は抑えた口調で話を続ける。「帳簿上は現金で取引をしていて、出揃っている情報はでたらめで身元もたどれない。そう苦慮しているところへ、この事件発生の知らせです」

「現場はトランクルームで、借主の名が白井哉久だ、と」

「はい。この密売組織がらみでは傷害事件も発生していますから、我々も包囲網の一端に加わっていたわけですが、ここの件では我々殺人の捜査班が主役です。駆けつけてみると、〝ホームメイク商会〟の帽子掛けがあったというわけです」

美希風はかなり体をひねって室内に目を向けた。

二種類、三基の帽子掛けがあるのは、向かって右奥の角である。右手の壁には、棚板がガラスである三段の陳列棚。そのすぐそば、正面の壁の右端に、サイドボード調で上部が三段の棚になっている置物台が設置されている。その前方に、同じ種類の二基の帽子掛けが立っていた。左右に二対の枝をのばしている形状だ。艶消しの黒の金属製。左の帽子掛けの四本の枝は帽子ですべて埋まり、右側のには三つの帽子が掛かっている。

正式には帽子掛けといえるかどうか不明だが、もう一基、別のタイプの帽子置きがあった。置物台の一番上の棚にあるそれは、人間の頭部を模したものである。これも艶消しの黒い金属製で、つるっと玉子のように丸い頭部にチロリアンハットが載っている。

「二種類どちらにも麻薬が隠されていたのですか？」

姿勢を戻しつつ、美希風は稲田刑事の顔を見あげた。

「そうです。頭の形をした物では、その頭部部分に。床置きタイプでは、土台部分に空洞があります。加工していない正規品より、それぞれ数百グラムから一キロ近く軽量で、それが空洞部分ということです」

「その重さ分の麻薬が隠されていたと推定できるのですね。痕跡はありましたか？」

「物証はありませんでした。それで、麻薬探知犬の出動を要請したのです。彼らの嗅覚が、ブツがあったことを立証してくれますよ。――小椋さん、麻薬探知犬はいつ頃来そうですか？」

声をかけられた小椋という男は恐らく所轄の刑事だろうが、体格がいい割には目鼻立ちが小さくまとまっており、半ば伏せられているような目からは表情が読みにくい。

「それが、来そうもないな」

「えっ、そうですか」稲田刑事は驚く。

「彼ら――犬たちは、昼間の任務だけに集中させているんだそうだ。彼らにとって麻薬探知は、ご褒美目当てのゲームだそうだが、とにかく集中力はいる。それで、〝任務〟が終わった後は完全にスイッチを切り替えてオフモードにする。けっこう疲れてるんだそうだぜ。だからしっかり休ませないと健康も害するんだとさ」

「それで、夜間の出動には応じられない、と？」

「検討するとは言ってたがな。……しかし、コカインの粉末も、麻薬売買の拠点らしい痕跡も見つからない。犬たちに期待したいところだったが……」

愚痴のように言って、小椋刑事は室内を見回した。

美希風は、控えめな声で、稲田刑事に言ってみる。

「どう見ても帽子コレクターの部屋ですが、カムフラージュにしては見事ですね」

「偽装には力を入れたと思いますよ。管理人の谷中さんによると、去年の暮れ、防犯上の規約を新しくしたそうなんです。防犯カメラを設置したのもその時なんだそうですよ」

電話を使って振り込ませる特殊詐欺の増加によって簡易賃貸オフィスなどへの業界や警察の目が厳しくなったのを受けて、ここの本社が率先してセキュリティー上の規約を更新したのだという。年に一、二度、立ち入って内部を見回らせてもらうというものだ。違法性はないか、有害物質発生や失火の危険はないかなどを確認させてもらうという趣旨だ。室内に消火器を置くことも義務づけられた。これは、本社内部に防災機器販売部門があることとも関係するのだろう。

プライバシーの完全なる保護を求める利用者は頷けないであろうが、この規約改定によってレンタル契約を解除した者はいないらしい。

「抜き打ちで立ち入るのですか?」まさかな、と思いつつ、美希風は確かめた。

「そこまでの強制力の発動は、いろいろな意味で無理ですよ。まず、借主がいつならいるかを確認し、『では、明日のその時刻に』とお願いするわけです」

「まあ、そうでしょうね。いずれにしろ、いつ検査が入ってもいいように、コレクションルームとしての体裁を整えておかなければならない。まあそうでなくても、警察に踏み込まれた時に、一発で麻薬の販売拠点や処理場だと暴かれては芸がない。露見を免れるための偽装をしておくのはある意味当然だ」

「ですよね。最低限の手は施すでしょう」

「白井と名乗る男がこの部屋を借りたのが去年の九月。防犯カメラの設置が年末。……その時に、組織側は多少の探りは入れたと思うけれど……」

「まず、あったはずです。これも谷中さんに聞きましたが、部屋の借主たちが稀に、管理小屋を訪れるそうです。確認事項を訊きに来たり、簡単な依頼があったり、時にはお裾分けを持って来てくれたり、と。白井か密輸の関係者がこうした口実を作って管理小屋に足を運び、夜間の防犯カメラ映像の具合をチェックしたのではないですかね」

「そして、この粗い映像であれば素性をつかまれる手掛かりにもならないと判断した。それで契約を続けることにした」

「谷中さんが管理人になったのはこの春ですから、白井側がチェックに動いたのは谷中さんの前任者の時でしょう。すでに退職しているこの前任者の連絡先を確かめるのは、明日になってからですね」

周辺事情がおおよそつかめたところで、美希風の耳は、権藤警部と話していた北刑事の、「謎」という言葉を拾っていた。

「ええ。どうにも発見できないのです。ここになにがあったのかが不明です」

美希風は腰をあげ、現場室内へ振り返った。

5

白い布で覆われる前の遺体を、南美希風は努めて冷静に観察しておいた。

五十手前ほどの年齢の男。顔は四角くいかついが、やや、やせ型。左半身を上にして横たわっている。白い長袖Tシャツの袖がまくられ、そこから覗く腕は引き締まっていて多少陽に焼けていた。肘の上辺りには名刺サイズほどの瘢痕があり、入れ墨を消したのかと思わせる。結婚指輪をしていた。両目は閉じていて、苦悶の表情はほとんど見られず、それがわずかな救いだった。顔の近くには、サングラスが転がっていた。頭部は陥没が見られるほど無残に何度も殴られ、凝固しかかっている血液はペンキのようで、頭髪はごわごわ。飛び散った血は肩口や背中の一部を汚している。血液の飛沫がもっと顕著なのは床で、カーペットのかなりの面積が血痕で覆われていた。

クーラーと換気扇の効果が表われ始めているのか、血の臭いにむせ返るようなことはなくなっていた。ちなみに、谷中栄一郎が発見した時、この部屋は電気が消えて真っ暗で、無論、クーラーも換気扇も止まっていたという。

なにかが未発見だという謎について尋ねようと思った美希風だが、情報提供とばかりにエリザベス・キッドリッジのほうが先に口を切った。

「この男が麻薬中毒者という外的兆候はない。死亡推定時刻は二十時から二十一時の間で、カメラ映像と矛盾はなし。権藤警部との共通見解だ」

「そうですか。死因も、見たままですね？」

「まず間違いない。右側の額の上、ここへの一撃で死んでいたろう。陥没骨折している。意識は瞬時になくなり、やがて呼吸も止まる」

「凶器はあれですよ」

北刑事が軽く指差したのは、部屋の隅に転がっている消火器だった。防災用品として常備するように義務づけられた品で命を奪われたとは、皮肉がすぎる。

「一撃めがそうだったとして……」美希風は疑問を口にした。「それならなぜ、現場はこれほどの、流血の惨状になっているのですか？　ほぼ即死していることに気づかずに、殴り続けたのでしょうが、それにしても──」

「そうではない」

エリザベスの言葉は意外だった。

「この男が死んでいることは、犯人は承知していたはずだ。多少の時間をあけてから、犯人は二度め以降の殴打を加えている。死後だな」

これには、権藤警部が頷いて付言する。

「続けざまに二度め以降が加えられたのなら、もっと凄惨な現場になっていただろう。血痕の様子は、噴き出す血の勢いが明らかに違ったはずだ。心臓は完全には停止しておらず、噴き出す血の勢いが明らかに違ったはずだ」


「――甦るのを恐れるかのようにですか？」

そうした表現を使った美希風に、

「恐れ、ではあるだろう」と言ってからエリザベスは頷いた。「過剰に暴力を加えてしまうのは、恐れや怯えによるものが理由の一つだ。息を吹き返されることへの恐れ。自分の行為への、ショックを伴う怯え。もう一種類は怨恨だな。恐れと怨恨。大別するとこの二つであることは、日本でも変わらない認識なのですな、権藤警部？」

「特殊なケースを除けばそのとおりです。基本的にはそのとおり。ただ、怨恨の場合、顔にも損傷が及ぶものですが、この死体にそれは見られない。ま、たまたまということも有り得ますが。だがもう一方、恐れなどのパニック的な衝動に囚われての加重暴行とも見なしにくいですね。なにしろ、被害者の姿勢を変えながら殴りつけているのですから」

「えっ？」

「姿勢を変えながら、ですか、警部？」その奇妙さは美希風も当然気になった。

「間違いない。この男は最初、仰向けに倒れたのだろう。その何分か後、犯人は被害者に跨がり、振り子を振り回す動きで消火器を頭部の左右に叩きつけた。さらに犯人は、後頭部を殴りやすい姿勢――今のこうした姿勢だが、これだけではなく、頭頂部を殴るためにもわざわざ死体を動かして殴打を加えた」

「凶暴な暴力行為ですが、手順そのものは冷静なのですね」

「ちぐはぐだ。分裂的だな。そして、この複数回の血の飛び散り具合が、奇妙な紛失物を示唆している」

先ほど耳に入った、正体不明の消え去った物体の謎だろう。美希風がそれを口にすると、

「いかにも、それだ。その痕跡はあそこにある」

と、権藤警部が床の一部を指差した。

遺体の背後、二メートル弱の地点。そこは血痕の空白地点になっていた。血の飛沫で汚れていないカーペットが、四角く見えている。長方形だ。長辺が六十センチ前後。短辺が四、五十センチといったところ。長辺側が遺体に近く、もっぱらそちらから血しぶきを浴びている。

「血痕が飛び散っている時、あそこにはなにかが置かれていたが、その後で持ち去られたか移動させられたということですね」

美希風は見たままを言った。

「移動させられたとは考えられないんだ」と応じたのは、距離を縮めた口調になった北刑事だった。「そんな形状の物はどこにもないし、不自然に血痕を浴びている品もない。……これかい？」

美希風の視線を追った北は、少し離れた場所に置かれていた、小型の床置き除湿機に触れた。白いボディーで高さは三十センチ少々。幅は四十センチほど。

「実は発見時、作動はしていなかったがこれがこの血痕空白部分に置かれていたのだ」

北はそれを動かし、空白部分に置いた。

「……ちょっと小さくて、サイズ感が違いますね」

美希風の見立てに、北刑事は頷く。

「この除湿機では、この大きさの四角い空白はできないな。カバーし切れない。これがここに置かれていたわけではないことは証明もできる。血しぶきを一度しか浴びていないのだ。この床には、少なくとも三度は血の飛沫が飛んでいるというのに。これらを踏まえると、この除湿機が本来置かれていた場所も推察できる。――ここだ」

そう言って彼が示したのは、血しぶきが確認できる範囲ギリギリとなる、机の横である。

「判りにくいが、あるべき飛沫痕の端の部分が、四角く欠けている」

美希風はしゃがみ込んで観察してみた。

子ですね」

「なるほど。血の飛沫痕の数も少ないですから目立ちませんが、四角い物がここにあった様子ですね」

　エリザベスが次に言った。

「その辺りの床には一度しか血が飛び散っていない。そして、除湿機に残った血痕の付着具合は、そこにあったと考えれば自然なものだ」

「すると……」美希風は立ちあがった。「問題の空白部分から犯人はなにかを持ち去り、その行為自体を隠蔽したいから、除湿機を移動させてごまかそうとした。そうなりますね」

　小椋刑事が不興げに鼻を鳴らす。

「その程度でごまかせると思うとは、虫がよすぎる」

「犯人にしてみれば、とにかく、できる限りの手は打ったということですね。そうまでして、そこにあった品が消えていることから捜査陣の目を逸らそうとした」

「そうだな」と、エリザベス。「そこになにかがあった。犯人にとっては重要な物なのだろう。それを知られまいとしている」

「重要ななにか」美希風は言う。「しかし、防犯カメラに映った犯人は手ぶらでした。箱にしろ鞄にしろ、なにも持ち出せるはずがない」

「だから謎なのだ」権藤警部が低く声を出していた。

　美希風は、目を薄く閉じて思案する。

「麻薬がらみの事件なのですから、重要な物としてすぐに思い浮かぶのは、麻薬そのものですね。空白部分にあった箱にコカインの小袋……パケでしたっけ？　それがたくさん入っていた。犯人はそれらをパーカーの内側に抱え込み、持ち去った」

「麻薬中毒者（ジャンキー）だな」エリザベスは端的に言う。「この被害者の後を……、こそこそ追いかけることを、なんとか言ったな？」

「尾行する、ですが、砕いて言えば尾（つ）ける、ですね」美希風が伝えた。

〝つける〟にはずいぶん多くの使い途（みち）があるため、エリザベスもやや戸惑ったようだが、「尾けていた様子などは、ジャンキーとしてはふさわしいようだ」と話を進めた。「麻薬をどうしても手に入れたくて、こっそりと迫った」

「忍び寄った。この言い方がぴったりです」エリザベスが新しい表現習得を喜びそうなので、美希風は一言加えておいた。

「だがその場合、箱が消えてしまう理由にはならない」との、当然の意見を出したのは小椋刑事だ。「ジャンキーが、箱の処理などのまったく余計なことをするはずがないんだからな。ブツを手に入れれば、すたこらとおさらばするだけだろう」

すたこらとおさらばする、は音感としてもエリザベスの琴線（きんせん）に触れたらしい。状況や意味を想像しつつだろう、口の中で繰り返している。

「箱を処理する具体的な方法も不明なわけですよね」美希風は、問題点を改めて言葉にし、室内を見回した。

箱ならば、姿見近くの片隅に積みあげられている、帽子の箱が三つ、目に留まる。しかし形状的に、カーペットにある血痕空白部分とはまったく一致しない。そもそも、血など一滴も付いていない、白くきれいなものだ。ラマラルゴの、正規の帽子用の箱であることは美希風には判った。

形は四角ではなく、丸いホールケーキをそのまま連想させる円筒形である。

許可をもらい、美希風はそれらに触れてみた。エリザベスには医療現場でよく用いられる薄手のラバー手袋、美希風には白手袋が与えられている。

三つとも空箱（あきばこ）だった。

四つめは、もっと目につく場所、机の上にあった。蓋が半ばあいており、近くには帽子も置かれている。美希風が近付いて見始めると、稲田刑事がすぐに、

「その箱にも帽子にも、この男の指紋がありました」と鑑識結果を伝えてくれる。「箱には他に不明指紋も少しありますが、店員のものと思われます。向こうにある紙袋からも両方検出されていますから」

彼が指差した紙袋は、帽子の空箱から少し離れた壁際にあった。これも白く、ラマラルゴの正規品で、帽子の箱がすっぽり入るように底が広い。全体のサイズは空白部分よりはるかに大きいし、血など浴びてはいない。中は空（から）である。

「被害者が白く大きな紙袋らしき物をさげているのは防犯カメラに映っていましたが、このラマラルゴの袋を持っていたのは間違いないでしょうね」

美希風の意見には、北刑事が、

「そして、入室してから箱を出し、帽子も取り出して机に載せた」と同意した上で、情報を足した。「レシートの類いは見つかっていないから、確かなことは判らないし、購入時刻も当然不明だ。明朝から、購入先を見つけ出さないとな」

美希風は帽子を手に取ってみた。この部屋のほとんどの帽子がそうであるように、中折れ帽である。

「いい光沢だなあ……」思わず感じ入ってしまった。「絹です。もしかすると天然のシルクかな」

「高級品か」エリザベスが好奇心を向けてくる。

「相当のものかも」

帽子の内側を、エリザベスに見せた。

「そこにもマークがあるのだな」

中央、頭頂部にそれが見られる。

「高級帽子店の品でしたら、ここには大抵こうしてブランドマークが入っています。もちろん、汗取りバンドもあり、すべての機能が備わっている」

気をつかいながら指先で全体を探ってみたが、異質な感じはなにも伝わってこない。

「他に指紋が検出された物は？」

美希風の問いには北刑事が応じ、

「飾られている帽子はすべて調べたわけではない。三つ四つ抽出して調べたが、どれにも指紋はない。若干の皮脂が検出された程度で毛髪もなし」

「この部屋の様子ですと、かぶって出歩くことを楽しむタイプのコレクターではなさそうですものね」美希風は、大きな姿見に視線を向けていた。「たまに頭に載せることはあっても、観賞がもっぱらでしょう。手入れには気をつかい、素手で触れることもしなかったかもしれない。もっとも、犯罪者の根城であるなら、素手ではなににも触れないのを自衛手段の基本にしていて不思議ではないですが」

「これだけの帽子がカムフラージュだけのためにあったとも思えんさ」当然だ、という口調で、小椋刑事がぼそっと言う。「ここまでは、メーカー品の普通の購入だったとしても、この先、ヤクの小売りには帽子が利用されたのかもしれん」

「帽子に仕込む、か」

有り得る、という顔になったのはエリザベスだ。

「かぶって堂々と移動する。キャップよりこうしたハットのほうが、身なりがいい印象になるだろうからな」

その言葉の途中で微妙に検証する目になった彼女は、美希風の上から下まで視線を走らせた。

「まあ、なるはずだ。巡回警官の注意を引きにくい利点は生じる」

だとすると、それだけの細工をする道具類がここにはあるはずだが、と思っていた美希風の前に、

「この男の指紋があったのは、他にはこれだ」と、北刑事が小さな証拠保全袋をかざして見せた。「この貸し部屋の鍵だ。サングラスの近くに落ちていた」

「他には……」と声をかけてきたのは、戸口近くに立っていた鑑識課員だった。「被害者の身の回り品以外では、椅子の背、机の抽斗(ひきだし)のつまみ——これは二つありますが、両方です。それと、上の抽斗に入っていたカッターですね。以上です」

礼を言って、美希風は一番上の抽斗をあけてみた。黄色い握りの大型カッターが確かに入っている。他には、帽子関連のチラシが数枚と、ボールペンがある程度だ。二段めの抽斗の中身もあっさりとしたもので、掃除グッズといえるか。目につくのは、ダスターや、埃(ほこり)取り用のワイパーだ。

カッターを使った理由は判る。ラマラルゴの箱の蓋は、小さなオリジナルシールで封がされており、それを丁寧に切るならカッターは有効だ。

美希風は、机の反対袖にある、ひらき戸式の物入れもあけ、「ほう」と声を漏らした。な

かなかバカにならない手入れ道具が揃っている。除菌スプレーやタオル、白手袋何組かに、大小のビニール袋、ブラッシング用ブラシは、白系統の帽子、黒系統の帽子、それぞれに用意されている。一番上の棚には、収納する品の大きさに合わせて刳り貫かれたスポンジ状の黒いトレーがあった。携帯電話用充電器や付箋、テープなどがすっぽりとおさまっているが、少し幅広の刳り貫き部分にはなにもなかった。

「この大きさ……」

ピンときた美希風は、抽斗をあけてカッターを持って来ると、窪みに置いた。

「ぴったりハマるが」様子を見ていた北刑事が、それを認めた後、疑問を口にした。「それがどうかしたのか？　なにか意味が見いだせるのかね？」

「ここにいつもどおりカッターがあったとしたら……。普通は元通りに戻すでしょう。この物入れの整頓ぶりからしても、部屋の主は必ずそうする。そうなっていないということは、カッターを出した人物と仕舞った人物が別人の可能性が高いですよね。仕舞ったのは犯人だ。カッターがどこから出されたかは知らなかった」

「そうかもしれないが……」

「血痕の空白部分にあった箱は、カッターで切り刻まれ、折り畳まれて原形をなくした……のかもしれない」

「それでも、運び出すのは無理じゃないかな」はずした丸メガネを顎の先に当てながら、権藤警部が意見する。「その大きさの箱であれば、かなり嵩が張る。どう折り畳んだところで、パーカーの内側に抱え込んで隠せるものではないぞ」

「畳むぐらいのことは検討した」小椋刑事はつまらなそうな表情だ。

ゴミ箱も空なのを確かめてから出口に向かって進み、美希風は尋ねた。

「外で燃やした形跡もない？」

「ありませんね」

横へ来た稲田刑事の返事だ。

美希風は帽子を少し押しあげ、路地を見回した。

「マンホールもありませんね」

「え？　ああ。側溝の類いもまったくなし、ですね」

エリザベスが、二人の狭い隙間にグッと割り込んできた。「捨てる場所はないということか」まろやかな香水の香りが、鼻腔に届く。

「向かいの第三号の中も確認しましたが、谷中管理人の話どおり、すっからかんでなにもありませんでした」

美希風は、路地の奥にも目を向けた。ほとんど闇に隠れているが、トランクルームの高さを超える壁があるだけで、余計な物が置かれているようには見えなかった。

「すっきりとした、ただの行き止まりですよ」これも気をきかせて、稲田刑事が言う。「壁は長年の煤で薄く汚れていて、のぼろうとしただけで痕跡がはっきり残るはずです。きれいなものですよ」

「煤で汚れた、と言っていた」エリザベスがそこを知りたがった。「煤というのは、汚すものではないのかね？　それでいてきれいなのか？」

「あ。い、いえ」すぐ近くにありすぎる彼女の顔から、稲田刑事は視線を離し気味にする。「じょ、状況としてきれいだという意味です。はい。美しいということではなく、手掛かりは刻印されていないということです。余計なものに乱されていないのです」

「ふむ。元のままで乱れはないという意味だな」

エリザベスが咀嚼したところで、美希風は夜空を見あげた。

「最後の手段は、風船でもつけて飛ばすことぐらいだが……」

「そこまで手間をかけるか」半ば呟く小椋刑事は、現実離れしていると言いたげだ。「都合のいい道具があったとも思えんし」

「南さん。防犯カメラはこれらのトランクルームの上まで撮影していた」北刑事は、はっきりと言った。「なにも映っていなかったろう」

「そうでしたね。確かに。この路地周辺で箱や鞄を消すことはできないとなると……」

窮屈なまま、美希風は、首から上をねじって室内の面々に声を向けた。

「あそこに置かれていたのは箱形の品ではなくて、一枚の板だったとしたら？」

「それはこっちも考えたよ、南さん」北刑事は残念そうに室内を見回す。「しかしどこにも、板一枚を隠す隙間もない。そして実際、なにも見つからない」

さらに鑑識課員の声もした。

「ルミノール試薬も要所要所で使用しましたが、反応はどこからも出ませんでした」

拭き消された血痕もないという科学的事実。

――謎という言葉を使っても当然か。

それを美希風も感じた。

犯罪の心臓部に深刻に迫るミステリーとは見えず、失せ物の不可解さという程度の謎ともいえるが、意外と手こずる。そして無論、軽視していい謎でもないのだろう。

謎というキーを使えば、必ず、真相への扉はひらく。

6

美希風は、スタンド型の帽子掛けに隠された空間のあけ方を稲田刑事にレクチャーしてもらい、実際にやってみた。ねじ込み式のポールをはずすと、その穴に向けて部品の一つをスライドできるようになり、これでロックのはずれた隠し蓋があくようになる。

エリザベス、権藤警部、北刑事らは、イタリア経由の麻薬の流れについて話していた。南米からスペインに入る太いルートがあるらしい。そしてその拠点から、周辺国の犯罪組織にも麻薬が供給される。

「麻薬事犯こそ、警察が国際共助して当たる犯罪の典型ですな。こうしたノウハウや連携を、多方面で増強していくのは当然の流れでしょう」

権藤警部は、今回の法医学交流シンポジウムの意義に結びつけて語っている。

エリザベスも同意したうえで、麻薬密売組織のこの活動拠点の隠蔽ぶりの見事さを見ると、犯罪者側のノウハウは非常に高度なようだからな、と懸念含みの見解も加える。

一団からは少し離れた場所にいた小椋刑事が、「どうも気になるんだよなぁ」と、独り言のように漏らしながら、屋外へと出て行ったりもしている。

そうした傍ら、美希風は、帽子の陳列棚の正面に立った。ガラス板が三段になっており、それぞれ四つは帽子が置けそうだが、今ある帽子の数は九つだった。

どれも、クラウン部分は丸形に近いスタイルで統一されているが、外観は多彩である。手に取り、真っ黒なソフト帽を美希風はしげしげと眺めたりしていた。

「トップハットまであるということは、観賞用のコレクションだという設定が徹底されているともいえるな」

すぐ後ろで、そうエリザベスの声がした。こちらにも興味を向けたようだ。

「ああ、これですね」

彼女が言った帽子は、壁から斜め上に向かって突き出している長い棒状の帽子掛けに掛かっている。山の部分は真っ直ぐ上にのび、艶やかに黒く、天頂部は平ら。

「日本ではシルクハットと呼ぶほうが馴染みがあるのですよ。もちろんこうした、シルク製ではない、ウールのフェルトで作られた物でもね。……ところで、ベス。被害者の腕にあった瘢痕は、入れ墨を消したものでしょうか？」

「それは不明だ。外科的処置によるものであるのは間違いないが。ざっと検めたところ、入れ墨は見つからなかった」

「シルクハットがどうかしましたか？」

背後からそう訊いてきた北刑事に、エリザベスは片眉をあげた。

「おま――、いや、あなたもシルクハットと呼ぶのだな」

「お前でも貴様でも、私はかまいませんがね。しょせん、燕尾服が似合う部類の男ではありませんし」気さくな調子で苦笑する北だが、目の奥にある悩ましげな色は徐々に表に出てくる。「まあ、帽子からウサギを取り出すマジシャンのように、謎の答えが出せれば、それでもいいのですがね」

高名なマジシャンの手ほどきを受けたことがある美希風は、ミステリーを解き明かす場面でかつて時々、帽子から驚きを取り出す若者と評されたこともあった。験かつぎではないが、美希風は、トップハットを手に取って中に目をやったりしていた。

トップハットを〝なにか起こる〟のサインにしていたのは、十九世紀のアビニョンなど、南フランス。そんなことも頭に浮かぶ。ハプニングを期待させるそのシンボルは、店の呼び込み看板として残ったりしているが……。

「あの空白部分の謎だが……」

そう口を切るエリザベスが目を向けているのは、もちろん、遺体を覆う白い布の向こうにあるカーペットの上だ。

「紙が一枚落ちていたのではないかな。だが、大事な内容の書かれた一枚だ。組織のメンバー表とかな。それは持ち去るだろうし、簡単に持ち運べる」

「そうですけど、キッドリッジさん」美希風は言わざるを得ない。「問題は、紙なら紙、そのなにかを持ち去ったことを、どうして細工までしてごまかそうとしなければならないのかという点ですよ。あわよくば目こぼしされるかもしれないと、除湿機を移動させたりし、一応知恵を使って労力を払っている。持ち去って終わりにはできない理由がなにかあるのですよ」

「そうだな……」エリザベスは静かに同意した。「あそこに大事な書類の束があったとしても、それを持ち去った後の床にわざわざ細工を加える理由などないはずだ」

その時だった、小椋刑事が勢い込んで入って来た。

「警部」上司に声をかけ、北刑事にも視線を巡らす。「どうも変なのですよ。この正面ドアですが、外から見た限りでは真ん中にあるはずなのに、微妙にずれがあるように感じていたんです」

「ずれ?」権藤警部が問い返す。

「右側、こっちが少し狭く感じられませんか?」

そう言って陳列棚側へと視線を飛ばす小椋刑事に、他の者も同調する動きを見せた。

「そうか?」と、北刑事。「帽子を載せている台やらハンガーやらがゴチャゴチャと置かれているから、そう感じるだけじゃないか?」

他の捜査官の中には、確かに狭いかもしれないという表情を見せる者もおり、「おっ」という目の色を見せたエリザベスは、左右対称ではないかもしれないわね、という反応である。

「わたしゃ、歩幅で測ってみたのですが、右がやはり左より距離が短いんですよ。それで今、鑑識さんに頼んでメジャーで計測してもらいました。すると、外に比べて内側が、二メートル近く短いようなんです。こっちの右側だけが」

戸口のすぐ外にいた鑑識課員が頷いて見せる。

目の焦点が絞られた権藤警部だったが、

「しかし」と、慎重な構えもみせた。「もともとそうした造りなのではないのか? 建築上の理由で、内壁はここまでになっているとも考えられるが」

「しかし見た限り、この建物の右——東側も、他となんの違いもない造りですけど、警部。

空調の室外機は北側にありますし」

北刑事が、期待を懐いたように目を輝かせた。「警部。もしかするとこの奥に、隠し部屋があるのではないでしょうか」

ざわめく刑事たちの視線が集まる壁に、美希風も視線を注いでいる。あることに気づいていた。彼が手にしているトップハットが掛かっていた帽子掛けだ。位置としては、陳列棚の右側の壁にある。ちょうど目の高さにあった。その細長い棒は、壁に彫られているへこみにピタリとハマりそうなのだ。動かせるのであれば、この帽子掛けは壁と一体化できることになる。

――まさか！

ある閃きが訪れていた。

美希風は帽子掛けを握った。その根本の壁面に、上に向けて細長い切れ込みがあるのだ。それに向けて、棒を斜め上に押しやろうとしたが、それは動かなかった。

そして動かなかったからこそ、その事実は美希風の発想を強力に後押しした。閃きの連鎖が起こる。

――すごいすごい。心理戦のドミノ倒しか。

詰め将棋も意識した。敵将の打つ手に感心する。一手一手、効果の必然性に沿った妙手なのだ。

「そうせざるを得なかったのだが……」

思わずそう声を漏らした後、美希風は近くにいた北刑事に声をかけた。

「犯人が持ち去った物と、その方法、判りましたよ」

「えっ？」

壁を叩いていた北は手を止めたが、今それが最重要問題だろうか、という思いが一瞬、表情に揺らめいた。それを察するのはたやすく、美希風はすぐに言葉を加えた。

「この壁の向こうが麻薬組織のシークレットルームであるのは間違いないでしょう。だからこの、コレクションルームとして装われた部屋に、麻薬を扱っている痕跡が皆無なのです。空になった容器である帽子掛け以外は」

空間のアンバランスに気がついた小椋刑事の手柄は大きい。

権藤警部が詰め寄る勢いで、胴回りの肉を揺らして美希風に近付いた。

「犯人が持ち去った物が、隣の部屋に関係しているのかね？」

「出入りする方法を示唆します」

「まさか」と、小椋刑事は意外の念を発し、北刑事は、「どういうことです？」と一歩踏み出した。

「段階を踏んで説明しますけど、まず肝心なのがこのトップハットです。さらに正確にいえば、これはオペラハットなのです。ご存じの方も多いでしょうが、オペラハットはこのように……」

　美希風が帽子の中で少し指を動かすと、それはたちまちぺしゃんこになり、何人かの刑事は手品を見たかのように目を丸くした。

「中に蛇腹構造があって折り畳むことができます」

　しゃれた長い帽子であったことが信じられないほど、それは平らに変形している。さながら黒いピザである。

「そして、オペラハットを入れているラマラルゴ社の箱も、同じように折り畳んでつぶれます。殺されたこの人が今日運んで来た――購入したと仮定してこの先は話しますが、それはこのオペラハットだったのですよ。机の上に置かれている中折れ帽は、それらしく装われたダミーです。空箱も部屋の隅にあった物を利用した。そして、問題のカーペットの部分には、買って来たばかりのオペラハットの箱があったのです。二人が争った拍子に机から落ちたのでしょう。帽子を出したばかりの状態の箱です」

「……その箱は四角いのかね？」この部屋にある帽子の空箱に目をやりながら、戸惑い気味に権藤警部が尋ねた。

「いいえ」

　答えて美希風は、机に寄ってカタログをめくった。オペラハットの載っているページをひらいて見せる。

「このとおり、細長い円筒形です」

オペラハットの写真の横に、サイズの縮尺は帽子とは異なり、小さめに箱も写っている。

「高さは六十センチほどです」

「いや、ちょっと待った」小椋刑事が遮（さえぎ）った。「そもそもその箱は、四角くないのだろうが。それがどうして、あの空白部分と関連する？」

「円筒形の箱が、横倒しになっていたとしたらどうです？」

「あっ？」

「箱の高さが、空白部分の長辺の長さとほぼ一致します」美希風は、床のその箇所を指差しながら続けた。「まず確認事項ですが、四角い物があの場所にあったとしても、一ヶ所から血しぶきがかかれば、空白部分はほぼ台形になりますね。血は、一点から放射状に飛散するのですから」

「……ああ」小椋刑事はイメージできたという顔だ。

「たまたま中央のラインが一致すれば、左右対称の台形になりますが。ただ今回の場合、被害者の位置を動かしながら複数殴打したため、違う角度で三度以上、あの場所には血の飛沫がかかったようです。これによって、台形は少しずつ変化させられ、長方形の空白が残ったわけですね。あの場にあった物が、四角い箱であろうと横に倒れた円筒形であろうと、こうした結果になることに変わりはありません」

じっと床を見ていた刑事たちの中から、一番早く「確かに……」と声を出したのは稲田刑事だった。

「四角以外の立体の形も有り得たわけだ」

エリザベスがそう言った後、

「そしてこの箱は、隠して運び去るのも比較的簡単です」と美希風は言葉を続けた。「薄くつぶれる構造なのですから。しかも、段ボールのように厚みのある素材ではなく、一枚紙です。ずっと楽に曲げることができる。これでしたら、ヨットパーカーの腹の辺りに抱えて歩けるでしょう。その物入れにはビニール袋がありますから、それに入れて密閉すれば血の臭いも防げます」

むうっ、とこぼれた権藤警部の唸りには、納得の重みがあった。

「ではなぜ、特徴的な箱を密かに消してまで、今日の購入品がオペラハットであることを隠したのか」

言って、美希風は陳列棚のある壁に向き直った。そして、壁から斜め上に突き出している棒を指差した。

「先入観なしで見ると、あれはなんでしょう？」

数秒待って、さらに言った。

「壁から突き出しているので、なにかを掛けるものだと、普通にイメージしてしまいがちですが、あの棒は壁に収納できるようです。壁に切り込みがあるでしょう。匠の技ですよ。隙間などなく、ぴったりとおさまる感じです。素材も、どちらも同じ。ですからあの棒は、収納すれば壁と完全に同化するのは間違いない」

「すると、日頃目につかないそれは……」興奮する権藤警部の顔は、少し赤らんでいた。「スイッチなのか？　隠れている扉をあけるスティックだ」

おおっとどよめきが起こる中、警部はスティックを握った。

「――どちらにも動かないぞ」

「はい。安全装置でも働いているのかとも思いましたが、そこまで高度な機構でもないでしょう。単純に壊れたのですよ。被害者と加害者が、隠し扉の開閉を巡って争ったからです。その開閉スティックを握って無理な力を掛け合った」

どよめきが続き、「なるほど！」という稲田刑事の感嘆の声が発せられる。得心の息を吐く北刑事と、どこか――自分のことのように――得意げに頷くエリザベスは目を見交わした。

「犯人にとってその開閉スティックは、絶対に見つかってもらいたくないものなのです。しかし壁に戻せないその状態では誰の目もすぐに引きつけてしまいます。そこで、偽装です。この部屋の中でその棒に他の意味を与えるとしたら、もう帽子掛けしかないでしょう。しかし、こうして……」

美希風は、中折れ帽の一つを取ってスティックに載せた。

「この手の帽子を掛けるだけでは中途半端に違和感が残ります。棒がけっこう長いからです」

「先端に載っかっているという感じだな」権藤警部が評する。

「はい。比率として不格好になる。それに、棚にはまだスペースがあるのに、どうしてわざわざ一つだけ壁の帽子掛けに掛けるのかという不自然さも生じる。ですが、このオペラハットならばどうです？」

帽子を掛け替えてそこにオペラハットがおさまったのを見ると、「ああ……」という了解の声が幾つも漏れた。

「帽子の高さ、上のほうまでのボリュームの大きさが、棒の長さを目立たせなくしますね。ちょうどいい。さらに、この室内ではトップハット型はこの一つだけですから、これだけが特別に壁に掛けられていても自然なことに見える。僕もすっかり、帽子掛けだと思わされていました」

「誰でもそうだ」とエリザベスが言う。

「でも細かく見れば、変といえば変なのです。オペラハットのように高級な帽子を、ただ棒の先端に載せておくというのはね。一点に重さがかかって傷んでしまう。先端部分は、キノコ形のようなものであるべきです。わざわざ壁に一つだけ作った帽子掛けであるなら、それぐらいの機能的デザインは施したはず」

「帽子掛けと偽装するためには、オペラハットが最適だったということだな？」急かすように北刑事が言う。

「今夜手に入れたのがその帽子であった幸運に感謝したことでしょうね。しかし同時に、今日運んで来たのがオペラハットであることは隠したかった。どうしても注目が集まるからです。殺人の発生した日、まさにその現場に登場した品になりますからね。そう覚られなければ、捜査の意識が向けられることは避けられるかもしれない」

エリザベスは言った。「できる限りひっそりと、他に紛れ、そっとしていたいわけだ」

「ええ。そして、今日の入荷物であることを隠すためには、血まみれの箱も消し去らなければならない。箱を消した後にはカーペットの空白が残りましたが、犯人の心理にとってそれは、我々が思う以上に目立つ痕跡で、不利な手掛かりに思えた。そこで、多少でも目くらましになることを期待して、除湿機を置いてごまかそうとした」

「あれはあれで効果的だったのかもしれんな」呟くように、権藤警部が思考を漏らした。

「初見で印象操作され、立体物であってもそれは四角い物だという観念が、どうしても自然に形成されてしまう」

鑑識課員の一人が、スティックの根本を覗き込んでいたが、

「確かにただのバーではありませんね。なにかの稼動する機構が見えます」

そう発見を告げると、よしっ！　というような声が周囲に満ちた。

「修理はできるか？」権藤警部は問いかける声も勢い込んでいる。

「やってみましょう」

新たな勢いが生じた現場で、エリザベスは賞賛するように美希風の肩を叩いた。

「麻薬組織のベースが本当の姿を現わしそうだな」

「基地にしては狭いでしょうが、そうでなければ死角の中に隠せないでしょうしね」

「室内を見回した時の死角だな。左右の広さの違いに、はっきりとは気づけない」

「物の配置が巧妙です。空間的な密度のバランスを取っている。管理している人が防犯チェックに立ち入るそうですが――」

「年間に一度か二度な」

「ええ。顧客に遠慮しながら友好的に見回るだけでしょうから、探索するような目ではない。後でその大胆さに驚くほどの見落としも生じるでしょう。まあ、私たちもそうでしたし……」

「ある意味、強気に発想する連中だな」エリザベスは言った。「自信過剰でもあるだろうが」

今の四文字熟語と使い方は間違っていないか？　との確認の問いもそっと発せられた。

直りました、という声があがったのは八分後だった。

開閉スティックは壁面に紛れ込んでいて簡単には目に留まらない。鑑識課員に構造を教わった権藤警部がスティックの下部を押すと、スティックの上端がスッと壁から浮き出した。発見時よりは浅い角度だ。

警部はそのスティックを手前に倒した。

変化があったのは右寄りの壁だった。通常のドアよりやや小さな矩形部分が、軽く奥へと引っ込んだ。

おおおっ、と響く刑事たちの感嘆と歓喜の声には、獲物に殺到しようとする狩猟家の熱気もこもっているようだった。

隠し扉は触れると引き戸となって動き、人を通すには充分な空間があいた。

発見されたのは、幅が二メートルにも満たない狭い空間だったが、密売人たちがする作業のスペースとしては充分といえそうだ。細い作業台の上には、ビニールの小袋や、計量器具などちょっとした化学実験ツールのような物、そしてソーイング道具もあり、中折れ帽も一つ載っていた。クラウンの内側に裏地・裏布があるタイプで、美希風の言によれば冬物では特にこれが多いということだった。恐らく、小分けにしたコカインを、裏地の内側に仕込んで出回らせるのだと思われる。コカインは鼻から吸引する方法がよく知られているが、その手の吸引道具は一切なかった。

作業場の隅には分解されたスタンド型の帽子掛けがあり、これは順番に廃棄処分されるものなのだろう。白い粉末も見つかっていたが、コカインではなさそうで、成分が分析されている。

7

隠し部屋を鑑識が調べている間、美希風、エリザベス、権藤警部の三人は屋外に出ていた。

「これで間違いなく麻薬組織がらみの事件と確定しましたが、この背景を頭に置けば、過剰殺傷の動機としてもう一つ検討するべきものが浮かびます」

警部は検視官としての視点で、再びエリザベスの相手をし始めていた。

「それは？」

「見せしめと言います。この日本語、判りますか？」

まつげが二度、上下した。「ああ、判った。こう……」エリザベスの両腕は、わき出ることのパントマイムであるかのように、胸の前に向かってぐるぐると動かされた。「脅すように、反社会的なスローガンを見せつけることだな」

「なるほど、ええ、スローガンね。あえて無残な死に方にして、逆らう者や裏切り者の末路を内外に見せつける」

「マフィアや中南米の麻薬組織でも行なわれがちだ」

美希風は警部に言った。「必要以上に頭部を殴りつけ、脅しの効果を高めた、と？」

「それも一つの見方と思えたのだが……」権藤警部は正面扉に目を向けた。「どうも違うようですな。容赦ない暴力性の広告塔として使いたいなら、ドアはあけっ放しにするでしょう。それに、殴打を頭部に集中させる道理もない。胸部など上体であってもかまわないわけだ。報道では、『全身にわたって数十ヶ所もの打撲痕があった』と広められるだろうから、こちらのほうが残虐性の告知度が高まる」

「もう一ついえば」美希風は、自分が感じたことも加えた。「こそこそと逃げて行く犯人の様子が、見せしめ殺人を命じられていた者の態度としてはそぐわないような気がします」

警部とエリザベスは頷き、美希風は、建物の中の遺体のある方向に視線を向けた。

「帽子掛け輸入業者への手入れから日を置かずにこの殺人が起きたタイミングも気になっていたのですが、警部のおっしゃった裏切り者と関連付けると、若干気になることも……」

「なんだね？」

「身元不明のあの被害者ですが、潜入捜査官という可能性はないですか？」

少なからず目を見開いた権藤警部は、「警視庁（うち）ではそうしたプログラムを動かしていないはずだが、確かめてみよう」と告げ、北刑事を呼び寄せた。

「組織犯罪対策課でもどこでも、そうした捜査はしていないはずですよ」北刑事は、その点にも気を配っていた様子だ。「情報はなにも聞こえてきていません。この件の発生は麻薬取締部にも伝えましたが、潜入捜査官を心配するような反応は見受けられませんでした。後は、公安ぐらいでしょうかね。彼らはとにかく排他的で、秘密主義だ。……しかし、あの死体を捜査官と見る根拠はないでしょう」

この時、若い刑事が、殺人現場には不似合いな一人の女性を伴って近付いて来ていた。

「あのぅ、申しあげます。こちらが、被害者はわたしの夫ではないかとおっしゃってまして」

時刻は一時を回り、管理小屋の一室には五人の男女が腰をおろしていた。美希風、エリザベス、権藤と北の両刑事、そして、高馬弘恵（たかまひろえ）という女性だ。

管理人である谷中は、許可を得て帰宅している。

高馬弘恵は四十四歳。やせている体に、薄い化繊（かせん）のシャツが力なく張りついている印象だ。耳元にほつれ毛があり、その近く、左目の下の小さなホクロが目につく。顔色はすっかり青ざめている。

夫を捜していた事情を説明し終え、自分のスマートフォンに残っていた夫の顔写真を美希風たちが確認したところだった。その顔は確かに、被害者のそれと一致する。

美希風たちの反応からそれを察し、弘恵は力が抜け落ちた様子になっている。

「今は、直接確認なされないほうがいいでしょう」

同情して、権藤警部はそう配慮を示す。殴り殺されている夫と、血まみれの現場で対面させるわけにはいかないだろう。それでも、妻がなにを要求するか判らないので、遺体の搬出は待たせている。

「ですが信じがたいことでしょうし、写真で確認なさいますか？　どうしても、血は写り込んでしまいますが」

弘恵は無言で頷いた。

タブレットを操作していたのは北刑事だ。選んだのは、できるだけアップで捉えた被害者の横顔。それでもどうしても、べっとりとした血痕が写り込んでしまうのだが、しかしその部分は、画面を弘恵のほうへ向けるのを手伝ったエリザベスが指で隠していた。

夫と認めた弘恵は、ああっ……と息を吐きつつまぶたを落とした。

「もう一度、スマホ画面を見させていただきますね」

可能な限り感情を抑えて、美希風は弘恵のスマートフォンを手に取った。

被害者は高馬守和（もりかず）四十七歳。その顔を確認できた写真は、三日前のインスタグラムの中にあった。家族写真である。弘恵と守和、そして三人の子供たちが笑顔で写っていた。中学二年の娘と、小学生の弟たちだ。

高馬守和は、江東区の東で室内デザインの事務所を構えており、そこの従業員が焼き肉パーティーの後で撮ったものだという。

こうした生活環境をそのまま信じるのであれば、被害者が暴力団員とは思えない。金回りがいいわけでもないようだ。

日付が変わって昨日、土曜日、事務所は休みであるが、細々とやることがあると、守和は仕事場に出ていた。自宅に併設されている事務所である。ただ、午後からは休みであり、彼は羽をのばしにどこかへ出かけたはずだと弘恵は言う。

「どこへ出かけたのか、やはり心当たりはありませんか？」

すでに一度尋ねていることではあるが、北刑事は再確認した。

すみません、と謝り、行く場所も行動予定も、なにも聞いていないと弘恵は答えた。

それはいつものことで、ただそれでも、七時頃までには帰宅するのが常だったという。そうした点は細かいぐらいきちんとしている男であったらしい。遅れそうな場合は必ず連絡を入れる。しかし今日は、帰宅もせず連絡もなかった。それで弘恵は、七時半すぎに、「どこを遊び歩いてるの？　まだ帰れないの？」との送信を夫のスマホにした。

美希風の手の中にあるスマホのLINE画面に、そのやり取りが残っている。十九時四十一分に送信され、返信はその二分後。文面は、

新木場駅まで来ている。いつ帰れるかはあの人しだいだ。

となっている。

八時十分には、弘恵のスマホから「晩ご飯先に食べちゃうよ」との送信。これには返信がなく、ここからは応答がまったくなくなる。心配の度合いを深めていく弘恵から夫への問いかけは四度行なわれていた。

八時頃、防犯カメラによれば高馬守和は第四号トランクルームに近付いていたはずだ。夫がすっかり暗くなっても帰って来ないので不安に駆られた弘恵は、車を出して取りあえず新木場駅を目指したのだという。すると、駅前交番には私服刑事もいてなにやら緊迫感に満ちた動きが感じられる。弘恵は、「なにか事故でも起こったのでしょうか?」と、輪の中に入って行った。彼女から事情を訊くうちに、連絡の取れないその男の年格好が、殺人事件の被害者と一致していることがつかめてくる。それで、現場まで足を運んでもらったという流れになる。

「〝あの人〟も、誰のことか心当たりがないのですね?」

これもまた、北刑事による再確認だ。

「はい……」

文面を見た時、弘恵も当然気にはなったが、今LINEで尋ねても細かく答えてくれるとは思えなかった。帰宅してから教えてもらうつもりだったのだ。

新木場という土地にも、普段はなにも縁がないらしい。

「奥さん」権藤警部がわずかに身を乗り出す。「ご主人は、帽子に興味を持っていましたか？」

「ぼうし？」まったく意表を突かれた様子で、弘恵は美希風の膝の上にあるパナマハットに目をやった。「帽子ですか。興味など全然なかったはずですけれど……。もちろん、一つも持っていませんし、話題に出たこともありません」

この事件の概要を知ってから、美希風には二つの大きな、しかしやや漠然とした仮説が頭の隅にあった。その一つが、被害者は麻薬組織の人間などではなく、ここで趣味の帽子集めをしていただけで、その場を知らぬ間に組織に利用されていたのではないかという疑いであった。この説自体、可能性はかなり低いものだったが、今の高馬弘恵の話によって完全に否定されたことになるだろう。帽子マニアが、家族に隠れてここにコレクションルームを借りたとは考えられなくなった。結婚生活においてずっと、帽子への興味を示したことがないというのだから。

「お尋ねしますが」美希風は、今まで聞いた話からの印象を口に出した。「ご主人は、夜はあまり出かけない方だったのですか？」

「依頼されたお店の営業時間の後に内装替えをする仕事などもありましたから、夜遅くなることはありました。打ちあげとか、仲間内の集まりとかも……」

それらを口実として、夜間、あのトランクルームに来ることは可能ということだ。刑事たちもそうした状況判断をして口を閉ざしている間に、高馬弘恵は不安を募らせた様子だ。

「あのぅ、犯人はまだ捕まっていないということでしたけれど、主人はどうして殺されるようなことになったのですか？」

「それを調べる捜査が進んでいるところです」権藤警部が落ち着いた声で言った。

「でも、なんですか、主人のことが調べられているような」

「ああ……。被害者の周辺から容疑者は浮かぶものですから」

「主人はこんな所に連れ込まれて、強盗に遭ったとか、そういう、行きずりの犯人ではないのですか？」

「連れ込まれたのではないのですよ、奥さん」北刑事が探るように切りだす。

「はあ？」

「ご主人が〝あの人〟と呼ぶ、ある程度顔見知りの人間も関係しているようですしね」権藤警部と目でコンタクトを取り、北刑事は、聴取を核心へと進めた。「ご主人が殺害された現場は、麻薬と長年関係があるのです」

「麻薬⁉」

この時の高馬弘恵の反応は、見ていた者たちの予想を上回っていた。非日常的な言葉に戸惑い、驚いたというものとは違っていた。麻薬事犯という背景に心当たりがあるかのように、目が泳いで動揺を示している。

「奥さん」北刑事の目が鋭い。「ご主人が麻薬に近付く理由、なにかあるのですか？」

「近付くなんて、そんな……」

「しかし、麻薬密売のアジトにいたことは事実なのです」

「そんな……、でもそれは……」

「なんです？」問い詰める口調の北刑事だが、眼差しでは答えを柔らかく誘っている。

「麻薬の売り買いや流通にタッチするとか、そうしたこととはまったく逆の事情があったはずです」弘恵は唾を飲み込んだ。「夫も、わたしたち家族も間接的に、麻薬の害には苦しめられてきたのですもの。夫の弟が、麻薬中毒患者なのです」

8

守和の実弟、高馬稔は独り身で、薬物中毒を克服して社会復帰するための医療施設に長期入院しているという。覚醒剤中毒だ。

「稔さんが最初に逮捕された時は、夫は、それは大変なショックを受けていました」

弘恵は、懸命に強さを取り戻した目で美希風たち四人を見回した。

「夫は、道徳心も正義感もとても強い人なのですよ。兄弟で全然違うのです。正反対でした。……いえ、麻薬が稔さんを狂わせてしまったのでしょうね」

覚醒剤取締法違反で高馬稔が逮捕されたのは、およそ五年前。その時は執行猶予つきの判決だった。しかし二年半ほど前に、使用目的の覚醒剤所持で、稔は再び逮捕された。

「執行猶予判決の後、夫は弟を立ち直らせようと必死でした。でもそれは、厳しく神経質にという、指導まがいのことではありませんでした。家にもよく招いて家庭の雰囲気に交わらせ、気楽に笑い合えることも大事にしていました。わたしも、かなりよく協力していたと思います。それなのにまたクスリに手を出して……」

今度は服役し、一年半で出所した。その後は、稔自身の希望もあり、専門的な医療施設に入所したという。

「でも、その時わたしは、もう怖くなっていました。稔さんの周りに怪しい人の影が見えたことがありましたし、子供たちへの影響を考えましたら、距離を置かざるを得ませんでした。取材と称するたちの良くない人がうろつくようになったり、陰口が聞こえてきたりして、三ヶ月前に引っ越したのです。でも、夫はずっと、変わらずに支援を続けています。ここ何週間か、稔さんはフリーの外出も許可されるようになっているようです」

しかしそういう時期こそ危ないという話は美希風もよく耳にする。また、そうした施設に出入りする者をターゲットにした密売人も多いという。麻薬類の経験者をそこで狙っている。街でむやみに声をかけるよりはずっと効率がいいわけだ。

身近に稔のような、中毒で苦しんでいる者がいるため、守和は違法薬物に対して厳しく反発していると弘恵は訴えたかったようだ。しかし刑事たちには逆の効果を及ぼしたように美希風には感じられた。確かに、稔に執拗に接近してくる組織に、いつの間にか守和が取り込まれたというのは有り得ない話ではない。

覚醒剤とコカインの違いはあれどそのセンだろうと伏し目がちになる刑事たちを前に、弘恵もその胸中を察したらしく、

「夫は絶対に違いますからね」と声が高まる。「薬物の怖さを知って、憎悪して、根絶を願っていました」

「裏付けは慎重に取りますので」

「裏付け——って」北刑事の言葉に、弘恵は顔色を変えて必死になる。「守和という人そのものがそうなのですよ。道にはずれたことなど絶対にできない人です。堅すぎるほど堅い人なんです」

権藤警部の頷き方がおざなりと感じたのか、心外とばかりに弘恵は腰を浮かせかけた。

「融通がきかず、損をするような人です。正義感が強くて、おせっかいなほどで」

興奮して言葉に詰まり、目の下のホクロ辺りも上気している。

「ゴミをぽい捨てする人にも注意するし、スマホのマナー違反もいちいちたしなめるし。バカなぐらいいい人なんです。ほんとです！」

涙ぐんでもいる。

「このご時世、切れやすい乱暴な人もいるから、やめてといっても聞かないほどで……。犯罪にかかわることなどできない人なんです……」

エリザベスが柔らかく言った。

「人物像は伝わったと思うよ。稔という弟についての情報の意味が大きいから、受け手は時間がほしいのだ」

細く長く息を吐き、弘恵は体を縮めた。

相手を冷静にさせる意味もあるのだろう、北刑事は、高馬稔の入所先の所在地などを細かく聞き取った。被害者の腕にある瘢痕についても質した。アザを消した痕だという。

そのうち、弘恵は目をあげて少し不思議そうになる。

「帽子というのはなんなのですか、先ほど訊かれましたけど？」

「いえ」と、権藤警部ははぐらかし、「身近な方に、帽子好きの人はいませんか？　帽子などを製造しているとか？」

「……いいえ」どう考えても心当たりはないようだった。「主人はバイクにも乗りませんから、ヘルメットも無縁ですし」

「ヘルメット、か」呟き、次いで、美希風は尋ねた。「お仕事柄、ご主人はヘルメットの着用が必要な現場にも出向きます？」

「それはまずないと思います。夫の仕事先は、そうした現場ではないのです」

高馬稔が帽子の話題をよくしていたということもないですね？　と美希風は改めて尋ね、その覚えはないし、怪しくうろついていた男たちの中にも帽子が目立っていた者はいないというのが弘恵の返事だった。

「守和を尾けて来たのが、稔という可能性はないか？」

エリザベスの思いつきに従って、弘恵への聞き取りが行なわれた。

稔の行動スケジュールについては、弘恵はまるでなにも知らなかったが、稔はかなり小柄ということで、防犯カメラに映っていた男の体形とは一致しなかった。

9

高馬守和の遺体は搬送されることになり、検視官として権藤警部がこれに同行した。高馬弘恵は、解剖検死後の遺体と対面する手はずである。より詳細な聴取を受け、彼女も帰路についていた。

エリザベス・キッドリッジは、この現場に残ることを選択した。というのも、「あの夫人の心情を無視すると、真相が見えないような気がするがな」と気持ちを述べたところ、美希風が、「私も、ぼんやりとあり続けたある想定に、推理がシフトしかけていますよ」と応じたからだ。

　実際、美希風は、推理を最終段階まで動かすきっかけとなる最後のピースを自分の感覚が求めているのを感じていた。最善の被写体を感得してカメラのシャッターを押したくなる感覚。それを得るためには、隠し部屋の捜査結果が出揃おうとしているこの現場に残ったほうがいいだろう。

　北刑事は他の刑事たちに被害者の妻からの聴取内容を伝え、隠し部屋捜査の報告を受けていた。

　隠し部屋で発見された白い粉は、ベンゾカインかリドカインであろうということだった。コカインに混ぜられる物質としては定番だ。これでコカインの純度を薄め、量を増やして末端に広める。その作業場でもあったわけだ。

　指紋も、有力そうな遺留物も、利用者たちの素性に近付けるような手掛かりも、何一つ発見されてはいない。

「合理的な根拠ではないのは承知だ」帽子のコレクションルームで、エリザベスは考え込むようにして言っていた。「だが、あの夫人の話には真実があったと思う。勘とか、感傷……だったか？　そのように受け取られてしまうものは捜査現場では不必要とされるだろうがね」

　美希風への言葉だったが、応じたのは少し後ろにいた小椋刑事だ。

「わたしの夫はどんな罪にも手を染めません、って話ですかい？」顔は冷笑を刻んでいる。

「連れ合い――夫や妻の意外な実態を知って離婚に至るケースは普通にありますぜ。高馬守和が室内の装飾やデザインを仕事にしていたってことは、あの隠し部屋の設計や偽装は、彼がやったのかもしれない」

「あるいは逆に――」

そこまで言ったところで、美希風は目にしていることに気持ちを奪われた。たまたま手に取っていた、コレクションの一つである帽子の内側だ。

他の帽子も手に取ってみる。それらが発想をもたらした。

――そういうことか！

「指紋の付着具合といい、高馬守和がこの帽子蒐集部屋の主(あるじ)に違いないって」

その小椋刑事の見解に、美希風は言葉をかぶせた。

「いえ。それは違いますね。高馬守和さんは、この部屋にまったく関係なかったのです」

数秒間、沈黙があった。

「合理的な根拠はあるのか？」最初にそう問い詰めたのは、〝感傷〟という思いを口にしていたエリザベスだ。

「ええ。ただ、全体像をまとめる必要がありますから、ちょっと時間をください」

美希風は外に出て、思考に集中した。仮説が連鎖する。意味を持っていたシーンが脳内に連写される。起こっていた事態の流れが自然に読め、驚くほど符節(ふせつ)が合っていく。合理という以上に、仮説が流れゆく先はごく自然な結論だった。

近くに来た稲田刑事にある頼み事をしてから、美希風は室内に戻った。

「帰れる時刻は〝あの人しだいだ〟というメール内容と、防犯カメラに映っていた姿からすると、尾行の様子を見せていた第二の人物こそが高馬守和氏と見るのが自然ではないでしょうか」

刑事数人とエリザベスを前に、美希風はそう話し始めた。

「論理パズルでは基本です。基礎です。私の頭の隅にも最初からあり続けたのですが、それがこの現場では実際に起こっていた。最初に映っていた二人の人物のうち、ヨットパーカーを着ていたのが高馬守和さんで、被害者。逃げて行ったヨットパーカーの男はもちろん別人です」

「服を着替えたのか？」エリザベスが訊く。

「二人の体形はほとんど変わりませんでしたからね。犯人は麻薬組織の人間で、防犯カメラのことは知っていたし、夜間における解像度の低さも知っていた。ですから、入れ替わりが可能だし、一定期間は捜査を混乱させられると計算もできた。被害者に死をもたらした最初の一撃は前額部。この時、高馬守和さんはヨットパーカーを羽織(はお)っただけで前は閉じていなかった」

「ん？」意味を測りかねたエリザベスの表情は、直後に閃きの色を浮かべた。「そうか。なるほど」

「胸元に血が散ったが、パーカーはほとんど血で汚れなかったのです。それを犯人は守和さんから脱がせた。両者の服の色は白っぽくて似ている。犯人のほうは半袖だったので、守和さんの長袖をまくりあげた。遺体の顔の近くにサングラスを置く」

「そういうことも有り得る、というレベルの臆測だろうそれは」小椋刑事は不満そうだ。

一方、北刑事は、「やって来た時のヨットパーカーの男の挙動は、確かに、高馬守和だったとすれば奥さんの供述や状況証拠とよく馴染む」と認めた。「ラマラルゴの袋をさげた男をこっそりと追いかけてここまでやって来たというわけだな、高馬さんは？　この部屋に入るのも初めてだった」

「ええ」

「映像からの印象以外に、なにか根拠は？」小椋刑事が質した。

美希風は、腕を回して辺りを示した。「ここにあるすべての帽子ですよ、根拠は」

それぞれが、陳列棚や帽子掛けの帽子を見回した。視線に滲むのは、不可解さ、疑い、もの問いたげな困惑、あるいは気味悪さといったものだった。

「まず取っかかりに触れますと」美希風は先を続ける。「この部屋のカムフラージュ設定では、白井哉久と名乗った人物がこれらの帽子を蒐集していることになっています。ところが、高馬守和さんが白井哉久とは思えないのです。被害者である守和さんは、どちらかというと四角い顔立ちでした。こうしたタイプの顔には、クラウン——帽子の山の部分ですが、これも角張っているほうが似合います。ところが、ここに集められている帽子は、オペラハットとチロルハットを除けばすべてが丸形のクラウンです」

「そんなのは趣味の問題だろう」小椋刑事はにべもない。「当人が似合うと思っていればそれで終わりだ」

「これは取っかかりです。捜査陣に帽子に少し詳しい者がいれば、ふと気にかかり、肝心の点にも注意がいったかもしれません。帽子のサイズの問題です」

美希風は、机の上の帽子を手に取り、

「サイズは五十七センチです。平均か、それよりやや小さいサイズになります。そして、室内の他の帽子もみな、このサイズなのです。もし、シューズを蒐集している人がいたら、選ぶ靴のサイズはどうなるでしょう？　ほとんど観賞用のコレクションだとしても、自分の足のサイズにしますよね。限定品でサイズがないなら別ですが、そうでないならば、自分の足と違うサイズの靴でわざわざ揃えたりはしません。帽子も同じでしょう？　ですから、ここの借主である白井哉久は、これらの帽子をかぶれなければなりません。ところが、高馬守和さんはそれができないはずなのですよ。あの方の頭に、これらの帽子は小さすぎるのです」

何人かの視線が、すでにない遺体を探すかのように床の上をさまよった。

「高馬弘恵さんのスマホ画面で見た、守和さんの頭を思い出してください、北刑事、キッドリッジさん。守和さんの頭部は、少なくとも小さくはなかったでしょう？」

そう問われても、両名とも明確には答えられない。美希風は、それも当然といった顔で、

「そうですね、まあ、すぐにそれと判る差異ではない。しかしあの方の顔の骨格からして、小さな頭ではありませんよ。これはいろいろな計測アプローチで実証できると、私は確信しています。例えば、守和さんの残っている画像や映像からサイズを導き出すといった手段です。明日――いや、夜が明けてからそうした検証をすれば、ここの帽子は高馬守和さんの頭には小さくて入らないと判明するでしょう」

「人体の復元でも可能だろう」冷静な目で、エリザベスが助言する。「骨折していたとしても頭蓋骨を元どおりに復元できるから、かなり正確に頭部の周辺サイズは判明する」

「そうですね。そして、現時点で少しは確証がほしいのならば、奥さんに尋ねてみればいい。旦那さんは黒っぽいヨットパーカーを持っているかということと、頭は大きいほうではなかったか、ということを」

スマートフォンを取り出したのは北刑事だったが、美希風の、「もっと実証的な内容は、もしかすると権藤警部がもたらしてくれるかもしれません」との一言で操作の手を止めた。

「警部が？」

「稲田刑事に頼んで連絡してもらったのです。調べてもらいたいことを二つ」

同僚たちの視線を浴びて、「きちんと伝えたつもりです」と稲田刑事は返答する。「警部は調べてくれています」

無表情とも見える引き締まった表情になって高馬弘恵に電話をする北刑事の傍らで、美希風は言葉を重ねた。

「被害者の頭に、これらの帽子は小さいのではないかと気づくことに、帽子についての専門知識など必要ありません。調べながら見ているうちに、誰かが気づくでしょう。犯人側は、これは絶対に避けたかった。……ああ、犯人側の計画の第一歩から始めますと、高馬さんを殺してしまった後、防犯カメラに映ってしまうので死体の運び出しなどはできず、むしろ被害者をこの部屋の借主と偽装したほうが得策だと考えついたと推測できます」

話がここまで進んだ時、北刑事はスマートフォンを耳から離した。

「高馬夫人の答えだ。頭の大きさは特に話題になったことはないそうだが、大きいほうだろうとのことだ。ほぼ黒いヨットパーカーは持っている。休みの日にはよく着ていたそうだ」

この知らせに続き、稲田刑事のスマートフォンが振動した。

「はい。はい。警部、お疲れさまです」緊張を隠さずに、彼は応答を開始する。「……判りました。スピーカー機能にします」

『北くん、南さん、聞こえるかね？　被害者の頭回りのサイズ、なんとか推定できないかと試み、やってみた。おおよそ出たと思うよ』

「そうですか」北刑事が声を弾ませる。

『頭幅の計測だ。正面から見た時の、こめかみ辺りでの直線の数値だな。左右の幅だ。多少傷があったが、若干の修正をするだけでまず正確な数値を得られたと思う。十六・三五センチ。調べてみたが、これは被害者の年代の男性の平均値より一・五センチほど大きい。このケースで、頭囲が平均より小さくなるとは甚だ考えにくいな。頭囲は平均より軽く二、三センチは大きいだろう』

やはりここの帽子はサイズが合わないのだという推断が、聞き手の中に染み渡る。

『南さん。ここからどういう推理展開になるのだね？　私にも聞かせてもらおう』

はい、では、と、美希風は再び話し始める。

「私には、ここから逃げ出したあの男一人でこの計画を練りあげたとは思えません。殺害後、慌てて組織に連絡を入れたはずで、そこのブレーンが善後策を授けたのでしょう。この計画の進行途中に彼らは気づいたのです。この被害者の頭と帽子のサイズの食い違いに。だから、死体の頭部をメチャメチャに殴打する必要が生じたのです。変形させられた頭部――。何度見ても、周辺サイズなどは認識に入ってこない。従って、帽子がすべて小さいだろうとも気づかない」

ある者は棚の帽子に、ある者は床に残る血しぶきに視線を向けた。

10

請われる形で、美希風は、事件の進行を頭から振り返る推理を口にし始めていた。

「麻薬を仕込んだ帽子掛けの輸入業者が摘発されたのを受け、組織はこのトランクルームにも手がのびる危険を察した。それで、目立たぬように徐々に、ここから自分たちの痕跡を消そうと試みる。日頃から気をつけていたでしょうが、指紋を徹底的に消す。自分たちにつながりそうな情報源や遺留物は始末する。必要な品は持ち去り、今夜も、オペラハットを入れて来た大きな紙袋に、なにかを詰めて持ち去るプランだったのでしょう。その役の男は、まさか尾けられているとは思わなかった」

北刑事が眉間に軽く皺を寄せて問いかけた。

「どういった経緯で、高馬さんがその男をマークするようになったのかな。想像はつくのかい？」

「想像の限りを尽くせば、なんとか。高馬稔さんをまた覚醒剤の買い手にしたい密売人は、守和さんの周囲もうろつくことになったでしょう。守和さん自身、違法薬物や密売組織の研究をしていた。そのような時に、なにげなく接近してきた者が麻薬類にかかわっていると、守和さんにはぴんときた。例えば、そうした裏社会の隠語をつい漏らしていたなどの理由によって。その相手を守和さんは〝あの人〟と呼んでいます。明らかに、親族や友人知人ではない。その相手の名前を知らないか、名前を伝えても奥さんには判らない程度の付き合いしかまだないのです」

『まさに、たまたま接触を持った相手に、高馬さんは重大な不信を感じたということか』

「するとその相手は、例えば……」権藤警部の言葉に続き、北刑事が思案がちに言った。

「コンビニのレジのおにいちゃんとか、宅配の配達人でも有り得る。街角のティッシュ配りかもしれない。ティッシュの陰にパケが見えたとか」

「そんな感じですね。〝彼〟や〝あいつ〟ではなく、〝あの人〟と表記していることから、日常の生活圏の周辺部にいるような年上の相手なのかもしれませんが。ともあれその相手の今日の行動を、守和さんはどうしても探らずにはいられなくなったのです。奥さんの言葉を信じるのであれば、少々無謀かもしれないほどの持ち前の正義感に憑かれた行動です。新木場駅の外まで尾けてくると、男はこの暗い一帯の、いわば波止場の奥へと進んで行く。実に怪しいではないですか。守和さんは確信を得て、こっそりと後を追った。そして男がこの第四号トランクルームに入った直後に、恐らく、扉が閉まる前に体を割り込ませたのでしょう。そうやって強引に入るしかなかったと思います。男の驚きは当然ですが、しかし面識がまったくない相手ではない。麻薬関連の疑いを突きつけられても、はぐらかし、ごまかし切ろうと話し相手になる。ところがここで、室内デザイナーである高馬さんの目が力を発揮した」

美希風はここで、エリザベスではないが、「発揮してしまった」と言うべきだろうかと思った。気づかなければ、高馬守和の殺害はなかったのではないだろうか。

「守和さんは気づいたのですよ。室内空間のアンバランスにね」

ほうっ、と少し得意そうに声を漏らしたのは小椋刑事だ。他の刑事の顔には納得の色が広がる。

「秘密の部屋という発想はすぐに浮かぶ。そうなれば守和さんは、その入口か入り方を探る。ここでも、職業的な目が活きた。壁と同化しているスティックを発見したのです」

「見事な活躍だが……」エリザベスがそこで言葉を途切らせたのは、美希風と同じ感慨を懐いたからだろう。探り当てなければよかったのかもしれない。

美希風はそれ以上気持ちを乱さず、

「開閉スイッチを巡って争いが起きたのは、以前の推理どおりです」と、続けた。「ここに至って、高馬守和さんは殺害された。その後行なわれたのは、二つの偽装工作ですね。隠し部屋を見つかりにくくすることと、被害者を白井哉久と見せかけること。後者に関しては、指紋の偽装も犯人はしたわけです」

「所々で検出された指紋が……?」半ばにらみつけるような目で、小椋刑事は机などを見回す。

「他は完璧に指紋が消されているのに、守和さんの指紋だけが目立っているのも奇妙だったのです。後で拭き消すような面倒をするより、最初から手袋をすればいいはずですからね。手袋は物入れにたくさん入っています。犯人は、ラマラルゴの袋などに被害者の指紋を付着させていった。ところで、指の表面に皮脂があるから指紋は明瞭に付着するし検出もしやすいわけで、死後、皮脂の追加はなくなる。何ヶ所にも指を触れさせていたら、指紋はかすれる一方だ。そうですよね、キッドリッジさん？」

「そうだ。スタンプのインクが切れていくようなものだな」

「ですから犯人は、被害者の他の肌の皮脂を指先に移しながら多数の指紋を残していったのでしょう。指紋分布は偽装されたものだと示唆してくれるのは、カッターです」

「カッター？」北刑事は一瞬、戸惑いの声をあげる。「ああ。被害者の指紋が付いた状態で抽斗に入っていたな」

「もっともらしい状況を再現するためには、小物にも指紋を付けたほうがいいと犯人は考えたわけです。箱の開封に使うカッターならばその役にふさわしい。しかしカッターは普段、物入れに収納されていたと見受けられます。それがなぜ、抽斗に入れられたのか。それは、物入れの取っ手に指紋を付けられないからです」

「ん？」

声を出したのは北刑事だが、全員の顔に彼と同じような疑問符が浮かんでいる。

「守和さんの指紋が残されていた物はすべて、あの方の指先まで移動させられる品です。椅子の背もそうですね。でも、物入れの戸は、蝶番をはずさなければならない。そこまでの手は掛けられないわけです。血で汚れた重たい遺体をわざわざ抱えて移動させるようなことは最初からするつもりがありません。だから、物入れの取っ手に指紋は付けられない。しかし、中のカッターに指紋があるのに、外の戸の取っ手にそれがないというちぐはぐさは注意を引いてしまうかもしれないですよね。だから、抽斗に放り込んでおくことで物入れは無関係と思わせようとした。ちなみに、抽斗は引き出して、被害者の手元まで持って行けます」

『なるほどな』と、権藤警部。

小椋刑事は悔しそうで不機嫌な面持ちだ。

「指紋の細工にも念を入れたつもりが、一つ大きな落とし穴があった」と、美希風はまとめを口にする。「先ほども言いました、これだけ見事なコレクションをしているはずの者がその帽子をかぶれないという致命的な矛盾です。部屋の偽装の完璧さが、逆に足を引っ張った。血なまぐさい対処が必要になったというわけです。この後で、開閉スティックが動かないことに気づいたのだと思いますね。器材もないですし、犯人一人では、短時間での修理など無理だったのです」

聞いた推理の妥当性を吟味しつつ、思考をまとめようとしているのだろう、北刑事は拳で額をこすっている。「被害者の身元を突き止めた後、高馬守和氏を密売組織の一員だと決め込んで背景捜査をする。ブレーンがもし、被害者の弟の事情も知っていたなら、この誤導作戦が効果的なのも計算できる。一日二日は簡単に費やされ、拠点の一つを失い殺人まで背負い込んだ組織は貴重な時間が稼げるというわけだ」

この先の犯人側の計画について、美希風も推理を少し練り込んだ。

「組織としては、隠し部屋が見つからないことを期待するでしょうが……。まず判断基準としたのは、防犯カメラの映像でしょうね。朝になって映像を見直された時、二人が入って行ったのに一人しか出て来ていないことは不審を買うでしょう。やがては管理人が確認に動く。相手は管理している側なのですから鍵を掛けていても無駄です。それならば扉は施錠せず、キーに被害者の指紋を付けて転がしておいたほうが偽装の役に立つ。数日経ってこの現場から警察の手が離れたら、内装は解体されるでしょう。その業者に力を及ぼすか、成りすませば、隠し部屋の資材も回収できるという寸法ではないでしょうか」

エリザベスの目が、ここで〝寸法〟？　と、不思議そうな興味の色を覗かせたので、後で教えますと、美希風は目で返した。

「仮説に一本筋が通ったということは、その説に従って……」稲田刑事が口を切る。「真犯人は高馬守和さんが夕方時分に接触した人間なんでしょうね」

「ふん」小椋刑事の鼻息は皮肉を含んでいる。「これで容疑者は、都市の中に匿名で存在する、たった百人程度に絞られたってわけだ」

これには美希風が、

「いえ」と、応えた。「たった一人。まずはその一人から当たってみれば効率的だと思います」

小椋刑事はもちろん、北刑事たちも皆が驚いている。

「重要容疑者だと言うのかい？」北の声のボリュームは大きい。

「少なくとも、最初に調べて損はないと思います。注目したのは、被害者の頭部と帽子のサイズの違いを、普通それほど正確に把握できるだろうかという点です。どう考えても、犯人がその点に意識を向け始めたのは、被害者の前額部に激しい一撃を加えた後です。この後冷静になって、偽装を思案し始めるのですからね。そしてこの時、すでに陥没骨折によって頭部は変形してしまっているし、実際に帽子をかぶせることもできない。帽子が血まみれになってしまいますからね。ところがこの犯人は、確信ありげに計画を進めている」

「それで？」小椋刑事が促した。

「まず、高馬守和さんは目立って頭が大きなわけではありません。北刑事もキッドリッジさんも暗にそれを認める形になりましたが。じっくり見ても判断がむずかしいぐらいでしょう。守和さんが名前も出さない程度の接触しかない相手が、あの方の頭のサイズを正確に知っていたとは考えられません。……が、プロならどうでしょう？　帽子屋などですね。しかし、守和さんに行きつけの帽子屋などはない。あの方が帽子にまったく興味がなかったという奥さんの話は信じていいでしょう。三人の子供さんたちに、揃って警察の聴取に嘘をつきとおさせるなんて、どだい無理です。そんなばれやすい嘘をつくはずがない。だとすると、後は……」

　ここで権藤警部の声が聞こえてくる。

『それで、私にあれを調べさせたのか』

「結果はいかがでした、警部？」

『先端はすべて、きれいに切り揃えられたばかりだよ』

「これではっきりしましたね」美希風は、安堵を覚えつつ言った。「今の問題の答えは、理容室です。トコヤさんですよ。職業的に頭部を見ている」

「先端が切り揃えられて……」北刑事の顔色は漂白されているも同然だった。「頭髪か……！」

　他の誰もが口もひらけない中、美希風は言葉を加える。

「午後からは休みだったという高馬守和さんはトコヤへ行っていたのでしょう。三ヶ月前に引っ越したということですから、このトコヤには二、三度通っただけなのではないでしょうか。だからマスターの名前を知らないということもあるでしょう。ちなみに私は、行きつけのトコヤさんを一人でやっているご主人をマスターと呼び、名前は知りません。守和さんが利用しているトコヤさんに複数の理容師がいるなら、担当の男性が容疑対象になりますね。

その男が白井哉久役であるなら帽子のことは頭にあるでしょうから、守和さんの頭のサイズぐらいは感覚的に、そして自動的につかんでいたとして不思議ではありません」

北刑事の両眼は熱っぽくなっている。

「その理容師に、今日、高馬氏は決定的な違和感を懐いたというわけだ。麻薬を扱っているのではないか、と」

「大きな拠点の一つがつぶされ逮捕者も出ている混乱期、組織のほうにも隙があり、なにかが雑だったのかもしれませんね。それを高馬守和さんのアンテナがキャッチした。これからなにかするつもりだと察し、相手が表の仕事を終えるのを待って尾行を開始した。奥さんからLINEがきた時は尾行の最中でしたから、仮に理容師の名字を知っていたとしてもいちいち説明している暇もなく、〝あの人〟と書いておいた」

帽子に囲まれている深夜の殺人現場で、南美希風は最後の推理を語った。

「犯人が、被害者の頭部を血まみれにした動機のもう一つがこれです。カットされたての頭髪を観察されにくくすること。トコヤさんに行った後は独特の匂いもしますよね。血の臭いでそれも覆い隠されるでしょう」

聞いて確信を得たように、エリザベス・キッドリッジは、犯人自衛の知謀もここまでだなという表情になった。

刑事たちは、不意に訪れた大きな納得による一種の虚脱と、行動開始前の谷間におり、幾つもの帽子と同じように沈黙している。

或るフランス白粉の謎

1

南(みなみ)美希風(みきかぜ)とエリザベス・キッドリッジが現場に到着したのは、午前十時半になる頃だった。足立区の高級住宅街の一画で、普段は静かな環境であろう。

しかし今は、赤色灯を回す警察車両が何台もで取り囲んでいて、八田(はった)家は物々しい雰囲気に包まれている。

制服警官たちに通されて玄関の中で待っていると、五十年配の男が奥からやって来た。細面(ほそおもて)だが、顎(あご)の形がしっかりしている。

「検視を担当している溝口(みぞぐち)です」

と名乗った。

警視庁鑑識課の警視であるらしい。いわゆる検視官だ。

美希風とエリザベスも名乗ると、溝口は奥へ誘(いざな)う仕草をする。美希風はパナマハットを帽子掛けに掛けさせてもらい、エリザベスと共に、受け取ったカバーをソックスの上につけた。

「昨夜の殺しと関係するのかどうか、確かなことはまだ言えませんがね」

世界法医学交流シンポジウムの帯同検視プロジェクトの割り当てでは、この事件にはインドの検視官が立ち会う予定であった。しかし警視庁は、この殺人事件の、前日の事件との関連性を重視した。帽子蒐集を趣味にしている男がトランクルームで殺害されたと思われる事件だった。これには麻薬密輸入と売買がからむ背景があり、この八田家の殺人でも麻薬がらみが疑われているらしい。事件の発生時刻にも関連性が見られる。

こうした事情のため、上層部は、前夜の事件でひとかたならぬ貢献をすることになった美希風とエリザベスをこちらの現場に回したのだ。

インド人検視官は鉄道の人身事故の現場へと行き先を変えられたが、彼は鉄道事故の検視や鑑識に大変興味があったため、むしろこの変更をありがたがっているという。エリザベスが出席予定である専門分野別セッションはもう少しで始まる時刻だが、エリザベスは、そちらは遅刻しても、場合によってはキャンセルしてもかまわないと考えている。

平屋造りの八田邸は、その分敷地面積が広く、そしておしゃれなデザインだった。

美希風は、進む廊下の左手、大きなガラス壁の向こうに広がる中庭に目を向けた。あまり庭木を配置せず、すっきりと見渡せて緑地の広がりが演出されている。ここが写真撮影の舞台であれば心が弾むところだが、進む先は殺人現場である。

溝口検視官が、

「私は若い時分、科学分析捜査の研修でアメリカに滞在していましたよ」と、どこか懐かしそうに言った。「現場に帯同し、最先端の技術を生で見聞きして刺激的でした」

「今ではアメリカも日本も差はないだろうね」エリザベスは言う。「鑑識技術も、法医学も。でも、ともかく、現場は学びの宝庫だ」

「そのとおりですね」

私服の刑事たちが待機状態でたむろしている場所を抜けると、どうやらその先が犯罪の中心地点だ。一人、民間人であろう中年の婦人の姿もあったが、意識する間もなく、

「この部屋の中です」と、溝口検視官が声をかけてきた。「改まった応接室は隣にあるのですが、ここは、くつろげるスペースもある第二応接室だそうです」

「この匂い……」

戸口で立ち止まって、まずエリザベスがそう呟いた。

美希風の嗅覚も、もちろんそれを感じていた。

脂粉の香り。……少なくとも、化粧品か香水を思わせる匂いだ。

「粉白粉です」溝口検視官が告げた。「床一面にこぼれている」

「こなおしろい？」

この単語はまだ、エリザベスの日本語辞書には入っていないようだ。主に化粧に使う白いパウダーだ、と美希風は教えた。

パウダーファンデーション、フェイスパウダーだな、とエリザベスは理解の面持ちだ。

「その手の化粧品には、わたしは詳しいほうだ」彼女はさらに、強気に言った。「前夜の事件では美希風くんの帽子の知識が少々役立ったが、この事件では、わたしの知識が貢献できるかもしれない」

「頼もしいですね」溝口検視官の様子は、期待半分、礼儀半分といったものだった。「うちの陣容に女は一人なのでね。それに、セレブ級の化粧品とは縁がなさそうだ」

白粉の匂いに少々むせそうになる美希風だが、前夜の事件のように、血なまぐさいよりは遥かにましだと感じていた。

一、二歩入ったところで、

「それ以上動かないように」

と指示してきた者がいる。すぐ左側に立っていた。初老の男で、髪の毛よりも眉毛に白いものが多い。

「なにしろ、このような状況なので」

広い部屋だった。応接セットが二組、ゆったりと配置されている。部屋の奥は左手へと曲がり、中庭に面した広い窓があるそのスペースに高級そうな応接セットがある。

部屋の中央を占めるのは、L字形のカウチを二つ組み合わせた応接セットである。寝そべることもできる造りであり、老女が一人、仰向けに横たわっていた。一見、寝台に寝ているようでもある。

その近くの床一面に、白粉が散っている。床は薄いオレンジ色の絨毯なのだが、カウチセットの周辺は、雪でも降ったかのように白い。

室内にいて声をかけてきた男は、沖中警部補と名乗った。他に室内にいるのは四名の鑑識課員だけで私服はおらず、全員がマスクを着用していた。

「昨夜に引き続き、お疲れさまですね」

沖中刑事の口振りに皮肉の気配はなかったので、美希風は丁寧に挨拶を返した。

被害者は八田園枝、八十歳。沖中がそう説明を始めてくれていた。

この広い邸宅に一人住まい。扼殺されており、死亡推定時刻は前夜の二十二時頃。今朝の八時三十分、園枝の甥の妻が来訪して発見者となる。すでに白粉はぶちまけられており、現場に手は触れていないと供述していた。

「検視を少し進めたところでしてね」溝口検視官が言う。「死亡推定時刻を割り出して、次の段階です」

美希風は状況を見て言った。

「遺体に近付くだけでも、床の白粉を乱してしまいますね」

「そこは最初から慎重にならざるを得なかったので、写真はもちろん、動画にもうぶな記録を残してあります」

そう口にした沖中刑事がB5サイズほどのタブレットに映像を呼び出し、美希風にも見えるようにした。エリザベスも横から覗き込む。

カウチセットは入口から見ると、大まかにいって逆L字形に置かれている。奥の端はゆったりと座れる広さになっており、奥に頭を向けた遺体はそこに上体を預け、右脚は縁からはみ出して床に踵をつけている。

遺体の近く、向かって左側には、低く細長いテーブルがあった。このテーブルとカウチセットに三方を囲まれている床が主に、白粉で覆われている場所である。

タブレットの画面に映し出されているのは、その床に左側から向けられたカメラによる映像だ。画面の上、奥には、遺体が横たわっているカウチが横にのびている。その右端で、組になっているカウチが手前にのびる。画面左の端には、奥行き方向に細長いテーブル。

これらに囲まれた、白粉まみれの床を映し出した直後、カメラの焦点はテーブルの上に移動した。そこには、白粉の容器と思われる物があった。よくある形状だろう、缶詰のような低い円筒形だ。蓋は低いドーム形。薄いピンク色をしていて、アコヤ貝の内側を思わせる、高級そうな半透明の材質だ。

「セフォーランの品だな」

エリザベスが口にしたメーカー名に、溝口と沖中は目を見開いた。

「判りますか!?」声にしたのは沖中刑事だ。

「詳しいと言ったろう。フランスの老舗メーカーだ。この白粉の匂いも独特だといえる。夜の香水にも合いそうな落ち着きがあるだろう？」

美希風は、本当にそこまで判るのですか？　と問いかけたかったが、一応レディーに対してそれは慎んだ。

白粉の容器の後ろには、それが入っていたと思われる空箱が映っている。次にカメラが少し移動して中央に捉えたのは、油絵の道具が入った木製ケースである。蓋はあいており、二十色ほどある絵の具のチューブの上に載った筆などが見える。ケースは斜めにずれ、一角がテーブルからはみ出していた。

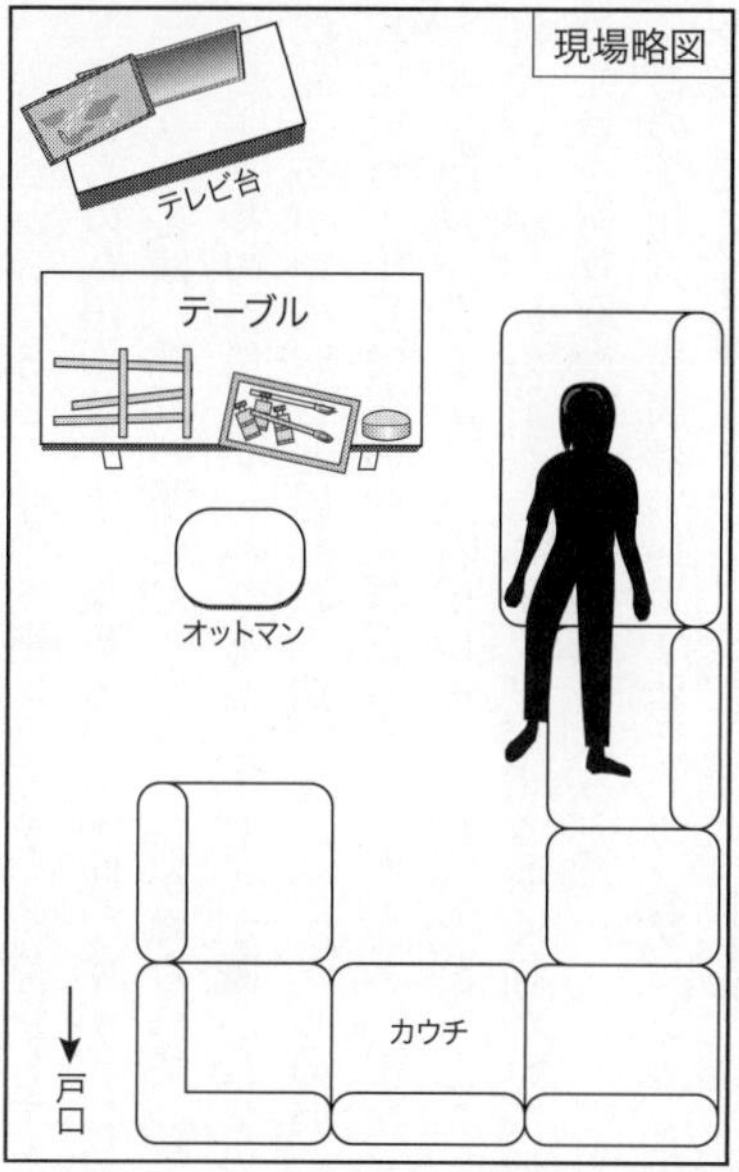

パレットは折り畳まれておさまったままだし、絵を描いていた途中ではない。脇に置かれている、筆などの清掃用の布がきれいなことから、描き終わった後ではなく、描き始める前なのだろう。

「誰が絵を描くのでしょう？」

美希風が尋ねると、沖中刑事は画面を一時停止して答えた。

「被害者の八田園枝です。集めるのも趣味ですが、自分でも描きます」

「そういえば、廊下の壁にも、何点も絵が飾られていましたね」

テーブルの上にはコンパクトなイーゼルが置かれているが、そこにキャンバスはなく、ほぼ描きあがっていると思われる油絵は、テーブルの向こう側にある薄型テレビに立てかけられていた。十号ほどのサイズだろう。

多少距離があるが、美希風はその絵に目を凝らした。静物画である。中央に果物皿が置かれているが、火の消えたローソクが重々しく描かれているし、人のドクロまでがあり、日常の光景を切り取ったものではないようだ。

「あの静物画、構図はいいですねえ」カメラマンとして、美希風はまず、そう反応してしまった。「絵の技術の巧拙は判りませんが、下手ではないのでは？」

「私も絵の採点などできませんが、素人っぽくはないですよね。味があるといえば味がある」

「果物皿などの画題は、どこにも置かれていませんね」

美希風は気になった点を訊いた。

「発見者はその辺の事情も知っていました。実物を見て描く段階は終わっていたそうです。最終調整をしようとしていたところだとか」

エリザベスが言う。「描きあげた自慢の絵を、あの被害者は、友人知人にあげたり売ったりしていたのかな、沖中刑事？」

「そのようですよ。……それが趣味の範囲であれば問題などないわけですが、我々は裏の意図があるのではないかとにらんでいます」

思わせぶりに言及してから、沖中刑事はタブレットの画面を再び動かした。

絵の道具の左斜め後ろに、茶色い紙に包まれていたらしい、一握りの白い粉があった。パウダーといえるほどの細かくサラサラとした粉末ではない。

「これが……？」

美希風が問い、

「コカインです」と、沖中刑事が頷いた。「末端価格はおよそ、二、三百万円でしょうか」

2

「この八田園枝が、こうした麻薬をさばく組織の主要幹部なのですよ」沖中刑事は言った。

「まず間違いありません」

「この年老いた女が、か」俄には信じがたいという面持ちのエリザベスは、複雑な感慨を覗かせる。

「見かけによらない典型ですな」

「そして、コカインがあからさまに出されたままということは、来訪者――殺害犯も麻薬関係者なのでしょうね」

美希風はその点に着目した。

「それも間違いないでしょう」

だとすると、同時に大きな疑問も生じるが、美希風は今は、画面のほうに集中することにした。

いよいよ、白粉まみれの床をカメラが大きく捉えだした。上と右側を占めるカウチ、そして左側のテーブルで囲まれている床は、ほとんどが白く染まっている。

「テーブル前の、この椅子のような物は……？」

「オットマンですよ」

言って、沖中刑事は部屋の隅を指差した。そこにはマッサージチェアがある。

「あれの脚乗せ台です。それを、テーブルに向かう時の椅子にしていたそうです」

オットマンは短い脚のあるキューブ形で、マッサージチェアと同じ赤さび色のレザー製である。これの上にも、白粉が均一に載っている。

情報として貴重なのは、やはり足跡だろう。遺体のすぐそばにある一組は、白粉をあまりかぶっておらず、そこには絨毯の色が見えている。

その足跡がアップになったところで画面を止めた沖中刑事が、「班長」と声をかけ、年配の鑑識課員を招き寄せた。

「これらの痕跡から再現できた現場の様子を、こちらのお二人に説明してくれないかな」

「まず、犯人が被害者に襲いかかった時に白粉の容器が飛ばされて床に転がったのは間違いないでしょう」

マスク越しに、低い声が聞こえてくる。

「仰向けに転がされつつ、咄嗟に抵抗しようとした被害者の右腕がテーブルにあった白粉容器を弾き飛ばした。これら一連の動きは、今置かれている位置に容器があったのなら、充分起こり得ることです。そして、目につくこの足跡ですが、被害者に覆い被さるようにして首絞めに力を込めている犯人の姿勢と完全に符合します」

エリザベスも画面の足跡を見詰めており、鑑識課班長の話に聞き入っている。

「左足は全面が床についていて、右足は爪先体重です。ですので、右足の後ろ半分の床は白粉で覆われている。踵のほうが床から浮いているからですし、犯人がこの姿勢でいる時に白粉が散ったことの証左です」

「なるほど」

美希風は頭の中でシミュレートしてみて、犯行時の姿勢にも納得していた。被害者はカウチの上で仰向け。標的である首は左側にある。のしかかるようにして首を絞めるのだから、踏ん張る足の状態は鑑識課班長の言ったとおりになるだろう。

「殺害を終えた後、犯人は白粉まみれの状況に驚き、対応に頭を使い始めたはずです。まず、白粉の容器を拾いあげますね。元の位置に戻したと思われます。容器が落ちていた場所はここです」

画面上で示された床には、一番厚く白粉が積もっている。その中央部には、埋まっていた容器が拾いあげられたという痕跡が明瞭に残っていた。すべてが極めて自然であり、ここに転げ落ちた白粉の容器を拾いあげたという以外の状態や動きはまったく想像できない。

「内蓋やパフも容器の中に戻されています」

容器が弾き飛ばされた瞬間にはまだ白粉は四散していなかったようで、テーブルの上には白粉はこぼれていない。

画面を指し示しながらの鑑識課班長の声は続く。

「犯人は床に膝を突いて、他にもなにかを拾いあげたのではないかと推測されます。邪魔なオットマンをずらし、両膝を突いた位置がここです。膝の位置を変えたりもしています」

美希風もエリザベスも、これもまた納得した。白粉敷きの床に残された痕跡は、まさに、膝を突いてなにかしていた人間の動きをまざまざと連想させた。ただ、白粉の上を移動した犯人の足跡は幾つもあるわけだが、重なり合っていたりするのも多く、どれもが曖昧(あいまい)でかすかな凹凸(おうとつ)になっているだけだった。

オットマンは二十センチほど動かされ、元あった場所の床はきれいな絨毯のままである。

「落としたのは、犯人の持ち物かな?」エリザベスが、想像交じりの推測を口にする。「残っていれば遺留品だった」

「そうかもしれません」鑑識課班長は答える。「落ちたのはテーブルの下の少し奥のほうだったのでしょう。それで、手を届かせるためには姿勢を低くし、膝を突く必要があった」

「白粉のない床の上ですね」と美希風。

「そうです。床の白粉の上には、なにかが落ちた痕跡がありませんので」

その事実は、テーブルの下の少し奥、という推定と結びつく。

「白粉の容器からは誰の指紋も発見されていません」鑑識課班長は滞りなく続ける。「指紋を拭き取った後、犯人は自分の体にもかかっている白粉をこの場で払い落としました」

彼が指差しているのは、映されている床の中央だ。

「今まで着目した痕跡の上に、新たな白粉が多少載っているのはこのためです。扼殺時の左足の足跡の一部にも、白粉が後からかかっています。そのため、足跡の全体像は曖昧になっているのが残念ですが」

ここで沖中刑事が言い添えた。

「容器などの指紋を拭き消す前に全身の白粉を払い落としたとも考えられますが、手を白粉で汚す前に指紋を消す作業をしたとするのも合理的でしょう。まあ、これらの行為の前後は、どちらでも大した問題ではありませんがね」

　それでも分析が緻密だ、と美希風は感心していた。この捜査官たちは有能で、自分の直観や発想が役立つような場面が残っているとは思えなかった。

「体の白粉を払ってから、犯人は、その場を離れずに数歩うろついたようです」

　鑑識課班長に言われて画面を注視すると、白粉の上に足跡が残っている。

「恐らく、全体像を眺めわたしたり、善後策を思案したりしていたのでしょう。そして、こう移動する……」

　白粉を踏む足跡は、カウチセットやテーブルで囲まれた一角を離れ、通常の絨毯へと出ると白い足跡へと変わった。それが三、四歩印された場所で、白粉はまた、一・数メートル範囲を、薄くではあったが覆っていた。

　鑑識課班長の指は、画面上のその場所を指している。

「ここで犯人は、最後の仕上げとばかりに、徹底して白粉を払い落としたのですな。足の裏の白粉も床にこすりつけ、すっかりきれいにしています。ですから、この先どこへ向かったのかなどの行動の様子は窺い知れません。もちろん、廊下へ向かったのでしょうがね」

　的確で要を得た説明だった。

　カメラはもう一度カウチに近付き、死者の様子をアップで捉えていく。

　小柄な老女だ。手足も細い。これでは、首を絞めてくる相手にも大した抵抗はできなかったであろう。高級そうな、ゆったりとしたズボンスタイルの部屋着を着ている。

　カメラが顔のほうを捉えると、苦悶でひらいた口の中に舌が見え、死相が露わだった。

　美希風は早々に顔を背けたが、エリザベスは無論、観察眼を光らせている。

　映像がすべて終了したところで、美希風は、無視しがたい懸念を持ち出してみた。

「犯行直後の犯人の行動が推認できて大変興味深いですが、しかし、白粉が散ったこの現場の一角そのものが、偽装されたものだと疑えないでしょうか？」

　間があいたのは一瞬だけで、

「ご丁寧に白粉を故意にぶちまけ、架空の動きをその上で演じたということですね？」

と、沖中刑事が応じていた。現場に腕を振ってみせる姿には余裕があった。

　美希風は一言添えた。

「捜査する側にとってはあまりにもありがたい現場状況ですのでね。都合がいいと言いますか……」

「いや。そんなに都合よくはありませんよ」

と、鑑識課班長はこめかみの辺りを指先で掻きながら、粉末まみれの現場を忌々しげに眺めた。

　沖中刑事も加えて言った。

「私たちもその可能性を検討しましたが、まず、なにを目的に偽装したのかがさっぱりです。自分以外の何者かに罪を着せるためでしょうか？　ですが——捜査班としては残念なことに——この白粉状況から有力な容疑者が浮かぶということはありません。容疑の糸口も浮かびませんでね。例えばあの、遺体横にある一組の足跡ですね」

「白粉で完全に覆われることは免れている足跡です」

「そうです。しかしあれを調べてみても、確たる手掛かりは得られません。犯人の足のサイズもはっきりとさせられない。右足は爪先のほうしか残っていませんし、左足の跡もくっきりとは残っていない。犯人が体から払った白粉が後からかぶさり、踵を中心に輪郭をぼかしてしまっているからです。犯人が足を多少ずらしたかもしれず、足のサイズは二十四から六センチぐらいではないか……と推測できる程度です。白粉の上の足跡は計測などまったく無理ですし、白粉溜まりを出た後の足跡もくっきりしたものではありません」

それとも、と、沖中刑事は片方の肩をすくめた。

「洗い出した容疑者をこれから訪ねていくと、そいつは白粉まみれで現われてくれるのでしょうか？」

「それはなさそうですね……」

「南さん。それにですね、白粉が散ったというアクシデントは、まさに殺害時に発生したと見るのが最も妥当なのです」

と溝口検視官も言いだした。

「カウチの表面や遺体の上にも、わずかに白粉が載っています。しかし、遺体の上半身にはそれがない。この痕跡は、その時その部分は覆い被さって首を絞めていた犯人の背中がガードしていたという状況とごく自然に一致します。また、こちらのほうが決定的な事実なのですが、遺体の鼻腔（びこう）や、口や喉の奥から、ごく微量ではありますが白粉が認められました。遺体は白粉を吸い込んでいたのです。日常生活で起こることではありません。首を絞められて必死に息をしようとしていた呼吸器官が、白粉が舞う環境下で甚（はなは）だ強く機能した結果です。胸元とは違い、遺体の頭部のほうには白粉が多少降りかかっていますので」

「そうでしたか」

エリザベスは、「扼殺時に空中の異物を吸い込んだというのは大変興味深い」と目を輝かせ、首の横の髪をくるくるといじった。「後で観察させてもらえるかな？」

「そうしましょう。検案してください」溝口検視官は、むしろ勧める様子で頷く。

その興味深い事実は事実として、幾種類かの仮説が脳内スクリーンに浮かんでくる美希風の口は、もう少し慎重さを求めてむずむずと動いた。

「殺害時に白粉が舞い散る事態が起こっていたのは事実として……、その先に、偽装が加味された恐れはないでしょうか？　自分の不利になるなんらかの形跡を掻き消そうとする偽装が」

「どのような？」検視官は顔全体がもの問いたげだ。

「殺害時に転げ落ちた容器からは、白粉は半分ほど撒かれただけだった。この時、散った白粉には犯人にとって甚だ都合の悪い痕跡が残された。そのため、まずそれを消し去った。しかし、白粉が飛び散った現場全体の様子をごまかすことは不可能なので、残りの白粉をぶちまけ、もっともらしい架空の動きの痕跡を上書きした」

「すまんな、皆さん」と、エリザベスが謝罪の身振りをする。「役にも立たない細かすぎる空想に付き合わせて。神経症の一種だと、あきらめてくれ。推理における潔癖症だ」

言い得て妙かもしれないと、美希風自身、自嘲気味に思った。

「慎重さは、我々も度外視していないつもりですよ」

そう応じた沖中刑事は、エリザベスに取りなすような微苦笑を浮かべてみせる。

「まず、南さん。あの床の一角にこぼれているのは、間違いなく、あの容器一つ分の分量の白粉です。何度でも強調させてもらいますが、真新しい容器が飛ばされてあの場所に落ちた痕跡として、ここの様子は実に自然です。疑う余地はありません。念を入れるのであれば、テーブルの後ろ側にゴミ箱があって、そこに、セフォーラン の白粉の包装紙があり、その大きさや皺の寄り方は箱一つ分です。テーブルの上の空箱も、もちろん一つ。また、その空き箱の中にはメーカーからのカードが入っており、『初めてお買いあげくださったことに感謝して……』とのメッセージが記されています。つまり、セフォーラン の白粉はこの家にはあれ一つだけということです」

――ほうっ！

感嘆の思いと共に美希風は口にした。

「偽装に使える、余分な同質の白粉はないという結論ですね」

「それに申しあげたとおり、容器一つ分の白粉が床などにこぼれて残っており、二分の一や三分の一が減っているという事実はない。さらに言えば、隠したい最初の痕跡をうまく消し去るというのも困難です。床は毛足の長い絨毯ですからね、雑巾で拭いても掃除機で吸い取っても、跡形なく処理するのは短時間ではまず絶対に不可能です。この家のことに詳しい、第一発見者である三ツ谷凜子に尋ねて掃除機を調べてもいいが、白粉など微塵も検出されないでしょう」

「お見事ですね……」

無論本心であり、やはりこの人たちの捜査には隙はなさそうだと得心する。美希風としては、捜査済みかどうかを確認するぐらいしか自分の役割はないだろうと感じていた。ここでは、エリザベス・キッドリッジの法医学的分析のほうが役に立つかもしれない。そうなればなによりだが。

そのエリザベスは、男たちから顔を逸らすようにして、

「偽装？」と、呆れたという声を出す。「人を殺害した直後に、白粉をばらまいて芝居じみ

た痕跡を残して歩くなんて、そんな手間暇かかることをするはずないだろう」

「ま、キッドリッジさんのおっしゃるとおりでしょう」

今度は鑑識課班長の目尻が微苦笑の皺を見せた。彼女にかかると、男たちはこのような表情になることが多いようだ。

「多角的に見て、この現場に不自然さはありません。新品の白粉容器がたまたま落ちて中身が四散した時に、犯人はまさにあの場におり――」

鑑識課班長は、ここからはカウチの陰で見えないが、遺体の横の床に指先を向ける。

「左足はしっかり床につけ、右足は爪先で踏ん張り、扼殺という犯行に及んでいたのです。八田園枝の死を確認した後、血を鎮めた犯人は、足下に転がっていた白粉の容器を元の場所に戻し、オットマンを少し移動させて床に膝を突くと、もう一つのなにかも拾いあげた――」

「絵筆でしょう」

美希風が言うと、えっ？　と問う顔が並んだ。

「絵筆？」と声にした沖中刑事がテーブルの上に目を向けた。

油絵の道具を入れたケースがある。

「筆が一本載っていますね」

「ええ」と、沖中刑事は美希風に頷いて見せる。

「他の筆やパレットナイフは仕切りの中におさまっている。ただ、一本は、丸められている布と横になっている溶き油のガラス瓶の上に載っている」先ほどの画面を思い出しながら美希風は話していた。「被害者が筆を一本選んだタイミングで、事態は殺人発生の方向に動いていったのでしょう。筆が置かれたのは、安定を欠く物の上です。丸められている布は、筆を軽く受け止めはするでしょうが、固く保持はしない。そしてあのケースには、明らかに不測の力が加わっている。一角がテーブルからはみ出していますからね」

「ああ……」

「白粉の容器のすぐ横ですから、当然、こうした推測は立ちますよ。被害者の腕に弾かれた白粉の容器は絵の具のケースにもぶつかっていた。これだけの力が急速に加わっているのですから、不安定な場所の上に載っていた、丸く細長い、軽い物体は転げ落ちる。絶対に転げ落ちると思いますが、いかがでしょう？」

疑問や反論の声もなく、捜査官たちは押し黙っている。

「絶対かどうかは判らんが」と応じるのはエリザベスだ。「転げ落ちて当然とは思えるな」

「落ちたであろう筆を元通りの場所に戻したのもほぼ間違いなく、こうした行為から犯人の心理も窺えるような気がします……」

「どのような？」沖中刑事はかなりの興味を示す。

「殺人を犯した後、犯人は多少呆然（ぼうぜん）としていたのではないでしょうか。自失して、半ば無意識に動いていた。犯行現場が白粉まみれになっているのに気づいた時、あまりに厄介な状況への対処不能な思いもあって、しばらくは思考力なく反射的に動いていたのだろうということです。ですので、落ちている物は拾う、という日常的に普通の行動を取っていた。白粉容器を元通りに戻し、それを拾う時に目に入った筆も拾おうと、床に膝を突いて腕をのばした。しかしこの辺りから……もしかすると指を意識してそこから指紋を連想し、犯罪を隠蔽する冷静な意識が働き始めたのではないかと想像します。班長さんが言ったとおり、犯人は全身の白粉を払いながら、観察眼を働かせ、善後策を講じていったのでしょう」

「その推理は、補強要素として有力ですね」沖中刑事の声には満足そうな響きもある。「鑑識活動も含めた我々の初動捜査が導き出した仮説は、南さんの心理的推理と合致する。ですので、この白粉に覆われた現場は犯人にとってもアクシデントで生じたものと見なしてよく、もう偽装説を考慮する必要はないでしょう」

「確かに、そうですね」

全体像の裏を探るような意識は、美希風の中からも消えていた。

鑑識課班長が部下を呼び、「画材ケースの上の筆は調べたか?」と質していた。指紋採取などしていなかったので、改めて調べられることになった。被害者が触れていることはまず間違いないのだから、指紋がまったく検出されなければ犯人が拭ったことになり、美希風の推理の裏付けとなる。

「ようやく、大前提の確認に至ったようだが……」

しびれを切らしたように、腰に両手を当ててエリザベスが言いだした。

「そろそろ遺体の検視をさせてもらってもいいかな」

3

エリザベス・キッドリッジと溝口検視官は、遺体の横に身を屈めて、単眼タイプのルーペまで用いた検案を始めていた。その後ろでは鑑識課員が、絵筆への鑑識作業を行なっている。

南美希風と沖中刑事は戸口で待機しており、刑事の口から被害者の背景が語られていた。

八田家――実質八田園枝は、銀座と新宿に大きなデパートを所有しており、園枝は経営の現場からは離れているが、権利所有者として相当の収入を得ている。

麻薬組織との関係を深めていったのは、元々は、園枝の夫であったのだろうと警察は見ている。この男は、ワシントン条約違反で逮捕された前歴があり、高齢になっても関税法違反容疑や贈収賄容疑などで何度も事情聴取を受けているという、反社会性気質の持ち主であったようだ。デパート経営にイメージ上でも悪影響を与えるのは明らかであり、八田家の名は表立って社会に伝わることはほとんどなかった。創業者として名を残すのみで、名誉職にも就いていない。長らく筆頭株主であったのは、園枝の息子、春清であった。

園枝の夫は、胆のう癌を患って長く闘病した末、七年前に亡くなっている。

この末期の数ヶ月で、組織のポストの移行が夫婦間で行なわれたらしい。表の稼業だけでも長年資産家であったのだから、金目当てで犯罪に手を染めたわけではないだろう。そう見る向きもあるが、こうした点はなんともいえない。人間の欲は果てしなく、大金持ちほどさらに貪欲に、資産増大に目の色を変えたりするのはよく知られているところだ。

抜けようにも、組織からはもう抜けられない深みにはまっていたのだろうとの見方もある。

いずれにしろ、八田園枝は、真っ当な小売り商売とはまったく違う、人の世の暗部で勝ち抜くゲームに快楽を覚えるほどの、実力を伴った女帝になっていった。八田一族は、何年も前から警察のマークを受けながら、決定的な尻尾はつかませずにいたのだった。

「昨夜の帽子事件が、とうとう、こうした大きな局面をもたらしたのでしょう」

遺体のほうに目を向ける沖中刑事の声には、複雑な重みがあった。

「向こうの事件で犯人が逃走したのが二十一時ぐらいでしたね、南さん？」

「そうです」

「その足で犯人はここへ来たのかもしれない。コカインはこうして無事に持ち出して来たと手柄をアピールし、安全な逃走ルート確保など、なんらかの支援を求めたのだが、切り捨てられそうであることを知って逆上した……とか。あるいは、組織側が動いたのかもしれませんね。トランクルームに捜査の手が入ることを組織側は知った。そこからたぐられると八田園枝まで手が回る密売ルート上のつながりがあった。それで、捜査の先回りをして口封じに動いた」

「しかし、後者のセンは薄くないですか、警部補。殺人直後の犯人の様子が、最初から冷酷に殺人を意図してきた者のそれとはずれるような……」

「ふむ……、そうですね。感触として、犯人がしばらくは半ば無意識でしか動けなかったのは、人を殺めてしまった行為そのものへのショックもあると見るべきか」

「組織がこの女性を殺しに動いたとも考えられるということは、八田園枝が組織のトップではないのですね？」

「幹部の一人だろうと見ています。下衆な犯罪組織の親玉は別にいる」

エリザベスの声が聞こえてきた。

「首は犯人の手で覆われていたはずだが、かすかに白粉の匂いがしないか？」

「犯人が首を拭いた時に、白粉が移ったのでしょう」その点、溝口検視官も検案済みだったようだ。「白粉容器などの指紋を拭き消した布――まあ、ハンカチ類でしょう――それを使って被害者の頸部も拭いたのです。その布には白粉も付着していた」

かなり接近した観察をしてエリザベスは言った。「なるほど」

「直接の物証である自分の上皮細胞は残すまいとする処置です。慎重な奴ですよ」

沖中刑事は美希風相手に、事件の周辺事情を話し続けていた。

夫亡き後、八田園枝は息子と二人でこの邸宅に住んでいた。しかしその春清が、十三ヶ月前に自殺する。いささか難解な文学調でもある手書きの遺書を残し、横浜の桟橋から身を投げたのだ。五十七歳であった。

この件を担当したベテラン捜査官の感慨を、沖中刑事は口にした。

春清には、罪の意識ともいえる葛藤があったのだろうと、その捜査官は見て取ったようだ。春清が麻薬密売にかかわっていたかどうかは微妙なところで、確かなことはなにもいえない。恐らく、見て見ぬふりをするしかない立場だったのだろう。そして彼には、一定の良識も良心もあった。母親が蝕む社会、そして母親を蝕む一種の精神的な病魔。それらを見詰めざるを得ない中で、春清の苦悩は行き先を見失っていった。

そして遂に、錯乱気味にさえなって破滅の淵へ踏み出したと思われる。

麻薬組織を洗っていた警察は、この自殺を好機と捉えた。自殺をつぶさに検証するという名目で、八田家周辺に具体的な捜査のメスを入れたのだ。結果として尻尾はつかめなかったが、八田園枝はやはり麻薬組織に深くかかわっているという臭気は嗅ぎ取れた。また、彼女の日常生活の細かな特徴を情報として集められたのは多少の収穫だったかもしれない。絵画趣味や、セキュリティー意識などである。

二度の離婚を経験している春清だが、子はおらず、八田園枝と血のつながっている相続人はただ一人であるという。甥の、三ツ谷憲吾(けんご)だ。年齢は四十で、ＪＲ綾瀬(あやせ)駅前の高級マンションで妻と暮らしている。

妻の凛子は毎日のようにこの邸宅を訪れていて、第一発見者となった。

「指紋はありません」

絵筆を調べていた鑑識課員の、班長への報告が聞こえる。

「他の絵画道具には、被害者の指紋が残っています」

程なく、白い布をかぶせた遺体の前を離れて、エリザベスが美希風の前に戻って来た。

「大変興味深い検案だった」長いまつげの下で、目を輝かせている。「とても少ない量だが、特に鼻腔には吸い込んだ白粉が認められる。自身で吸い込んだものであるのも間違いないだろう」

エリザベスは、この検視に立ち会わせてくれた上、丁寧に対応してくれたことに対して、後ろにいた溝口検視官に改めて礼を述べた。意外と、女性的な柔らかさを持つ笑みだった。

「死亡推定時刻も、前夜の十時頃で間違いないな」

エリザベスはまた美希風に向き直って続けていた。

「残念ながら、犯人像を推定させるような特徴はない。被害者の爪には、繊維などの微細物や、皮膚片や血痕もなし。この年齢でこの筋肉量だ、力を振るうような抵抗はできなかったのだろう。扼殺痕としての手形も、犯人は大柄ではないと限定できる程度だ。外的所見からだけだと、被害者自身がコカインを服用していた様子は見当たらない」

「そうですか」

美希風は沖中刑事に顔を向けた。

「私も、カウチセットのそばを見回してみていいですか？」

どうぞ、ということで、沖中に先導される形で美希風は犯罪の場の中心に近付いた。

足を覆うビニール製のカバーの下にパウダーがあるというのは、奇妙な踏み心地だった。検視官や鑑識課員たちが動き回った後なので、床の白粉はもう当初の状況を留めてはいない。美希風はテーブルの上に視線を巡らせた。

前列にあるのは右から順に、空になった白粉容器、油絵道具ケース、絵の具処理に使う布や筆洗用の缶。

後列に並ぶのは、白粉容器が入っていた空箱、日頃口にするために用意されているらしいキャンディー入れ、テレビなどのものだろうリモコンが三つ、コンパクトなイーゼル。

「新品の白粉があり、絵の道具があり……」美希風は沖中刑事に訊いてみた。「加害者と被害者との対面状況はどのようなものだったと考えていますか？」

一拍の間の後に沖中が返した答えは、美希風にとっても意外なものだった。

「白粉も絵画も、麻薬にからむ話題で出されていた品と見ることも可能なのです」

「ほう！　そうなんですか。どのようにからむのです？　——あっ、白粉は、麻薬のカムフラージュと関係しそうだとの察しはつきますが」

「白粉容器に秘密の空間があり、そこにコカインを隠して密輸したとか、そういうことか？」

前夜の事件からの連想でもあろうエリザベスのこの推察は、沖中刑事が否定する。

「そうした入国時のごまかしはまず不可能ですね。白粉が近くにある程度のことでは、麻薬探知犬の嗅覚はごまかされませんし、この白粉容器や箱には不審な隙間がない。ただ、この先の流通に利用しようとしていたとは考えられます」

「なるほど」と、美希風。

「容器に隙間が作れるのかどうか、試作品を検討しようとしていたとか。なにしろ、破損事故が起こっても、コカインは白粉にまみれて簡単には不審を買わないなどの利点が生じるかもしれませんので。ただ、鑑識がざっと調べた限りでは、この部屋に容器の加工道具はないようですがね。まあ、我々捜査課がこれから調べますが」

「一方で……」エリザベスが言う。「白粉は麻薬犯罪とはまったく関係なく、被害者が心待ちにした化粧品を手にしていただけとも思える？」

「そうなります」

「絵画のほうは、麻薬とどうからむのです？」

尋ねながら美希風は、テレビの左側に立て掛けられているキャンバスに目をやっていた。

ドクロも描かれている静物画。盛られている果物のうち、二つの梨（なし）は腐っているようだ。

「こちらのほうは疑いが濃厚ですよ」そう応じた沖中刑事の眼光は、鋭くキャンバスに注がれている。「絵画の受け渡しが、表や裏の八田園枝ネットワークを構成していますのでね。もしかすると、キャンバスや絵の具にコカインが混ぜ込まれているのかもしれない」

「ほう」

鑑識課班長も静物画を凝視していた。「押収して調べるのが楽しみですよ」

「絵画が通信手段である可能性も高いと見ています」沖中刑事はその点も指摘する。「大きな取り引きのメッセージが隠されている……などですね。日常的にスマホを使っている被害者ですが、メール類で闇取引をしている様子はまったく見られない。賢明なことです」

「アクシデントで漏洩してしまうリスクがあり、痕跡を完全に消すのもむずかしく、本気を出した時の警察が追跡しやすくなる」

「そのとおりです、南さん。秘密を守るのなら、昔ながらのアナログが一番です。紙に書いて渡し、利用直後に焼却する」

美希風は改めて、静物画を見ていた。

「暗号が秘められているか……、木枠の裏に仕込まれたなにかがあるか……。絵のテーマとしては、やはり、メメント・モリ……なんでしょうね」

その一言をラテン語発音し、エリザベスは、

「日本ではどういう訳語が有名なのだね？」と口にする。

「〝死を想え〟でしょうか」美希風は答えた。「滅びや死が、常に身近にあることを意識に置く」

「まさに典型的だな。かつてヴァニタスと呼ばれていたこの手のモティーフ」

「日本語では静物画です。主にこうした卓上のモチーフを描くのが広く静物画ですが、虚無や死のイメージが持ち込まれると……」

「虚無。ヴァニタスか」

「沖中刑事。被害者が描く絵は、この手の作風なのですか？」

「割合は多いですね。ですが、明るい風景画もある。もらい手である友人が、大まかな希望を伝えたこともあったようです」

そうですか、と頷き、美希風は画風を鑑賞する。正確な写実の技術を披露する作風ではないだけに、作者の思いがダイレクトに込められているという気がする。ぐりぐりと筆をこね回すようにして描かれた腐った果実――。その一方で、ローソクの溶け落ちる蠟は、事細かく描かれている。

描き手である八田園枝には、どちらの意識が強かったのだろう。やがては避けがたく死に呑み込まれるのだから、今の栄華を楽しめ――なのか。それとも、世俗の成功のむなしさを念頭に置いて、魂の救済を求めたい――なのか。

他殺死体がありながら甘い強烈な匂いに満ちている空間で、美希風は奇妙な感覚に陥っていた。香りという、写真にも絵画にも動画にも捉えられないもの……。しかし香りはある意味〝動画的〟なのではないか……そのような、自分でもよく理解できない印象が脳内を流れる。

「犯人が密売組織の者ならば、ここにコカインを置いたままなのはなぜなのかな？」エリザベスが言いだした内容は、当初美希風も感じた疑問だ。「幹部を殺してしまったついでに、大金の元も懐に入れるのが普通ではないか？　ここにいたのが中毒者のような買い手であればなおさらだ」

「その手の買い手を、被害者が家に入れたりすることは絶対になかったと思いますね」沖中刑事が答えた。「そもそも、八田園枝の裏の正体は見事に隠されていて、末端はもちろん、市場（しじょう）の現場にいる者は彼女の実態を知りようもなかったでしょう。ここを訪れる組織の者は、それなりの地位にいる連絡係か、同格の幹部、大物取引先といったところでありましょうな」

「そのクラスの人間であるならば、コカインに手をつけなかったことも説明がつきますよ、ベス」

「そうか？」

「手を出せば、その人物の命は風前の灯火（ともしび）ですよ。風の前の小さな火という意味ですが」

「ふうぜん、か。ともしび……、なるほど。組織が風を起こすのだな？」

「ええ。麻薬は組織にとって、金のなる木や原資である以上に、面子が深くかかわるものです。それを持ち逃げなどしたら、組織は黙っていない。幹部殺害は、犯人の立場によってはペナルティーは軽く、場合によっては不問に付されるケースもあるかもしれません。でも、組織の所有物である商売道具に手を出したら、報復内容は比べものにならないほど残酷で執拗なものになるでしょう。犯人は遠くへ逃げたとしても、警察以上に恐ろしい組織から一生追いかけ回されることになる」

　溝口検視官も言った。

「それに、これだけの量をさばこうとしたら、その動きを組織はキャッチするでしょう」

「ええ」美希風はもう一点を加えた。「八田園枝と対面できるのが組織のそれなりのポストにいる者なら、二、三百万は気にする金額ではないはずです。端金かもしれない。引き換えにする様々な危険と引き合うものではありませんよ。麻薬ビジネスにかかわる者だからこそ、このコカインに手をつけなかったというのは疑問の余地なく有り得ます」

　ここで美希風は、ただし——と注釈を付けた。

「今のは犯人が、殺害犯であることを組織にも隠そうとしている場合か、逃走を企てているケースです。『殺してしまった』と申し出る場合はその限りではない。このコカインを持ち帰って差し出し、『ブツだけは警察の手に落ちないように守った』と、得点を稼ごうともするでしょうからね」

「有り得そうだな。しかしここに〝ブツ〟が残っているということは、犯人は、持ち去ることをリスクと考える立場の人間ということだ」

沖中刑事は無言で頷き、溝口らは、人の命を簡単に左右する麻薬という白い粉を凝視している。

「沖中刑事」

美希風は声をかけた。

「被害者の甥に当たる三ツ谷という男性と奥さんは、密売グループの一員なのですか？」

「さっそく、次の論点の急所を突きますね」警部補の口元はわずかにほころんでいたが、目には物思わしげな色がある。「今までの内偵では、三ツ谷夫妻が組織に関係しているという感触は得られていません。今回の短い聴取でもね。殺人事件の捜査ということで徹底的に掘りさげようと思っていますが、これまで探ってきた限りでは資産状況に不審点もない」

「ただ……」美希風は意識するともなく、下唇を親指の先でこすっていた。「麻薬の件を無視しても、三ツ谷夫妻には大きな動機があるのですよね」

「明らかに。八田園枝の莫大な資産を独占的に相続できるのですから。南さん、ではこの辺で、三ツ谷凜子に会ってみますか？」

「そうですね」

移動を始めながら、美希風は次の質問をする。

「三ツ谷夫妻は経済的に行き詰まったりはしていないのですか？」

「問題点は見つかっていません。健全なサラリーマン家庭のはずなのですよ。三ツ谷憲吾は、通信教育のテキスト販売会社の部長。妻の凜子は専業主婦です」

部屋を出る前、美希風はもう一度、カウチセット周辺を振り返っていた。

油絵をじっくりと見たせいで、絵の具の匂いから連想し、白粉がばらまかれたのはなんらかの匂いをごまかすためではなかったのか、などと発想が浮かんでいた。しかしこれも結局、意味ある仮定ではなかった。

匂いを隠蔽したかったのなら、白粉をばらまくだけで済むことだ。パントマイムを演じるように神経を使い、白粉まみれの床の上に犯行時の偽装痕跡を残す必要はまったくない。同じく、一面の白粉の下には、大きな血痕などの、犯人にとって不都合な痕跡が残っているのではないかという仮説も否定されるだろう。

やはり、白粉が刻みつけた犯行時の様子は無作為によるものなのだと、美希風は再確認をした。現場を信じて推理を進められる。

4

現場の部屋から数メートル離れた廊下には、美術館の回廊に設けられた休憩スペースのような一角がある。広さは三畳ほどだが、中庭に張り出した壁はほぼ全面がガラスで、視覚的にものびのびとしたくつろぎが得られる。二人掛け用のソファー、やや小ぶりの肘掛け椅子、ガラステーブルが中央にあり、隅には観葉植物。

二人掛け用ソファーに、三ツ谷凜子は座っていた。取り巻いて立っているのは四人の刑事。彼らの中には、遺体や殺害現場を直接調べたくてうずうずしている様子を隠さずにいる者もおり、その時間を遅れさせた美希風たち異例の外来者に不満の視線を投げかけてもいた。

三ツ谷凜子は四十年配で、グレーの半袖(はんそで)ブラウスに茶色のスカートという日常的な服装だった。体格はよさそうだが、やせているという印象を受ける。顔の肉や皮膚が薄いせいだろうか。両目が丸く目立つ。顔色が良くないのは、ショックを受けた直後だからか、それとも日頃からそうなのか……。

「なにか新しい情報は得られたか？」

沖中刑事が部下を見回すと、一番年長の、縦縞(たてじま)模様のチョッキを着た刑事が、

「金庫が、寝室脇の部屋にあるそうですよ」と、強く興味を引かれている顔色で言った。

「それはぜひ知っておきたいな。隠し資産より、組織をたぐる手掛かりが詰まっていると助かるが」

「中身は知らないそうですが」

沖中刑事は三ツ谷凜子に視線を向けた。

「金庫を解錠するナンバーなどは知っているのですか？」

「まさか！」強く首を振る様子には、若干のむなしさもこめられているようだった。「教えられているはずがありません。金庫だってたまたま知っただけです」

ここで堂々と口を出したのは、エリザベス・キッドリッジだった。

「あなたはこの家のことに詳しいそうだが、故人とは仲が良く、世話をしていたのかな？」

凜子の溜息には複数の意味がありそうだった。そうであればよかったけれどという思いと、またそこから話すのかという煩わしさと……。

「家政婦代わりですよ。ほぼ毎日通わされました。車で十分ほどで来られますけど……。園枝さんは意外とおしゃべりが多く、それも愚痴や醜聞ネタ、世間への不平不満などもあって、それに思い切り付き合うこちらも気分転換にはなっていましたね」

「そういう気分転換は大事だ」エリザベスは、同性的な理解を示す顔だった。

「そうした役回りで必要とされた、と思えば、少しは慰められますけど……」

「しかし無料の家政婦のように毎日呼びつけられた側面は否定できないということだな？」

問うというより、エリザベスは確認し、「そうした日々の強要は夫も知っていたはずだな？　反応は？」

凛子は曖昧な仕草を返しただけなので、チョッキの刑事が言葉にした。

「先ほど、あけすけに吐露されていましたよ、夫はとにかく伯母のご機嫌を取ることならなんでもした、と。顔色を窺って汲々としていたそうです。遺産相続人からはずされると、大金を得るための法的手続きが厄介になりますからね」

――なるほど。

美希風は、三ツ谷夫妻それぞれの目算や屈託の輪郭を頭に入れた。

「三ツ谷さん」尋ねてみた。「ここへ日参するという付き合い方は、一年ほど前から始まったのですか？」

「いいえ。結婚して一年ほどしてからです。ですからもう、九年ほどになりますか……。もっとも、最初の頃は週に二、三日でしたけれど」

「大嶋刑事」と、沖中刑事はチョッキの刑事に呼びかけた。「ご主人の憲吾氏とは連絡が取れたのかな？」

「先ほど、取れました。三ツ谷さんのお話のとおり、千葉のゴルフ場にいるそうです。クラブハウスに戻って来てから留守電に気づき、折り返し電話をしてきました」

「様子は？」少し小声で、沖中刑事が訊く。

「絶句という反応でした。急いで戻って来るそうです」

「昨夜十時ぐらいの所在は尋ねたか？」

「ええ。奥さんの供述と同じです。自宅で、録画してあった映画を二人で見ていたそうです。その後（のち）、就寝」

沖中刑事が三ツ谷凜子に向き直り、「今朝、現場発見に至った経緯をもう一度話していただけますか」と促したのは、美希風たちへの配慮だろう。

「今朝は八時三十分にやって来ました。玄関の鍵をあけて……」

傍（かたわ）らにあった小さなバッグから鍵を取り出してみせる。

「この鍵です。ずっと預かっています」

すでに質疑応答を経験しているからだろう、彼女は細かく付け加えた。

「朝、訪ねる時は玄関は大抵閉まっています。昼間はあいている時もありますけど。今日も鍵をあけて、入りました。声をかけながら進みましたけど返事はありません。いつもでしたらダイニングかリビングにいるのですが、見当たりませんでした。トイレかと思ってしばらく待ってみました。そのうちトイレも見に行きましたがそこにもいませんでしたので、捜して歩いていると、第二応接室のドアをあけたとたん白粉のにおいが押し寄せてきて、あのような有様（ありさま）が……」

息をグッと呑んでから、三ツ谷凜子は続けた。

「床が白い粉まみれでしたから近付けませんでしたけど……それ以前に、少し離れていても、あの顔や様子を見れば死んでいるのは明らかで、もう足が動きませんでした。……その後は部屋を出て、廊下かどこかで一一〇番したと思います……」

「ありがとうございます」

沖中刑事が礼を述べた後、美希風は気になったことを三ツ谷凜子に尋ねた。

「今朝は、とおっしゃいましたが、それはただの言い回しでしょうか？　特に意味はない？」

「いえ。いつもは七時三十分なんです。今朝は一時間遅らせるようにと、昨夜、園枝さんから連絡が入ったのです」

沖中刑事が説明を引き取る。

「ＬＩＮＥでね」と、一言。

彼は鑑識から、紫色のスマホを受け取った。被害者のものです、と説明する。証拠保全袋には入っておらず、警部補はそれを白手袋をしている指で操作する。

ＬＩＮＥの送受信画面を、美希風とエリザベスに見せた。

被害者は、二十二時十七分に、明日の朝は八時三十分にしてちょうだい、と入力している。三ツ谷凜子からの返しはその二十分後で、わかりました、となっていた。

「もちろん、三ツ谷凜子さんのスマホにも同じやり取りが残っています」

彼女は自分のスマホを、意味なくいじっていた。

「十時十七分」美希風は言った。「死亡推定時刻に入りますね」

「この文章は、犯人が打ったものと思われます。スマホの指紋がきれいに拭われているのでね。特にロックも掛かっておらず、第三者の操作が可能です。これはカウチの上に投げ出されてありました」

エリザベスが不思議そうに口にした。

「犯人が、この三ツ谷さんの到着を一時間遅らせたわけか？　なぜだろう？」

「謎の一つです」

沖中刑事のみならず、刑事の何人もが思案がちの顔色だ。

「通常であれば……」沖中は言う。「死体発見を遅らせるのは、検視や解剖による情報の正確さを減じるのが目的でしょう。腐敗によって遺体の特徴が失われるとか、死亡推定時刻にかなりの幅ができてしまうとか、ですね。ところが今回、犯人が画策したのは、たった一時間の遅延です」

「しかもそのことに……」今度は美希風が言った。「犯人はある程度の労力を払っている。他人のスマホを操作して、送信相手を選び、文字を入力して送信する。思いついてパッとやることではない。冷静に計画して、それなりの効果が望めるから、手間がかかっても実行した」

ここで美希風は、エリザベスと溝口検視官に、問いの視線を向けた。

「一時間検視が遅れると、なにか大きな違いが発生しますか？」

二人は顔を見合わせた。

「それは考えにくい」答えたのは溝口検視官だ。「死後九時間半か十時間半かで、極端な差が生じる死体現象はないと言えます。今回の事案でなにかあるとすれば扼殺痕の濃淡だが……、いや、なにも要注意事項はない」

「そのとおりだな」と、エリザベスも同意する。

「圧迫痕の中には、相当の時間が経ってから出現したり、あったものが消えていったりするものもありますが、殺害直後にその変化を計画に組み込むなどというのは、まったくもって不可能です。素人はもちろん、専門家でも無理だ」

「すると、死体現象以外の他の理由になるわけですね……。三ツ谷さん、お伺いしますけれど、八田園枝さんが予定変更を知らせてくるのはよくあったのですか？」

「ええ。早く来てくれ、というのはほとんどないですけど、二、三時間遅くとか、今日は来なくていいとかは、時折ありました。不意の来客がある時のようでした。お客さんがお友達の時はかえって、給仕役に呼ばれましたけど――」

凜子が言葉を途切らせると、すかさずエリザベスが質した。

「あなたは知っていたのかな？　故人が犯罪者たちと付き合っていると？」

「知っていたら、平気では来られません。ただ……」

ややためらいながらでも彼女が話し始められたのは、刑事たちにこの点をすでに探られていたからだろう。

「なにか、わたしの目から隠そうとしていることや人間関係があるというのは薄々感じていました。仕事上の秘密事項なのだろうと思うしかなく……。言われてみれば腑に落ちますが、まさか、麻薬だなんて……」

「では、コカインを見たこともない？」

美希風としては、念のためという丁寧さで尋ねたつもりだが、

「とんでもない！」と、三ツ谷凜子は目を剝いた。大きな目が飛び出さんばかりで、少し血走っている。「とんでもないことです。見るも触るも、ごめんこうむります。コカインだなんて、恐ろしい話です……」

麻薬と無関係できたことが事実だとしても、彼女の容疑を消すわけにはいかないだろうと、美希風は推理を巡らせていた。現場の様子では、被害者と加害者は目の前にコカインを置いていたと推定されるが、実はそうではなかったのかもしれない。例えばこのようなケースだ。

殺害時、コカインはテーブルの上にはなかった。殺害後、犯人は白粉の容器を拾いあげたが、床に転がっている絵筆にも気がついた。この時、もう一つの物にも気がついたとしたら。テーブルの下に貼り付けられていた包みだ。明らかに奇異であり、犯人はこれを手にした。

中を見ると麻薬のような怪しい粉末が入っていたので、犯行動機を攪乱させるために包みをテーブルに置いた。

こう考えれば、三ツ谷夫妻が本当に組織とは無縁であったとしても、殺人犯では有り得る。

「沖中刑事」美希風は尋ねた。「玄関の鍵は、見つかっていないのですか?」

「邸内の細かな捜索はまだしていませんが、被害者の衣服や周辺には見当たりませんよ。被害者のキーを犯人が持ち、鍵を掛けて逃げ去ったのでしょう。そして、死体発見を少しでも遅らせようとした」

「……その表現はちょっと正確ではないのではありませんか、沖中刑事」

「ほう? そうですか?」

「犯人は、八時三十分か九時頃までに遺体を発見させたかったのです」

「……発見させたかった?」沖中刑事は眉間に皺を刻む。「そうなりますかな?」

他の刑事たちにも同様の疑念が見られる中、美希風は最初の言葉を選んだ。

「まあ、犯人が被害者の日常生活に通じているのは確かなわけです。ＬＩＮＥの内容からみても、朝七時三十分に三ツ谷凜子さんがやって来るのは承知していた。これは、犯人が密売組織の者であっても成立します。この家に何度も来ていて、三ツ谷さんと鉢合わせしないように神経を使っていたから、八田園枝さんから三ツ谷さんの日頃の行動パターンは聞いていた」

「確かに、あることだな」と、エリザベス。

「ただ、三ツ谷凜子さんが家の鍵まで預かっているかどうかは——。これも恐らく聞いていたでしょうが、聞いていなかった場合でも想定してみましょうか。三ツ谷さんが鍵を持っていないかもしれないと犯人が思っていて、七時三十分に三ツ谷さんが来るのを放置した場合。三ツ谷さんは邸内には入れません。呼び鈴を押しても、いつもすぐに返事をする八田園枝さんが応答しない。三ツ谷さんは電話もしてみるでしょう。ところがこれにも誰も出ない。三ツ谷さんは不安に駆られ、緊急事態を思い描く。なにしろお年寄りの独り暮らしですから、救助を求める行動にためらいはない」

実際にその不安を感じているかのように青ざめている三ツ谷凜子が、こくっと頷く。

美希風は続けた。

「近くの交番か救急か、解錠業者に連絡をする。結果、七時五十分から八時頃には、遺体が発見されている。しかしこれは、犯人は望まなかった。八時三十分でなければならないのです」

これに大嶋刑事が不思議そうに反応を返す。

「三、四十分遅くする？　その程度の時間差に、大きな意味があるのか？　偽のメッセージを送るほどの……」

「なにか、大きな意味があるのでしょう。犯人によって一時間遅らされた三ツ谷さんが鍵を持っている場合は、八時三十分の少しすぎには遺体発見で、鍵を所持していない場合は八時五十分から九時頃の発見となる。犯人はどうしてもこうしたかったのです。発見をただ遅らせたいのなら、三ツ谷凜子さんには、今日は来なくていいと伝えればいいのですから」

「もっともだ」溝口検視官が反射的な行動であるかのように声を出していた。

「当人を前にしてなんですが……」

と、日焼けして肌の色がかなり黒い若手の刑事が言いだした。

「三ツ谷さん。今朝、七時三十分だとなにか都合の悪い予定などありませんでしたか？」

続けて声を出したのは、エリザベスだ。

「それは、この三ツ谷さんへの嫌疑を含んだ質問だな？」とはっきり言う。

「そうなりますね」と、答える刑事も隠し立てしない。「被害者のスマホから、自分に都合のいいメッセージを自分のスマホに送るのは簡単なことです。翌朝の計画や行動で、ここへの到着を八時三十分にしたい理由があった」

ただ首を横に振るだけの三ツ谷凜子を前に、刑事はさらに言った。

「もっと検討を深めれば、そもそも、三ツ谷さんが玄関を解錠して現場に入ったのが八時三十分だという確証もない。当人がそう言っているだけです」

ここで美希風は沖中刑事に顔を向けた。

「防犯カメラはないのですか？　いかにも裕福そうなこれだけのお屋敷でしたら、安全面から考えても設置されていそうですが」

「それが、ないのですよ」

一年ほど前の、春清の自殺事件を捜査した時すでにそれは確認済みだという。

「ここに密かに出入りする人間たちが、自分の姿を記録されるのを嫌うからでしょう」

「なるほど」

「その代わりに、警備上、夜間にセットされる邸内センサーはしっかりしているそうです。それこそ、老女の独り住まいですから。扉や窓に負荷が掛かると目立つライトが灯り、警備会社に連絡がいく。昨夜は来客がいたので、無論まだ、警報セットはしていなかった」

「来客が殺人者では、センサー警備も無駄だったな」とエリザベス。

「わたしは本当に、ＬＩＮＥで園枝さんが連絡してきたと思ったので、八時三十分にここへ来ただけです」

三ツ谷凜子はうつむき加減だが、ここは引けないという語気の強さがあった。

「そうした行動を証明してくれる人はいますかねえ？」沖中刑事は、半ば同情するような接し方をうまくしている。

「七時三十分に間に合うように出る時には時々出会う、通学路見回りボランティアのおじさんはいますけど、時間帯が違うし、今日は日曜日なので会っていません。……って、こんなのでは駄目でしょうね」

「七時三十分でしたら」若手刑事が言う。「夫の三ツ谷憲吾さんがゴルフ場に到着した時刻ですよ。そうおっしゃってましたよね、三ツ谷凛子さん？」

「ええ……」

そんなことは関係ないでしょう、という目をしている凛子の手の中で、スマホが震えた。

画面を見てから彼女はぼんやりと言った。

「夫から電話です」

「出てください」沖中刑事は指示する。「そして、スピーカー機能にしてもらえますか」

5

『軽く渋滞しているので、車の中からです』

電話を通して聞こえる三ツ谷憲吾の声は、事態にショックを感じているようではあるが、ある種の興奮も響かせているようだった。非日常的な台風がもたらす光景に興奮している少年が、中年の殻（から）の中にいる――それが美希風が懐いたイメージだ。

警部補の問いに答えて、三ツ谷憲吾は自分の今朝の動きを再度語った。

今日のゴルフは、何週間も前から友人三人と約束していたものだ。場所は千葉市、ＪＲ蘇（そ）我（が）駅の東に位置しているゴルフ倶楽部である。七時半頃に到着して八時半からラウンド開始。

十時半頃に半ラウンドを終え、クラブハウスへ休憩に戻った。この時にロッカールームでスマホに目を通し、事件を知らせる留守電に気がついた。

ゴルフはもちろん途中で抜けさせてもらい、車に飛び乗ってこちらに向かっているところだ。あと二十分ほどの距離だろうか。

妻の七時三十分頃からの動静を尋ねられると、

『お話ししたように、私はかなり早くから家を出なければならなかったので、それ以降の妻の行動は知りようもありません』と、あっさりとも聞こえる応答をする。『いちいち、行動報告のメールや電話も日頃からありませんしね』

彼は、妻が疑われているという認識がないのか、

『それで刑事さん……』と、自分の関心事へと話を進める。一方通行を走る車のような勢いと流れだ。『伯母は、誰かに恨まれていたのでしょうか？　……首を絞められて殺されるなんて……』

「それはこちらからお訊きしたいですね。八田園枝さんに対する殺意に、心当たりはありませんか？」

『いやあ、ありませんよ。ないです。想像できないなあ……。金目の物は盗まれていないのですか？』

「これから慎重に確認します」

昨夜十時頃のアリバイを問われた憲吾は、前回と同様、妻と一緒に自宅でビデオ観賞していたと供述した。ここまででひとまず、電話を通しての聴取は終わった。


美希風は三ツ谷凜子に尋ねていた。

「現場に油絵があるのですが、あの制作過程はご覧になっていたのですか？」

「なんですか、骸骨を描きあげた後には見せてくれました。『見慣れたテーブルクロス』というタイトルだそうです。芸術家気質なのでしょうか、園枝さんにはちょっと理解できないところもありました……」改めて、記憶の中の戸惑いを眺めようとするような眼差しだった。「ああ……、庭で小鳥の死骸を見つけました時も、それを描いたりしましたからね……。あのお年で、急にスカイダイビングを始めたり……」記憶をたどった後、凜子の言葉は問われたことへの答えに戻った。「他の絵でしたら、描いている最中に見ながらおしゃべりをしたこともありましたが、あの絵ではそうした機会はありませんでした。でも、昨日は話題にしました。昼食の準備を終えてわたしが帰ろうとしている時、あの『見慣れたテーブルクロス』は、これから多少色を整えたら完成だ、と園枝さんは言ってました」

「判りました。ありがとうございます。では、白粉のほうはどうです？　新しいのが届くといったようなことが話題になりましたか？」

「それは聞いていません」凜子は頭を振った。それから思いつきを言う。「もしかしたら、あれでしょうかねえ、デパートの外商部から届けられた品とか。付け届けや、扱う商品の吟味のために、園枝さんの所には高級品が送られてくることがありました」

「今回のは違うようです」軽く言って沖中刑事は説明する。「包装紙が外商部とは無関係ですので」

　鑑識が入手していた、あの白粉の送り元の名称や住所を伝えられていたらしい女刑事が、沖中刑事に目線で問われて答えていた。

「その会社は実在しています」自分のスマホ画面を見ながら確認している。「セフォーランの正規の国内代理店です」

「被害者が購入したことが確認されるでしょう。配達伝票から、配達時刻もはっきりさせる」

　沖中刑事がそう言った時、聞き込みに出ていた四人の刑事たちがたまたま同じタイミングで帰って来て、廊下の一角は混み合い始めた。

　空振りに終わった聞き込みの報告を聞いた後、沖中刑事が次の捜査の割り振りをしようとしたところで、大嶋刑事が言いだした。

「それよりも警部補、遺体とあの現場はまだ探ってはいけませんか？」まさに手ぐすね引くといった思いを表わすかのように、彼は白手袋をグイッと引き絞った。

「もう少し待ってくれ」と応じたのは溝口検視官だ。「あと一点、調べてみたいことがある」

る。

「ああ……」沖中刑事には伝わっている了解事項のようで、あれですね、という顔をしている。

現場の部屋へ戻る沖中刑事たちに、美希風とエリザベスもついて行った。

残っていた三人の鑑識課員たちも、もう道具を片付けだしている。

「調べてみたいあと一点というのは？」そう訊いたのはエリザベスだ。

「検視事項ではないのですがね」溝口検視官が言った。「どうも、この家のブレーカーが落ちているようなのです。周辺の信号機にはまったく問題がないし、一帯の停電ということではなさそうなので。犯人が故意にブレーカーを操作したのかもしれません」

彼はテーブルに近付いて、白っぽいリモコンを手に取った。それを天井のライトに向けてスイッチを押す。

「点灯しませんが、照明の故障ではなさそうです」

という溝口検視官の言葉を受けて、鑑識課班長がドア近くの壁を指差した。

「メインのスイッチをオンにしても、どのライトも灯りません。スイッチにあった指紋は被害者のものだけ」

「そして、天井のライトはLED」そう言ってから、溝口検視官はリモコンを美希風たちに見せた。「明かりの色調も変えられる」

その先の説明は、沖中刑事が口にした。

「照明はごく普通なのか確かめてみたいのですよ。極端に黄色みがかっていたりして、その色の明かりで見ると……」沖中は、『見慣れたテーブルクロス』を指差した。「あの絵になにかが浮かぶのかもしれない。考えすぎかもしれませんが、ともかく、犯行当時の明かりで現場を見ておく必要もあるでしょう」

「なるほど」それも順当だと美希風は思う。

話しながら移動していた沖中刑事は、廊下に首を突き出して声を放った。

「ブレーカーが落ちているはずだ。誰か、それを戻してくれ」

「はい！」

機敏に反応した女刑事が、脇の廊下へ足を急がせる。

美希風は、家の電力を犯人が落とす必要があったのだろうかと思案し始めていたが、十秒ほどで天井の明かりが灯った。同時にテレビがついて音量が流れ出す。ややボリュームが大きい。

──犯行時、テレビがついていたということか。

美希風は同時に、もう一つのかすかな機械音にも気がついていた。軽くモーターが唸るような音だ。その方向、数メートル先にあるのは、大型のスタンドタイプの……どうやら扇風機である。羽根がないので空気清浄機にも見えるが、その扇風機は、奥の応接セットのほうに風を送り始めていた。

「明かりの色や強さは平均的なものだな」

エリザベスが言ったとおりで、他の者も同じ感想だった。

テレビを消そうとする鑑識課班長に、「チャンネルは一応確かめておいてください」と声をかけた沖中刑事は、着信のあったスマホに目を向けた。

「ほうっ」と声をあげる。「南さん。昨夜の帽子事件ですよ。そして、被害者の行きつけの理容室のマスターを尋問したところ、どうやらホンボシの感触らしいです」

「それはよかった」

テレビのスイッチを切った鑑識課班長は、やや距離を取って、白粉で埋まる床を改めて観察し始める。

美希風はかすかな音の変化を感じて、そちらに目をやった。首振り機能のある扇風機が、こちらに向きを変えつつあった。

――あっ？　まずい！

しかし美希風が声をあげる間もなかった。

かなり強い風がカウチセットのほうに吹きつけてくる。こぼれている白粉の縁のほうが舞いあがり始めたが、それよりも風の力をもろに受けたのが静物画だった。後ろから風を受け、ゆらりとバランスを崩すと、後は、風の勢いも得て一気に倒れていった。

誰の口からも、「ああっ⁉」という悲鳴にも近い叫びが漏れる。

テーブルに倒れたキャンバスそのものも風圧を生み、包んでいた紙ごとコカインを吹っ飛ばした。そして、キャンバスという障害物がなくなったこともあり、扇風機の風はカウチセット周辺を直撃し、床の白粉を盛大に巻きあげた。

吹雪が出現したかのように、一帯は噴煙同然に舞い狂う白い粉末で満たされた。罵声が飛び交い、背後の廊下からもバタバタという足音や「大丈夫ですか⁉」と問う声が交錯して聞こえる。

「ベス！」口元を手で覆い、美希風はエリザベスを廊下のほうへと引っ張った。「離れましょう！」

あちこちで、咳き込む声。

若い鑑識課員が走って行って扇風機を止めたが、白粉の雲は滞留するかのようにしばらく漂い続けていた。

それぞれが体から白い粉末を払い落としていたが、少量とはいえ、白粉は廊下にも広がったと思われた。白粉の匂いは、ほぼ屋敷中で嗅ぎ取れる。

「くそっ！」

あまり柄ではないようだが、鑑識課班長は耐え切れずに毒づいている。今まで三ツ谷凜子を待機させていた、廊下のくつろぎスペースに彼らはいた。凜子はリビングへと移されている。

職業的責任感から、鑑識課班長は己を厳しく責めていた。憤ってもいる。

「現場をここまで汚損してしまうとは……！」

エリザベスが、

「証拠品としてのコカイン確保は、もう無理だな」と、残念そうというより、淡々と口にした。

美希風は訊いた。

「少しは採取してあるのではないですか？」

「してあります。コカインであることを試薬で確認もしましたし。しかし、証拠としての価値は減退した」

「そうですか？」

「これだけの現場汚損をしてしまえば、それ以前に採取した証拠も信憑性を失います」鑑識課班長は、痛恨という顔色で悔しげだ。「現場管理能力の乏しさ、採集手順の不備などを有能な弁護士が指弾すれば、判事は証拠採用しないかもしれない」

「まあ、班長」沖中刑事も失態を噛み締める表情ながら、前向きな意見を口にした。「コカインの成分の特徴分析などで、共通ルートをたどる役に立てることもできる。現場での手掛かりであることは間違いないさ」

「もしかすると犯人は、殺害直後に今のように現場を掻き乱すつもりだったのではないか」と、エリザベスが一つの推理を語りだした。「扇風機を利用して現場を決定的に混乱させる手段だ。ところが、ブレーカーが落ちてそれができなくなっていた」

「……ふむ。それも一考ですね」

応じてから、沖中刑事は申し訳なさそうに、

「キッドリッジさん、南さん」と二人に呼びかけた。「ここを離れて、しばらく安静にしていただいていいですか。体調に変化がないか、様子を見ますので。コカインを摂取したかもしれない。——どうかしましたか、南さん？　具合でも？」

「いえ、それは大丈夫です。しかし……」

「なにか？」

「もう少しここにいていいですか」

「……どうしてもと望まれるのでしたら」

「どれぐらいいることになると？」エリザベスの目には興味の光がある。

「あることを確かめたら、その結果次第ですね」

廊下のくつろぎスペースで、美希風は中庭に目を向けていた。

脇廊下から来たエリザベスの姿が目の端に入り、向き直ってから腕時計を覗く。

――六十七秒。

「ありがとうございました、ベス。沖中刑事たちを呼びましょう」

6

溝口検視官、沖中刑事、鑑識課班長が顔を揃えたところで、美希風は切りだした。

「私が聞いたところですと、警視庁の刑事さんは基本は八時半からの日勤と考えてよく、それぞれの班に、発生した事件が割り振られていく。そうですよね？　そうしたローテーションによって、この八田家事件は沖中警部補の班が担当となった」

「そうですが？」沖中刑事は、なんの話なのだ？　という不審顔である。

「朝の捜査一課には前夜の班の宿直が残っており、その日の日勤班への引き継ぎが行なわれる」

「八時半から九時ぐらいで終わりますね」

美希風がゆっくりと、脇廊下を奥へと歩き始めたので、他の者も自然と歩調を合わせることになった。

「仮に、この現場にどうしても来たい刑事が沖中班にいた場合、事件が七時三十分に発覚してはうまくないのではないでしょうか？」

美希風のこの発言は、刑事たちの顔つきを変えていた。溝口検視官と鑑識課班長は表情を厳しく固め、沖中警部補は目を鋭く細めている。

疑念もこめたその目を突きつけられる美希風は、前方を向いたまま、

「臨場した所轄は、一見して殺しと判断しますから警視庁本部捜査一課に連絡を入れる」と先を続けた。「これが七時半すぎの場合、沖中班はまだ出動態勢にはなく、前夜の待機組である捜査班が呼び出されて現場に向かうことも起こり得る」

「なるほど」と声を出せたのはエリザベスだけだ。

「事件発覚が八時三十分であれば、まず……と言うより、もう間違いなく、担当は沖中班となる。でも、発覚が八時三十分以降のいつでもいいというわけでもない。あまり遅いと他の重要事件が発生してしまい、沖中班はそれに出動し、次の班がこの八田家事件の担当となることもあるからです。八時三十分から九時頃までの発覚が、その人物にとってはベストなのです」

美希風は足を止めており、一同も立ち止まっていた。

溝口検視官が面と向かって立ち、

「それが、犯人が八時三十分に来るようにと三ツ谷凜子に偽メッセージを送った理由を説明するあなたの一説か、南さん」と、美希風を質した。

「そうです。嫌なぐらいにハマります」

「そう。たまたまハマるというだけだ。他にも数多存在する仮説の中の一つにすぎず、客観的な根拠はない」

「それもまた、そうですね。この説は、推理していって絞り出された唯一の論理的な結論という方向性は持ちません。私は、ある説明しがたい事実を目にして、そこからこの推論に至ったのです」

疑問の色や困惑の色を深めて険しい顔つきになる刑事たちが口をひらくより早く、美希風が言った。

「キッドリッジさん。この近くにありますか？」

「ああ。あったよ」

「では、刑事さんたち。ブレーカーを見つけてくれませんか。もちろん重要なことです。私の告発の真偽を左右する」

こう言われては、捜査官たちも応じて付き合うしかない。

まず、「つい先ほど、指紋検出などは部下が済ませていますよ」と口にしたのは鑑識課班長だ。鑑識捜査の指示を出して結果を聞いただけで、ブレーカーの場所は彼も知らなかった。

「スイッチ類から指紋は拭き消されていた」

「昨夜、犯人がブレーカーを操作したということでしょうね」

美希風はそう言っただけで、捜査官たちの動きを見守った。

屋敷の裏口にも近い場所だが、まずは廊下の近くにあるドアからあける。あけたのは鑑識課班長だ。中はユーティリティスペースだった。

「こうした場所にあるものですけどね」

そう言う彼は、正面の壁の黒い筐体に気がついた。

「これは……、ああ、警報装置のボックスですね。夜間にスイッチを入れるのでしょう」

この洗面スペースの、左手奥にある、上半分が磨りガラスであるドアを沖中刑事があけた。ボイラー室だった。

「これだろう」

横の壁の頭上辺りに、オフホワイトの色をしたボックスがあった。下の縁の中央を摘まんでカバーをあけようとするが、簡単そうでいてあかない。丸印があることに気づき、そこを押すと、ポンとひらいた。

しかし中を見ると、スイッチはやや高い位置にあり、のばした手もぎりぎりで届かない。辺りを見回した沖中刑事が足場として浴室用の椅子に手をのばしたところで、美希風は声を出した。

「はい、そこまででけっこうです」

そしてすぐに問いも発した。

「確認しておきたいのですが、今回は特に、白粉が四散した現場ということもあり、鑑識捜査が完全に終了するまで一課の刑事さんたちは現場に立ち入らず、廊下のあのスペースで三ツ谷凜子さんからの聞き取りなどを主に継続していたのですよね？　邸内を歩き回る捜索はさせていない？」

「そう」沖中刑事が、憮然とした表情を保ったままで答えている。「邸内には他に、大きな異常がないことは、最初に駆けつけた交番巡査たちからの報告であがっていた」

「ブレーカーが落ちているらしいことに気がつき、電力を復旧させてからの現場の再確認にも意味があるとしたのは皆さんの合議のようなものですね？　そのことを部下に伝えてはいない」

三人は互いの顔を見回した。

代表する形で、「そうですね」と溝口検視官が答えた。

「でしたらさすがに、上官たちがブレーカーを気にしているようだから見つけておこうと、探しに歩く部下はいないでしょう？」

「そこまで気が回るはずがないな、いくらなんでも」沖中刑事は認めた。「それに、指示もされていないのにそんな単独行をすれば目立ちすぎる」

エリザベスが廊下にいるので、美希風も廊下へと移動した。

「それで、私はキッドリッジさんにお願いして試してみました。ブレーカーを見つけて、スイッチを切り替える真似をして引き返して来てほしい、と。廊下のくつろぎスペースが、スタートでありゴールです。所要時間はおよそ一分でした」

廊下に出て来た捜査官たちに、美希風は視線を巡らせた。彼らの顔にはすでに、話の先を察して重苦しい色が生じ始めている。

「皆さんも同じでしたよね」美希風は静かに言った。「ユーティリティスペースに入ってからでも時間がかかった。警報装置に目がいき、違うと判断してボイラー室のドアをあけてみる。ブレーカーを見つけた後も、カバーをあけるのに手こずり、足場を確保する必要もあった。軽く二、三十秒は経ってしまう。ところが――」

エリザベスが、廊下の先に視線を向けていた。くつろぎスペースのある方向だ。

美希風もそちらを見やりながら告げた。

「たった十秒で、ブレーカーを操作できた人がいた」

廊下の先には、一人の人物が立っていた。

大柄の、グレーのパンツルックに身を固めた女刑事だ。

その顔は、表情のすべてを殺したかのように強張(こわば)っていた。

7

「このお宅は明らかに、オリジナルデザインの建築物ですよね」

美希風は論拠を語りつつ推理を続ける。

「従って、あの女性刑事さんの住居がたまたまここの造りと同じでブレーカーの場所や扱い方もまったく一緒だったということは有り得ません。あの刑事さんは、昨夜何度かここのブレーカーを操作していたから、今朝はスムーズに動けたのですよ。つい、動いてしまったのです」

女刑事は灰色の顔をしたまま、口を固く結んでいる。

「私が思い違いをしているようでしたら、早々に反論してくださいね。否定してください」

そのとおりだと言いたげに、だが沖中刑事は、部下の女刑事にただ呼びかけることができただけだ。

彼女の左手の薬指の結婚指輪を再確認してから、美希風は言った。

「あの方は寮住まいではなく、自宅で生活しているのですから、昨夜のみならず、ここを訪れる時間を作ることは比較的容易でしょう。私は昨夜の帽子事件の現場で耳に入れたのですよ、沖中刑事」

「なにを？」

「麻薬密売組織と通じている者が警察内部にいる、と。あの女性刑事さんがその一人なのです」

女刑事当人以上に青ざめた沖中刑事が、美希風の横顔に視線を振り向けた。悪魔を見るかのような目の色だ。検視官たちも愕然となって身じろぎしない。

女刑事の目を見詰めたまま、美希風は頭の中で昨夜の八田邸での光景を再現した。

「彼女は内通者としてここを訪れ、八田園枝と対面していた。話の内容には、トランクルームでの殺人が大きな影響を与えていたでしょう。内通者に激変をもたらす事態だったのかもしれない――殺意がわき起こるほどの。必死の防衛手段だったのかもしれませんし。いずれにしろ、我に返った時には死体が転がり、辺り一面、白粉に覆われていた」

何度も検討したところなので、こうした流れに修正の必要はなさそうだった。

「ここで犯人が選択する最も単純で本能的な行動は、なにもかも捨てて逃走することですね。でもそれをすれば、警察からも組織からも追われ、逃げ隠れすることで一生を終えてしまう。ですから当然、犯人は、自分の生活をそのまま維持する最善策に知恵を絞ることになる。全身から白粉を払い落としながら、犯人は必死に思案した。首を絞めていた時の足跡などが残っていることも気づいたでしょうが、それを踏み荒らしてもまた白粉を舞い散らせることになるだけ。大した手掛かりでもないからと放置し、それよりも重要な方策の立案に神経を集中させていた。その結果、翌朝、刑事としてここへ戻って来る案ができあがった。最終的には、扇風機によって現場が乱された時に、あの近くにいることが計画の目的です」

奇妙な気配を察知して、他の捜査官たちが廊下のあちら側に姿を見せ始めていた。女刑事の近くに、一人、二人と同僚刑事が立つ。

「先ほど言ったとおりです。八時三十分に来させるために、犯人は三ツ谷凜子さんに偽のメッセージを送った。三ツ谷さんが玄関の鍵を持っていることも知っていたでしょう」

沖中班が現場に到着してからの行動へと、美希風は話を進める。

「第一発見者が女性ですし、被害者もそうで、白粉もからんでいる。女性の刑事は聞き込みなどには回されず、現場近くにいる役回りになるはずです。そしてあの扇風機――。本当に巧妙でした。そうそう、もちろん、あの扇風機が、通電が再開すれば途切れた動作から再び動き始める機種であることは確認したでしょう。カウチセットの白粉などに影響を与えない方向に首を固定させて、実験したはずです。私はあの現場を見て、散り敷かれている白粉の下や、その場での犯人の動きに気を取られすぎました……」

反省の思いが口を衝いて出る。

「白粉に占められた場所から出て、体からすっかり白粉を落とした後の犯人の動きも意識するべきでした。その後ならば、犯人も自由に動き回れたのですから。扇風機の実験もそうですが、テレビのスイッチもこの時に入れたのかもしれません。通電が再開されてから、捜査員たちの注意力を散らせるために。あと、犯人は油絵を動かすこともしたのだと思いますよ」

「あの静物画を?」まだ力の戻らない声で沖中刑事が訊いた。

「はい。あれはやはり、テーブルの上のイーゼルに載っていたのでしょう。それを、テーブルの後ろから回った犯人は持ちあげ、すぐ近くにあるテレビの横に立て掛けた」

「なぜ?」と、エリザベス。

「風による被害を増大させるためですよ、ベス。コカインは、白粉のような細かなパウダーではありません。扇風機の風だけではさほど飛び散らないかもしれない。しかし、キャンバスのような広くて平らな物が倒れれば、その時に起こる一種の突風は充分にコカインも吹き飛ばす。そしてそれは扇風機の強風によって広く舞い散ります。——ここで肝心の扇風機ですが……」

カウチセットの近くからだと、あの扇風機はほぼ右側面をこちらに見せている。通電すると、正面を向いていた送風部分は、まず左へと回転を始めた。

「応接セットのほうに風を送り、左端まで達すると、次はもちろん右へと回り始めます。スタートから、白粉の現場に風が吹きつけるまでは七、八秒。この時間差も、犯人にとっては重要な意味があった。意表を突いてただ現場を混乱させたいだけなら、スタート直後に風が吹きつけるようにしておけばいい。それなのになぜ、わずかとはいえ間をあける必要があったのか？　白粉が舞っている最中に駆けつける必要があったからです。

もちろん状況次第でタイミングを見計らい、ブレーカーの再セットを自分で具申することも計画の内であったと思います。しかしできれば、目立たないために、他の同僚たちの閃きによって事は起こってほしい。そしてこの時、自分が邸内のどこに配置されるか、犯人は知りようがありませんでした。ですから、通電が開始されると知ってから現場の部屋まで近付くための時間は少しでもほしかった」

「そのための七、八秒か」エリザベスが呟くように言う。

「風による混乱が起こったことは大声などで判りますから、それがスタート合図で、そこからは走ればいい。他の皆と同じように駆けつけられるはずです」

「……先ほどからそこがよく判らないのだが……」エリザベスが首を傾げた。「強風で混乱している現場に駆けつけることに、どんな意味があるのだ？　なぜ、細工を重ねてそこにこだわる？」

「自分の体内をコカ、イ、ンで汚染させるためですよ。その女性刑事さんは自分でもコカインを服用するのでしょう。恐らく、昨日かその前日あたりに鼻から吸引していた。そしてその後に知ったのです、警察は遂に、内部の膿を出すために強硬な手段にも出るらしい、と。自分はもしかすると疑われているかもしれないという恐れは常にあるでしょう。そしてもし、薬物検査を行なわれたとしたら？」

「Oh！」

鑑識課班長は言葉もなく、顎を落とさんばかりの驚愕顔だった。沖中や溝口、そして女刑事を取り囲み始めている捜査官たちも呻き声を発した。

「無作為の抜き打ち検査に選ばれただけでもアウトです」

それぞれが受けた衝撃の余波が残る中、美希風は最後の詰めへと進んだ。

「しかしこの現場に立ち会えば、衆人環視の中、自分も、コカインで汚染された他の大勢の同僚の中に紛れ込める」

鑑識課班長が低く呟いていた。「悪魔的な奸計だな……」

「でもやはり人間だった。その女性刑事さんは、コカイン混じりの白粉の粉塵を浴びようと待ち望んでいた。その一点に気持ちを向けていた。そうした精神状態の中、ブレーカーを戻せと指示がきた時、非常に動きやすい位置に自分がいた。それで演技をするという慎重さも吹き飛び、迷いなく脇の廊下へと進んでしまった」

女刑事に向けられる視線には、冷徹で分析的な性質を持つものが増えつつあった。

犯人の心理を、美希風はもう少し探る。

「薬物検査をくぐり抜ければ、自分はまだ、組織と警察との秘密のパイプ役として機能することができる。これは得がたい役どころのはずで、組織にとっても、二、三百万の薬物とは比べものにならない長期的な利点となる。――そう主張して納得させられれば、幹部殺害の罪も目こぼしされるかもしれない。……風で舞い散った後に利益を生じさせるために、あのコカインは放置されたのですね」

信じたくはないという思いを窺わせる刑事たちが、反論の言葉もない女刑事を囲んでいたが、一人が彼女の肩に手を置いた。

「連行しろ」

怒鳴りつけるような声で命令したのは沖中警部補だ。

部下であった容疑者の姿が見えなくなると、ややあって、「物証はむずかしいかな……」と、眉間を曇らせて呟いた。

「そうですねえ」

と半ば同意しつつ、美希風はあの刑事の自宅住所を訊いた。

「それですとやはり、ここにも自分の車で来たのでしょうね。どんなに払い落としても、白粉のような微細なパウダーは衣服に付着して移動します。彼女の車の運転席から、ここのセフォーランの白粉が検出されるかもしれません。……もう完全に、クリーニングされているかもしれませんけど」

「急いで当たったほうがいいことは多そうだな」

美希風は想像した。あの女性刑事が警察内部の腐敗を洗い出す突破口になるにしても、捜査を担当する刑事たちは内心複雑だろう。

8

事件が早期に解決しても、沖中刑事たちは気持ちよく感謝の言葉も口にできないであろうから、美希風はエリザベスと共に、すぐに玄関から外に出ていた。

そのタイミングで彼のスマホに着信があった。姉の美貴子（みきこ）からだ。

『そっちは今日も猛暑で、もう三十五度だそうだけど、どんなもん？』

「キッドリッジさんのシンポジウムのイベントに付き合って屋内にいたから、問題ないよ」

心配性の姉に、コカインの影響が出ないか観察中だ、などと言ったらどうなるだろう。美希風は少し、そう伝えてみたい誘惑に駆られた。

昨夜から立て続けに二つの殺人現場に足を運んだことは隠しつつ、今日予定どおりに帰れることを伝えて通話を終えた。

エリザベスが察して言う。

「美貴子は、明日の検診に間違いなく間に合うのか気にしたのだろう」

「子供じゃないんですからね」

ふふふっ、と笑っただけで、エリザベスはなにも言わない。

美希風は明日の定期検診のために、札幌に戻らなければならないのだ。向こうで数日間、仕事もある。

その間、エリザベス・キッドリッジは、医療とも法医学とも関係のない友人の元を訪ねる予定だった。明日会うのは、横須賀基地で働いている相手だそうだ。その後は、浅草や、色町の歴史を残す街にも行ってみたいということだった。

二人は一週間ほど別行動になる。

「次に会うのは、大槻家で、だな」

エリザベスが落ち合う日程を確認した。

「ここからは……」帽子のつばに指先を当てて、美希風は言った。「犯罪とは無縁の、良き日本を味わってくださいね」

「良き日本も刺激的だといいが」

エリザベス・キッドリッジは言った。

「美希風くん。君にとってもそうだろう。そうでなければな」

或るオランダ靴の謎

木々に囲まれる真夜中。聞こえるのは、背後のせせらぎと自分の足音のみ。迷うような歩調を示す足音は、暗闇の大地に沈んでいく。

気温を少しさげるような小糠雨が降ってから多少の時間が経っていた。

地面はしっとりとし、空気は澄んでいる。

——自分の中にある究極の罪と醜悪さを際立たせるように。

昼間ならば、南アルプスの秀峰も美しく見えるだろう。

でも今は、なにもかもが寝静まっている気配と、そして厚い闇が、もう一つの決断を誘っているかのようだった。

大槻の邸宅は目の前に迫っている。

なにを考えても、それは都合のいい幻にすぎないのではないか。

なにをしても破滅への歩行にすぎないような気もする。

それでも人間は……。

——こうなる、七時間ほど前——

1

「これが、大槻未華子おばさんのコレクションよ」

彼女の手が振り向けられた廊下の壁に、カメラレンズはさっと向けられた。

縦横三十ほどの升があるシューズボックスには、かなりの数の木靴が並べられている。その中の一足を、笑顔の未華子は手に取った。

「木靴。木を彫り抜いて作った靴よ」

映像を見るのは九歳の少年だ。その相手を想定してのおしゃべり内容である。

「オランダのが有名ね。これもその国から取り寄せているの。履き心地はいいのよ」

ややマニアックなその辺の自慢話は、美希風たちもすでに聞かされていた。

自分の足に一番フィットした型で大量に削り出してもらい、様々な模様を施してバリエーション豊かにしている。今では十四足揃っているという。絵柄はそれぞれカラフルだ。水車が描かれているものがあれば、花や果物の柄もある。

未華子が今手にしている靴には、黄色い鳥が素朴に描かれていた。

「オランダは干拓された土地が広くて、昔は湿地帯が多かったの。だから、水気に強い素材の靴が役立ったのね。おばさんも、庭仕事の時に使ってるわ」

観賞用ではないと、美希風たちにも話していた。木靴を選びながら、ガーデニングを楽しむのだそうだ。

画面の中に未華子の夫、忠資が入って来た。

「夏也くんは、スニーカーの話のほうが楽しいよな？　おじさんは散歩したりする時はスニーカーだ」忠資は有名なメーカーの名前を出した。「木靴でなくたって、防水加工は完璧だし、軽量にして相当に丈夫。男子はこっちだろう？」

声が入らない場所で見ている美希風は小さく言った。

「この靴アピールのくだりは、使われないいんじゃないかなあ」

「移植医療推進や励ましメッセージとは、ほぼ関係しない」エリザベス・キッドリッジも無表情に言う。

横で、大槻夫妻の甥に当たる生瀬尚央も、「カットだな」と確信ありげだ。

さらにその横で、シェパード犬のコブシも密かに「ワフッ」と鳴く。コブシも男の子だ。

録画撮影のほうは、外を歩けるようになったら格好いい靴を贈るよといった伝言としてなんとかまとめられ、終了となった。

撮影チームは、いかにも満足そうに、陽気に、「では、この辺で！　お疲れさまでしたっ！」と愛想を振りまきながら迅速な撤収にかかっている。ゆっくりしているように見られると、プライベートビデオめいた映像が増やされそうだと危ぶんだかのようだ。

丁寧な挨拶も交わされ、「お見送りはけっこうです」と、お偉方に頭をさげて、撮影チームは帰路についた。

一仕事が終わり、ほんの端役とはいえ撮影に参加していた美希風もなんとはなしにホッとした。

2

大槻夫妻の邸宅は、長野県の茅野市から南西の方角にのびる国道を十数キロ進んでから、北側の山道をさかのぼった先にある。小さな盆地といった地形で、視線の届く範囲に人家はない。南アルプスが近くに望め、春には雪解け水で水かさが増す清流が屋敷のそばで蛇行している。

長野県南部では有数の大病院、南信濃総合病院の院長が大槻忠資である。年齢は五十に届いたところで、体はそれほど大きくはないが、それだけに軽快な身ごなしもできそうなイメージだった。同時に、社会的地位や生活のグレードにふさわしい鷹揚さも兼ね備えている。豊かな髪の毛が丁寧に撫でつけられ、やや日焼けしている顔は精悍にも見えた。

夫より幾分年下の未華子は、年齢相応の肉付きだけれど、顔が小さく、笑みが似合う。少なからず浮世離れしたところも見受けられるといえるだろうか。経営者としての重責を担う院長としては、気を許せる奥方なのかもしれない。

一人娘のひな子は、高校二年生。夏休み前の週末である今日、撮影風景に興味があったのか家に残っていた。

七月下旬。この日、大槻邸に招かれたのは、南美希風とエリザベス・キッドリッジを除く四名。

まず大物は、豊海叶恵。四十代最後といった年代で、やや肉付きがよく、デザイナーズカットされた短髪がスタイリッシュに映える女性だ。夫は様々な医療団体の役員に名を連ねており、今日の集まりには国際間移植医療を推進するＮＰＯの理事長の肩書きによって参加する予定だった。日頃から多忙だが、急な仕事が立て込み、時間が取れずに夫人だけが顔を見せることになった。

当該ＮＰＯ、全国移植ネット機構が企画した今回の撮影の目的は二つ。一つは、心臓移植のためにカンザスシティで待機している斉藤夏也少年を力づけるため。もう一つは広く移植ネットワークへの理解を深めてもらうための広報用としてだ。

夏也は、南信濃総合病院から送り出された患者である。大槻忠資は移植コーディネートを推進する県内や全国規模の組織に加わっており、全国移植ネット機構とも二、三年の付き合いがある。夏也はこのＮＰＯのルートでアメリカに渡っていた。

そして豊海叶恵は、エリザベス・キッドリッジの父親と親交があったのだ。南美希風の心臓移植手術を成功させたエリザベスの父親ロナルドは、その後、国際間移植医療の調整活動に積極的にかかわっていく。その過程で、豊海夫妻とも顔つなぎができた。今回の来日に当たってエリザベスが日本の関係者たちに声をかけていたのを叶恵が聞きつけ、ロナルド・キッドリッジに敬意を懐いていた彼女がぜひお会いしたいと招いたのだ。

エリザベスは法医学者だが、父親の活動をつぶさに見ているのだから現地での移植コーディネートの実態に詳しいはずで、全国移植ネット機構としても貴重な取材源であった。同行者である美希風は移植体験者であり、予後も順調に過ごしてきていて、先輩として夏也少年に希望のあるメッセージを送る役だった。これにはもう一つおまけがあり、美希風が難事件を幾つか解決したことがあるという情報がどこからか夏也に伝わっていたのだ。ミステリー好きの夏也は、名探偵に会いたいと望み、そうした点でもぜひメッセージ映像に登場してほしいと請われた美希風は、二時間ほど前にその役をなんとかこなした。

今日から明日にかけては、それぞれの組織のトップによる懇親会としての意味もあるようだ。

他の来客は三名だが、誰もが身内といえるだろう。

大槻旭は忠資の兄だ。二人兄弟らしく、旭は南信濃総合病院の副院長を務めている。彼も体格が大きいわけではないが、仕立てのいい背広を身につけて、長男にふさわしい押し出しはあった。しかし今日は撮影見学や協力といったことではなく、個人的な要件で押しかけて来たのかもしれず、少し苛立った様子で集中力を欠いている。

美希風たちは今、平屋棟と呼ばれている別棟にいるが、旭とひな子は母屋にいる。

大槻邸は、ゲストを招く別荘としての機能も併せもっているそうで、かなりの規模といえた。

最後の二人は生瀬尚央とその恋人だ。恋人であるから、彼女は身内とは呼べないが。

長野市の郊外に住んでいる生瀬は、大槻未華子の兄の息子である。ドッグトレーナーをしているので、コブシのしつけトレーニングのために時々来訪しているという。三十歳。身長が百九十センチはあり、手足もずいぶんと大きかった。今日はトレーニングのためというより、婚約も意識している彼女を身内に披露しつつ、別荘のような環境で贅沢を味わわせようとするデートの一環のようなものらしい。

恋人は一歳年下の朝霞さおり。異性に対してさほど感情を動かさない美希風をして、奇妙に惹かれるものを物腰の端々に感じさせる女性だった。女優か？　と職業を問いたくなるが、去年までは南信濃総合病院に勤めていた看護師だという。今は大手コーヒーチェーン店のチーフウェイトレスをしている。オレンジ色のサマーニットは肢体のラインを活かしていたし、ペディキュアも、波打つ髪も、当然のように彼女の魅力に貢献していた。

如才もないのか、穏やかな微笑みを浮かべて、

「木靴、もっと見てみたいです」

と、大槻未華子に言っている。

3

時折、木靴のことを未華子はクロンプと呼ぶ。オランダ語らしい。

「大抵はポプラ材よ。思ったより重たいかもしれないけれどね」

さおりの手から受け取った、蝶(ちょう)の絵柄の木靴を、未華子は木製のシューズボックスに戻した。

「観賞用のも、ぜひ見て」

と、未華子は皆を少し先へと誘(いざな)った。

美希風、エリザベス、生瀬とさおり、そして豊海叶恵がついて行く。見慣れているだろう忠資は関心なさそうで、母屋のほうを眺めている。その傍(かたわ)らにいるコブシも同じようにしていた。命名の由来は、子犬の彼が来た時、こぶしの花が白く満開で見事だったかららしい。花言葉の一つが〝歓迎〟であるのも理由だという。

観賞用の木靴が入っているシューズボックスの升には、それぞれガラスの扉がついていた。その中の一つを未華子は覗き込ませる。

「これはデンマーク製」

「素敵……」さおりは感嘆する。「これ、本当に木靴なんですか？」

スマートな作りのそれは、美希風の目にも高級革の婦人靴だった。色はライトグレーで、甲の辺りには小花模様が紫色で描かれている。

つまみを引いてガラス板を持ちあげた未華子は、出した靴をさおりに渡す。

「本当に木靴ですね……」

美希風も指先で触れてみたが、確かに木製だった。

隣の升に目をやったエリザベスが目を見開いた。

「こっちにはヒールがある」

「イタリア製です」と未華子が説明するそれは、木靴である必要性が見当たらないほどにおしゃれな形状だった。

「ここまで美的にしてしまうと、リサイクル利用がしづらいかもな」

そんな感想を漏らすエリザベスに、美希風は聞き返した。

「リサイクル？」

「こっちの、外の壁に、ユニークな使われ方をした木靴があったぞ」

「よくお気づきで。お目が高い」

満悦の微笑を未華子は見せた。エリザベスの男言葉には、皆はすっかり慣れている。そのエリザベスと美希風、そして豊海叶恵の前に立って未華子は移動する。母屋へと通じる脇の戸口から出ると、左右の外壁にそれはあった。

「なるほど！」

素直に感心の声を発し、美希風はコンパクトデジカメを取り出した。カメラマンとはいえ、今は一眼レフは携帯していない。

「履けなくなった靴だけど、一応、色を塗り直したりはしてあるの」未華子が楽しそうに説明する。「色々な再利用の仕方がありますよ」

釘を使ったのか、接着剤なのか、一足の木靴が壁に取り付けられている。爪先が下を向き、足が入る開口部には可愛らしい花が生けられているのだった。

「いいわねえ」と、叶恵も笑顔だ。

ベスはいつの間にこれを見つけていたのだろうと、美希風は半ば不思議に思い、半ば感心する。恐らく、彼がビデオカメラの前で悪戦苦闘している時に、暇つぶしでもするように歩き回っていたのだろう。

――しかし……

と、美希風は改めてエリザベス・キッドリッジをさり気なく眺めた。四十歳すぎといった年齢で脂（あぶら）の乗りきった仕事ぶりを簡単に連想させる、頼りがいのある風貌をしている。女性としてのソフトさを表面にまといながらも、顔の骨格や体形にはしっかりとした重々しさが感じられるのだ。しかしそんな彼女が、こうした工夫された装飾を見つけたのは好奇心からだけではないだろう。可愛いものに目を留める感性も発揮されていると思う。

当人の前ではとても口に出せないが、乙女の部分も当然ながら内在させているというわけだ。

美希風はリサイクル花入れの写真を二枚撮った。

この場所からは本来なら、母屋へと、緩く(ゆる)カーブを描く渡り廊下がのびているのだが、今はそこが大々的な工事中だった。そのため、母屋と平屋棟を行き来する者たちはちょっと苦労をする必要があった。

四人は平屋棟の中に戻った。

生瀬とさおりは大槻忠資と合流している。美希風は、シェパードに目を向けながら生瀬に訊(き)いてみた。

「コブシくんは優秀そうですね」

「賢いです。ただ、一歳と若くて、遊び盛りでもある。時には大騒ぎに付き合ってあげないとね」

生瀬は言葉を足した。

「賢くて、訓練とそうでない時の区別もついている。プライベートでは自分は自分だとの意思表明をして、私のことも下に見る。基本は貴族ですよ」

「貴族……」まだ耳に馴染みのないその言葉にエリザベスは意識を向けた。「階級制度に関係したか？」

「そうです」美希風が答えた。「コブシは、ア・ノーブルマンですね」

シェパードは、澄ました横顔を保っている。

朝霞さおりが、愛犬が主人を見あげるような顔で生瀬に視線を向けていた。

「訓練以外では、あまり言うことを聞かない？」

「気分次第だな。忠資叔父さんには絶対だけど」

「さよう」余裕の仕草で頷き、大槻忠資はコブシの頭を撫でる。「私がなにより第一だ。

……というようなことはともかく、そろそろ母屋へ行こうか。夕食の支度も始まる頃だ」

ここから、それぞれが自分の靴を用意することになる。中庭を横切って母屋へ戻るのだ。

木靴をおさめているシューズボックスの空いている部分に、各々靴を入れさせてもらっていた。戸口が混み合い、先を譲り合ったり、ぶつかって笑い声をあげたりと、ちょっとした団体行動だった。

生瀬尚央の靴は大きくて、ボックスに入らず、外に出しっぱなしになっていた。

「尚央さんの靴、汚れてない？」

と、後ろのほうで未華子が気をつかっている。

「撮影隊に踏まれてもいないし、大丈夫っす」

コブシが悠然と、先頭を歩いて行く。

家政婦である浜という名の細身の中年婦人がてきぱきと段取りを進め、夕食は滞りなく進行した。

豊海叶恵とエリザベスの間では改めて、ロナルド・キッドリッジのことが話題になっていた。エリザベスの顔は、彼がパソコンに送ってきたスタッフ写真で知っていたと叶恵は言う。

「スタッフじゃないのに、紛れ込まされていたのだ」

「娘さんを紹介したくてたまらなかったのでしょう。自慢の娘さんという感じがありありでした」

それから叶恵の話は、移植順位に外国枠を設けていることにロナルドはなにを感じているか、といったことを尋ねる専門的なほうに進んでいった。

叶恵のショートヘアから覗く耳にはごく小ぶりの真珠のイヤリングがさがり、ブラウスもパールの輝きを滲ませ、彼女の周辺は図らずも晩餐会といったムードになっている。

ホスト夫人である未華子は、オランダ産のビールもいいでしょう？　と、男のゲストたちの顔を見回す。銘柄はもちろん、ハイネケンだ。美希風、生瀬、旭は満足の意を伝えたが、夫の忠資は、「ビールはドイツだというが大したものじゃない。オランダなどなおさらだ。酒はこいつに限る」と、ウォッカを呷っている。

美希風がどうにも対処に困ったのが、大槻夫妻の娘、ひな子の言動だった。

「浜さん。わたしの塩イカ、塩味薄くしてくれたの？　毎回言ってるけど」少し甲高い声がキンと響く。「歳取って味覚が鈍くなってるだろうけど、頑張ってよね。お金もらってるんだから」

細面で頬骨が目立つ。目は細いほうだ。編んで両サイドに垂らしている髪は、いささか古風な印象だ。

辛口のジョークではないようだった。場の空気が濁るのは、あけすけな放言だからだろう。

いつものメンバーはもちろん慣れているようで、浜は、

「いただける賃金の範囲で頑張ります」と、眉も動かさずに受け答えをする。

未華子はさすがに、恥じ入りつつ、申し訳なさそうにしている。

席全体の会話の流れに隙を見つけるようにして、旭がなにかを弟に対して言いたそうにするが、忠資はその度に視線で制していた。

視線といえば、美希風は、いつの間にか朝霞さおりを目で追っている自分に気がついて戸惑った。仕草や発せられる言葉の前に、独特の間が空くことが彼女の奇妙な魅力になっていると感じられてきた。

唇がゆっくりとひらき、なにか休符のような息がささやかに漏れてから言葉が流れてくる。食べ物が口に入っていく瞬間にも、なにがしかの間があるようだ。瞬きもスローモーショ

ンのように目に映る。

　生瀬尚央が、彼女のことで叔父に声をかけていた。忠資とさおりが対面するのは今回が初めてだという。

「病院での彼女のこと、なにか覚えてないの？」

「何度か顔は合わせているのだろうがねえ……」忠資は言葉を選ぶ。「顔と名前が一致するほどには、どうも……」

「あの大病院では、院長さんは雲の上の方ですよ」さおりが目を細めてフォローする。

　彼女自慢をするような生瀬の言葉が続き、彼女はフランス語が流暢（りゅうちょう）だという話になった。

　彼女にフランス語は似合うだろうな、と美希風は変に納得する。エリザベス・キッドリッジには、ドイツ語か英語だ。それか、日本語の男言葉。

「外国人もいいかも」言葉の内容とは裏腹に、ひな子の表情は温かくない。「フランスでもどこでも、いい男がいたら紹介してね、朝霞さん。わたしが迎える旦那にはステイタスも必要って、パパは熱望してるみたいだから」

　そんな話をうまく軌道修正したのか、豊海叶恵が美希風のアメリカでの日々をエリザベスに尋ね始めていた。こうなったら避けられないとばかりに、エリザベスは、移植とは無関係な、父親から聞いていた玄妙で迫力ある事件のことを話していく。ケンタウロス事件のことだ。上半身が人間で下半身が馬という白骨死体が発見された事件である。

そんなとんでもない事件を解決したのかと、美希風は賞賛や感嘆の目で見られ、気恥ずかしくて困ったが、その盛りあがりがあまり度を超す前に食事の時間は終わってくれた。

4

ふと生じた自由時間のようなものだった。食後、客たちが腰を落ち着ける場として与えられている応接間には、エリザベスと美希風だけが残っていた。

ソファーから立ちあがったエリザベスが、飾り棚に近寄ると、何枚かある大きな家族写真の中から一枚を手にした。木製のフレームにおさまっている。

「夫妻がまだ若い頃だな」

「なにか、目を引きますか？」

美希風も立ちあがって近付いた。

「なかなかイイ男が写っている」

エリザベスが、三十代後半と見える男の顔を指差している。

「忠資氏でしょうね。確かに格好いい」

髭を生やしているのだ。黒々と口の周りを取り囲み、伊達男の風貌だった。

「セクシーだな」

エリザベスのこの感想を聞きつけたのか、ドアがあけられたままの廊下から大槻ひな子が顔を覗かせた。

「パパのこと?」写真を見詰めながら、部屋に入って来た。「ああ、この頃ね」と頷く。「自分でも似合うと思っていたみたい。髭面が気に入っていた」

「それを剃っちゃった?」

「この後で、病院の跡取りに決まったからよ、南さん。その頃の院長だったお祖父さんにどうしてもってくどかれて、病院の運営をすることになっていったんだって。病院の中だと、髭面ってあまりよくないでしょう。パパはそう思ったらしくて、思い切って剃っちゃったのよ」

「ある意味、決意の表われだね」

「弟のほうが優秀だと見なされたということか」写真立てを戻しながら、エリザベスはその点を突いた。

「経営に関してはそうみたい。よく判らないけど。パパも、弟の自分がまさかと思っていたみたいね。本当は、貿易とか輸入とかの世界で飛び回りたかったんだって」

「で、病院経営は、兄のほうがやりたがっていたのではないか?」

「そう」

ドライなほどの実力主義であるアメリカでは、兄だとか弟だとか、年齢の上下などはビジネスにおいて不必要な勘案要素だろうな、と美希風は思う。しかし日本の社会や家族意識においてはそこまで割り切れているとは思えないし、まして、同じ職場で弟が院長、兄が副院長というのはどうなのだろう……。

しかしそれでうまくいっているのであれば、他人がとやかく詮索することではない。

「旭伯父さんは離婚調停が長引いてるし、なにかと大変なのよ。でもパパにも、お堅い役割を引き受けた代わりみたいに、羽目をはずしすぎじゃないかってくらい奔放なところがあるの」

ひな子は二人のそばを離れながら言った。

「女関係。女癖が悪いの」

——うっ⁉

美希風にとっては、女子高校生がすらすらと口にしていい話の内容とは思えなかった。

「最初の浮気の時は謝ったりしたらしいけど、そのうち開き直ったみたいになって、愛人が二、三人いたこともある。外見も内面も、そんな遺伝子なのかもね」

肩をすくめながら、ひな子は廊下へ出て行った。

「セクシーというなら、美希風くんよ」

「はい？」

「朝霞さおりという娘には、そんじょそこらにはない女性的魅力があるな」

そんじょそこら、なんて言葉をいつの間に覚えたのだ。該当する単語を知っていれば、女性的魅力も、もっと色気過多なねっとりとした言い方をされていたかもしれない。

「そうですね」

言を左右にしてあしらえる相手でもないので、美希風は素直に認めた。

「どちらが強い。カメラマンとしての興味と、男としての興味？」

「恋人のいる女性に興味は懐かない」

「いなかったとしたら？」

一瞬、美希風は真面目に想像した。

「あんな恋人がいたら、気が揉めると思うな」

「ああ。荷が重かろう」

二人は短く、乾いた声で笑った。

美希風はふと、被写体としての朝霞さおりには強い興味を覚えた。人物写真はあまり得意ではないが、彼女のポートレートには挑戦してみたい。いいものが出来るのではないか。それとも動画のほうがふさわしいだろうか。

時刻が九時を回り、就寝の流れとなった。

通いのお手伝いである浜は、もう帰宅している。

母屋に寝室のある者たちが、平屋棟に向かう客らを見送る形になった。中庭に面する母屋の北側は、引き戸であるガラス戸が並び、その外が縁側になっている。

さほど広くはない横長長方形の中庭を挟んで、北側に平屋棟だ。廊下の窓が並び、向かって左端にドアがある。

そこを抜けて平屋棟に入ったのは四人。部屋割りでいうと、向かって右端、一番東の部屋に豊海叶恵。その左隣にエリザベス・キッドリッジ。そして朝霞さおり、生瀬尚央の順になる。

最後にドアから入った生瀬が、自分の靴をビニール袋に入れたところだ。早朝の露で濡れるかもしれないとさおりに言われ、自分の部屋に持ち込むことになっている。

靴の入ったビニール袋をさげた生瀬が、こちらに手を振った。手を振り返したのは、しゃがみ込んでコブシの喉元を撫でてやっているひな子だ。

中庭には、未華子が丹精して育てている花壇があり、夜の乏しい明かりをか細く受けて、背の低い花々が薄闇の中でひっそりと浮かんでいる。こぶしの木もある本格的な前庭は西向きの玄関前に広がり、それは明日、嬉々として披露される公算が強かった。

洗面所を使わせてもらった美希風は二階にあがった。そして忠資の書斎の傍らを通りすぎようとした時だ、二人の男の声が室内から聞こえてきた。忠資があえてドアをあけっ放しにしていらしく、迎え入れられているのは兄の旭だ。

「一国一城の主だぞ」

「診療所に毛が生えた程度のものじゃないか」抑えがたい感情があるのか、旭の声は震えている。

「高齢化も伴う地域医療に新局面を拓いてもらいたいんだよ。講演活動も盛んにしてるだろう。名実共に、外で――」

「本気なんだな」強く太い声だった。「今まで協調してきた路線から梯子をはずされるのなら、こっちにはもう忍従はない」

美希風は廊下の端まで進み、寝室として与えられている部屋に入った。ベッドが二台ある客用寝室だ。大槻旭と同室になる。ベッドの間には、豪華な木彫りの衝立が立って、一応の仕切りになっている。

隣の隣が大槻夫妻の寝室で、ひな子の、寝室と私室の続き部屋は一階にあるらしい。

美希風がベッドに入って十分ほどしてから、旭が静かに入って来た。

それからどれほど時間が経ったろうか、気温を少しさげるような小糠雨が、ほとんどの者が知らぬうちに降っていた。

ふと、美希風は目が覚めた。夜中に目覚めることは少ないのだが……。目覚めた理由も判らない。室温は、寝入りばなからほとんど変わっていない二十五、六度か。湿度はそれほど高くはなく、まあ快適なほうだろう。室内は真っ暗だ。

相部屋なので、明かりを点けて本を読むことはできないし、スマホを操作するのもどうかと思う。美希風は姿勢を変え、すぐそばにあるカーテンをそっとめくってみた。雲が厚いので、外の闇も濃い。

原生林の闇のようになにも見えない――と思ったが、小さな動きを美希風は感じた。母屋の先のほうだ。空中に、白いものが揺らめいたように見えた。ほんの一瞬のささやかな動き。

数秒後、またなにかが揺らめく。

目を凝らしたが、二、三十秒待っても次の変化は現われなかった。

布団に潜り直すと、幸いというべきか、さほど間を置かずに眠気が戻ってきた。

5

目覚めのタイミングはほぼ一致していた。南美希風と大槻旭は、衝立の脇に出て笑顔で挨拶をした。

旭が、「カメラマンだそうだから、今日は写す側ですか」と白い歯を見せて言ったところでドアにノックの音。

七時をすぎたばかりだ。起こされる時刻ではないはずで、では、朝からどのような用件なのか？

美希風がドアをあけると、はっきりとただ事ではないと判る青ざめた顔で大槻未華子が立っていた。パジャマ姿で、茶色いカーディガンを体に巻きつけている。

動きが止まったままだ。

「どうなさいました？」慎重に、美希風は声をかけた。

ようやく口が動く。

「死んで……死んでいるみたいで……」

「えっ？」

「殺されたのかしら……」

ぎょっとしたのは旭も同じらしく、顔を強張らせて寄って来る。

「しっかりして、未華子さん。誰かが死んだっていうのかい？」

人ではなくコブシの可能性もあると美希風は瞬間的に思考していたが、そうではなかった。

大槻忠資が死んでいるという。

階下に向かいながら、男二人はなんとか話を引き出していった。

トイレからの帰りに、彼女は異変に気がついたという。応接間のドアがあいていて、人の爪先が覗いているようなのだ。うつぶせになっている男の足の先だ。

近寄ってみると、夫が倒れていたという。頭部から血を流しており、死んでから時間が経っているとしか思えない状態だった。寝室の隣のベッドに夫がいないことにはもちろん気づいていたが、トイレにもいなかった時点から少し不思議に感じ始めたという。ダイニングにいるのかと思ったが、なんのために？　と疑問が漠然と浮かんでいた。

死体に間違いないと思える夫と遭遇したわけだが、すぐに救急や警察に通報する気にはなれなかった。手の施しようがまったくないのか、犯罪なのか、そうした事態を確認し、相談できる相手がほしかった。娘に、というわけにはいかない。それで二階へあがって来たわけだ。すると、室内から声もしたのでノックをしたという流れであったらしい。

未華子の話のとおり、応接間のドアは内側に大きくあいていた。大槻忠資がうつぶせで倒れている。昨日と同じ服装だ。爪先がわずかに、敷居を越えて廊下まで出ている。

ほぼ白に近いライトグレーの絨毯(じゅうたん)の上に、彼の頭部の付近から赤黒い血の染みが広がっている。その色や凝固(ぎょうこ)の仕方からして、確かに長い時間経過が窺(うかが)われた。

それでも念を入れるために、美希風はそっと近付いて行った。死体との遭遇も何度か経験している。ありがたくないそうした経験を、せめてこうした時に活かすべきだろう。

頭部の無残な傷を見ないようにして、美希風は忠資の手首に触れてみた。体温はすっかり消え失せていた。皮膚の感触も、生きている者からは程遠い。

「亡くなったのはずいぶん前でしょう……」

美希風が言うと、旭が長い呻き声を漏らした。

血は見たくない美希風にしても、凶器を見ないわけにはいかなかった。死体の頭部の傍らに転がっている。……木靴だ。描かれている模様は皮肉なほどに明るい。ピンクや黄色の花が咲き乱れているのだ。その木靴の先端部分、やや尖っている爪先に、血と思われる汚れがこびりついていた。

訊くまでもないと思ったが、事実としての確認をしてみた。

「大槻夫人。この木靴は、平屋棟にあったあなたの物ですね？」

返事は聞こえず、美希風は振り返った。

改めてその〝凶器〟を見つめ直したといった眼差しの未華子は、無言のままで頷いた。

その靴のもう一方がどこにあるのかは、はっきりしていた。死体が履いている。左足だ。靴底が泥で汚れていた。

「中でもこの靴は、旦那さん用ということでもない？」

「彼用のものなどありません。わたしが木靴に興味を持ち始めた頃は、夫も珍しがって履いたことはあります。でも、もう何年もそのようなことも……」

「そうですか。……まあ今はともかく、警察を呼びましょう。通報しなければならない」

言いつつ、美希風は部屋を出ていた。横手にのびる廊下には、中庭に面したガラス戸が連なっている。美希風はそこから外を見た。

「雨が降ったのか」

晴天続きで固まっていた地面が、ややぬかるんでいる。

「んっ？　足跡か……」

向こうからやって来ている一組の足跡が見えた。もちろん花の植わっていない場所で、昨日、美希風たちも歩いたルートだ。

「木靴の足跡じゃないかね？」

横へ来ていた旭が言った。

「のようですね」

美希風はガラス戸をあけて縁側へ出るとしゃがみ込み、十数歩の足跡に目を凝らした。べたっとした平らな靴底が残した痕跡だ。木靴は通常の靴のように前後が一目瞭然というわけにはいかないが、丸みの乏しい爪先部分がこちらを向いているのは間違いない。

「忠資が勝手に木靴を履いて母屋へ戻って来たということだろう？」

旭の半疑問形は同意を求めている。

「そのようですが……」

平屋棟の廊下の窓の向こうに動きが見えた。男——生瀬尚央がいるのだ。向こうとしてはこちらの動きが気になるらしい。なにをしているんだ？　と興味の視線を送ってくる。ドアへ向かうらしく、壁に隠れて一旦は姿が見えなくなる。ドアがあくと、彼の傍らにコブシがいることも判った。生瀬も足跡に気がついて見下ろしている。

「地面におりないで！」

美希風は叫んだ。

「コブシも庭を歩かせないで！」

事態をつかみ切れていないだろうが、生瀬はひとまず頷き、コブシに「ステイ！」と命令した。

シェパードはスッと腰を落とした。

「地面の現状維持をしたいということかね？」旭が少し不思議そうに訊いてくる。「忠資の足跡以外、確かに地面は一面きれいだが……」彼は美希風に顔を向けてきた。「南さん。あなたは探偵的な才能もあるそうだが、なにが見えているんだね？」

「才能の有無はともかく、順当に考えてみているだけです。平屋棟に向かった忠資さんの足跡がありません。これはつまり、雨が降る前に行ったからと考えればいい」

「雨が足跡を消したわけだな」

「はい。そしてこの時に、コブシも一緒に平屋棟に行った」

「えっ？　コブシ？」驚いた気配で、旭は、向こうのドアで待てをしているシェパードに視線を飛ばした。「そうなのかね？」

「皆が寝静まる頃、コブシはこの母屋にいたはずです。これは確認してみますけど」

「いたとしたら、夜中に向こうに移動したことになる。コブシの足跡もないから、雨が降る前だ」

「はい。そして、あの犬がどんなに賢くても、このガラス戸や向こうのドアを独力であけるのは絶対に不可能です。ですので、人間と一緒に行動していたはず。最も自然なのは、忠資さんについて行くケースでしょう」

「もっともだ」

「同行を命令したのか、コブシが大好きなご主人様の後を追ったのかは不明ですが、問題は、この時忠資さんはなにを履いていたのか、です」

美希風は視線を足下（あしもと）に移した。

ガラス戸の内側にはシューズトレーが二つ置かれている。四角い樹脂製で、言うまでもなく靴を置くための品だ。そこに靴は四足ある。

まず、大槻忠資の高級スニーカー。明るい茶色が基調で、黄色も入り、若いセンスがある。平屋棟との行き来に昨日使っていたのがこれだ。他は、美希風の靴に、未華子が使っていた品のいいサンダル風。小さな靴はひな子の物だ。平屋棟に行く用事もなく、その気もなかった旭の革靴は玄関に置かれている。

現場周辺略図

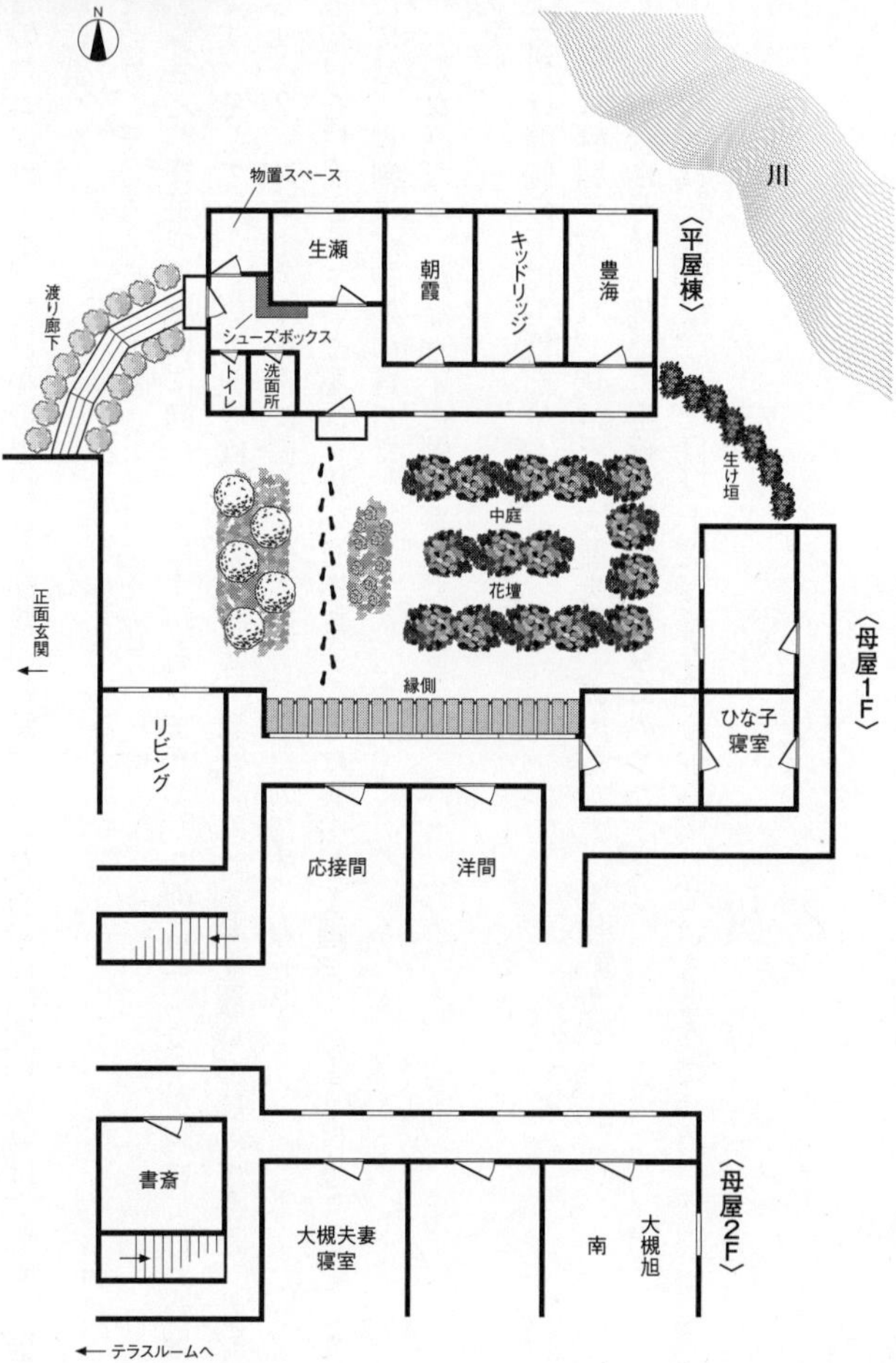

川

物置スペース
生瀬
朝霞
キッドリッジ
豊海
〈平屋棟〉
渡り廊下
シューズボックス
トイレ
洗面所
生け垣
中庭
花壇
正面玄関
←
縁側
〈母屋1F〉
ひな子
寝室
リビング
応接間
洋間

書斎
大槻夫妻
寝室
南
大槻
旭
〈母屋2F〉
← テラスルームへ

「このスニーカーが、昨日から忠資さんが普通に使っていたものに間違いないはずです」美希風は言った。

「そうか。そうなんだろうな。……すると？」

「忠資さんが裸足(はだし)で平屋棟に向かったはずがありません。このスニーカーを履いて行ったはずです。そして……、コブシを向こうに残すと、忠資さんは木靴を履いて戻って来た。なぜでしょう？　スニーカーを手に持って引き返してきたのです。なぜ？」

最初目を白黒させていた旭は、思いを巡らすことに集中して固まったようになり、そして最後には、真剣に、神妙に言った。

「奇天烈(きてれつ)な話だな。かなり不可解な事態だ」

「ええ」

美希風は縁側の下にも目をやった。

そこには砂利が敷かれ、皆はそこで靴を脱いだり履いたりしていたのだ。

「しかも忠資さんは、靴――木靴を脱がずに家に入った……？」

中庭に残された靴跡は、見た目以上に複雑な謎を生み出しているようだった。

6

リビングのテーブルを挟んで、南美希風の前には二人の刑事がいた。大抵はベテランと若手が組むというイメージだが、目の前の二人は美希風と同年代、三十代の中頃と見えた。

向かって右側は、県警捜査一課の藤島（ふじしま）警部補。メガネの奥の目は怜悧（れいり）そうだが、口元にはどこか営業的な、顧客を懐柔（かいじゅう）しようとするかのような薄い笑みが覗いている。隣は所轄署捜査課の正木（まさき）巡査長だ。こちらは二十代の若さを保っている印象で、ありのままに感情を見せるタイプに思える。現場での刑事らしくもなく、裏表がなさそうだとすら感じる。しかし、そう見せかける第三面を持っているのかもしれない。

「手首に触れただけですね、南さん？」

いかにも、基本的な確認ですから緊張しないでください、と言いたそうな口ぶりだ。

「そうです、藤島刑事。余計な場所に指紋は残していないと思いますが」

「ええ、その点、問題はありません」

発見時に大槻未華子も、遺体に近寄り、肩か背中の辺りを揺すったという。つまり犯人以外で現場に入ったのは、彼女と美希風だけになる。この二人は指紋を採取されていた。

「凶器の木靴には、指紋はなかったのですね?」

美希風は逆に訊いてみた。

「お察しのとおり。指紋が検出できていれば、捜査の展開はまるで違うでしょうからね」藤島刑事がすんなりと認めた。「犯人が拭き取ったのでしょう。血痕に、こすれた跡もあった。トイレに流したりできるペーパー類で拭き取ったのだと思います」

死因はもちろん、頭部への殴打によるものだ。傷の形状などから、凶器もあの木靴で間違いはなさそう。四度殴られているという。死亡推定時刻は真夜中だ。

「被害者が履いていたほうの木靴には、被害者自身の指紋だけが?」

「ええ……」美希風のこの質問には、藤島刑事は若干不思議そうにした。「大槻忠資氏の指紋がありました」

「被害者自身で履いた……」

藤島刑事はにやっと笑った。

「そのように見える、と言いたいのですかね、南さん?」

ここで正木刑事が、「そういえば」と、興味を示すように顔を突き出した。「南さんは、大槻末華子さんと旭さんを相手に、あの靴を巡る推理を語ったそうですね」

美希風は、その二人に続いて事情聴取を受けている。

「疑問を拾いあげてみたのです。土で汚れている木靴を履いたままで、屋内に入るでしょうか？　まるで、中庭の足跡をつけたのは大槻忠資ですと意識づけるために、死者に木靴を履かせたかのようにも思えたものですから」

「慎重な見方ですね」藤島刑事の表情はこれといって変わらない。「しかしその点には説明がつきます。被害者は最初、縁側で襲われたのです」

「そうでしたか」

「微量の血痕が検出されていますのでね。被害者は縁側に座り、木靴の片方を脱いだところだったのではないですかね。その木靴を奪われ、最初の打撃を受けた。被害者はもう片方の靴を脱ぐどころではなく、家の中へと逃げ込んだ。ここへ二度めの打撃を受け、意識を失うようにして応接間へ倒れ込む。そこでとどめを刺された。もう一つ別に、一撃めで意識を失ったとする見方もあります。その体を犯人が応接間まで引きずり込んだ。大筋で、この二つのどちらかが起こったものと見られます」

正木刑事が付言する。「縁側と廊下から、微量の土も発見されています」

犯行時、コブシが平屋棟にいたのなら、縁側で襲われている主人の姿は目に入らず、騒ぐこともなかったろう。美希風はすでに、昨夜のコブシの所在を家の者たちから聞き出していた。最後にあのシェパードの姿を見たのは大槻末華子で、時刻は十時の少し前。いつもの、母屋の勝手口近くの寝床に、コブシはいたという。今朝、トイレに行こうとして部屋を出た生瀬尚央は、廊下にコブシがいて驚いたと話している。

刑事たちがどこまで答えてくれるのか、美希風は次の質問を発した。

「中庭に残った木靴の跡から、履いていた者の体重は推定できますか？」

二人の刑事は顔を見合わせた。

それから藤島刑事が口をひらく。

「再度言わせていただきますが、南美希風さん、現場保全への注力、ありがとうございました。おかげさまで、中庭は実に良好な状態で調べられました。それで、沈み込んでいる靴跡の深さから、加わった重さを推測できたか、というお話ですね。これは残念ながら、さほど役には立たなかったのですよ。この一帯で雨が降ったのは、十一時からの二十分ほど。それも細かな雨でして、中庭も、表面の土が緩んだ程度でした。重みが正確に反映されるほど、深く沈み込んでいく状態ではなかったのです」

「ここ数日晴れていて、地面は固く締まっていた。それが、薄い泥の下に基盤として残っている……という感じですね」

「そのとおりです」

「あれですねえ……」正木刑事が右肘を突いて、微妙な微笑を浮かべながら上体を乗り出した。「私たちは、捜査基準の観点から、靴跡の深さなども一応検討しますが、南さん、あなたはそれをかなり明確な仮説の焦点にしているようですね」

「いえいえ、具体的に検討しているだけです」

正木刑事の微笑は大きくなった。

「ですと次は、あの足跡は後ろ向きに歩いた者の痕跡ではないか、の検討でしょうか？」

多分に皮肉が含まれた言葉なのかもしれないが、美希風は素直な興味で問いを発していた。

「可能性を探ったようですね？　結果は否定的なものでしたか？」

「どちらかというとそうですね」藤島刑事がそう応じてくれる。珍しく、わずかに目元が緩んだ。「県警の鑑識は足跡採取や分析にはもちろん経験を積んでいますが、まさか木靴とは。これは初体験です。経験知やデータがない。手こずっているようでしたが、爪先に、体重がかかって蹴りあげるような痕跡がわずかに認められたようで、やはり普通に、前に向かって進んだものだろうと判断されました」

「なるほど。そうですか」

つぶす可能性が一つ減ったと考えていいのだろう。

しかし話をそこで切りあげず、正木刑事は、

「後ろ向きに遠ざかった痕跡だったとすると、次のようなことが起こったと推測できるわけですね」と言う。「雨が降る前に犯人は平屋棟から母屋に来ていた。そして、雨があがった後に犯行を済ますと、後ろ歩きで平屋棟へと戻った」

「その場合犯人は、木靴を二足持って来ていたことになりますね」美希風は付き合うようにして言った。「一足の片方を凶器にし、片方を被害者に履かせる。そしてもう一足のほうを

履いて逃走する」

「そのような面倒くさいことをしますかねえ」遠くの物事でも眺めるかのように、正木刑事は目を細めている。

「殺人の罪を逃れるためならば、どのような面倒くさいこともするのではありませんか、刑事さん」

二人の刑事の語感などから、彼らが今なにを探っているのか、美希風は概ね察することができたような気がした。靴跡が示す事実を見た目どおりに解釈すれば、殺害犯は母屋にいる者だけに限られる。美希風もその一人だ。その容疑者が事態を百八十度動かすためにどのような言説を用いるのか、半ば観察しているのだろう。捜査を動かす着想が出てくればみっけもの。お手並み拝見といった気分か。

「刑事さん」

評価などは気にせず、美希風はさらに尋ねた。

「大槻忠資さんは、足に怪我をしていたとか、なにか変わった点がありましたか?」

「ん? 怪我?」質問の真意を探るように、藤島刑事の目が少し揺れた。「目立つようなものはなにもなかったが、怪我がどうかしたのですか?」

「木靴を履いた理由ですよ。足をしっかりとガードしたかったから木靴を選んだ……などの理由がなければおかしいと思いますのでね」

「なるほど。しかし被害者の足には異変はなかったですね」

「すると奇妙ですよね、刑事さん」

「そう。あなたが当初から指摘しているとおりです。平屋棟へ行く時に履いていた靴を、被害者はどうしたのか？　履かずに、持って帰って来たことになる……」

藤島刑事に続き、正木刑事が、

「被害者が昨日、中庭を歩く時に使っていたスニーカーは、ご存じのとおり、ガラス戸内側の所定の置き場所にありました。我々は他の靴ももちろん確認しています。玄関の靴箱に、被害者の靴がすべてあることは、未華子夫人と娘のひな子さんが確認しています。まあ、肉親の供述だけに依存せず、家政婦の浜さんにも確認してもらっていますがね」

浜牧子は今日も仕事に出て来る日であり、七時半頃、ちょうど、駆けつけて来たパトカーと庭先で遭遇した。

「玄関にある靴の手入れは彼女がしているそうで、大槻忠資の靴は一つ残らず揃っていると明言しています」

「つまり」藤島刑事が言った。「被害者が所持する靴はすべて母屋にあり、平屋棟にはまったくないのです」

「そして」と、美希風も言う。「スニーカーをはじめ、どの靴にも異常はないのですよね？」

「ええ」藤島刑事は、半ば困ったような顔をしている。

「それなのになぜ、被害者は急に、何年も興味を示さなかった木靴のほうを選んだのか」目立って不可解であり、だからこそ美希風も、筋の通る他の仮説を模索しているのだ。なにか、裏があって当然という気がする。

7

時刻は十時二十分。

美希風は母屋の縁側から、中庭と平屋棟に視線を送っていた。左側には生瀬尚央とエリザベス・キッドリッジがおり、右側には大槻ひな子が立っている。

上空は雲に覆われ、いつ一雨きてもおかしくなかった。

一通りの事情聴取は終わり、有力容疑者の特定には至っていない。昨夜、被害者大槻忠資の姿を見たと名乗り出る者はいなかった。さらにどの靴に関しても、情報を提供できる者は一人もいない。昨夜は寝ていて部屋を一歩も出なかったと誰もが供述し、無論、被害者の悲鳴を耳にした者、怪しい物音を聞いた者もいなかった。犯人が返り血を浴びなかったのは好運だったのか。平屋棟側のドアのノブ周辺は、朝になってから生瀬をはじめ皆が触ってしまったので、被害者が触っていたかどうかは不明である。

「旭おじさんの再聴取が始まってから長いですね」生瀬は気がかりそうだ。「今度は厳しく扱われてるんじゃないかな」

「なぜそう思う？」石に刻んだような訊き方をする。エリザベスだ。

生瀬は肩をすくめ、

「旭おじさんは、病院の副院長の地位を追われると考えているみたいでしてね。院長の忠資さんとかなり激しいぶつかり合いもしたみたいなんですよ。おじさんたち自身や浜さんが情報源です。『ただではすまない』なんて怒鳴っているところを病院関係者が見ているとか。警察もその辺から情報を得たのでは？　昨日だって旭おじさんは、親睦会云々よりもその問題で居ても立ってもいられなくて、この家に来ていたんじゃないの」

「母屋の四人の中では、動機が最も強いか」

エリザベスのこの分析には、ひな子が多少ぼんやりと反応した。

「ママだって、沸点に達するぐらいに溜まりに溜まっているものがあるかもしれない、動機なら……。わたしはないけどね。パパに、それほどの関心がないもの」

事件を……父親の死を知った後、さすがにひな子も無口だった。身の回りに殻を形成しているようだった。それでも徐々に口から出てくる言葉が増え、それはやはり毒気を隠さない本音と思えた。

「あの足跡を証拠とする限り、犯行は母屋でしか起こらないよなあ」

生瀬がそう言ったことで、全員が木靴の靴跡を見詰めたことだろう。

十四歩の靴跡だった。

今では周辺に、捜査官たちや母屋へ移動した関係者たちの靴跡が入り乱れて残っている。東西に長い庭の、西側に近い地点だ。平屋棟のドアから出て真っ直ぐに母屋へ向かってくる。花壇としてはそれぞれ工夫を凝らした形で区画を作り、ガザニアやダリア、ナデシコなどの花が植えられている。ドアの前からは直線的に、ちょうど、花が植えられていない。靴跡は、縁側の美希風たちが今いるこの西の端に到着する。その地点から最も近い部屋のドアが応接間のものだ。

「しかしそう断定するためには、他に移動ルートがないことを確定しなければ」美希風はその点を指摘した。「刑事さんが言うには、中庭の土の表面は完全に自然なものであって、人が均したりした痕跡は皆無だそうです」

中庭には低木の一本もなく、庭石もないから、利用できる足場もないことになる。

中庭の敷地の東端は、エニシダが生け垣状に植えられて、母屋と平屋棟との間に渡される仕切りとなっている。

「あの生け垣は、地面におりずに移動するルートとしては貧弱すぎますね」美希風は言った。

「窓が近くにあるわけでもないから、建物から移ることもできない」

ひな子が教えるように言う。

「それでも一応、刑事さんたち、茂みの下なんかを覗いて調べていたよ。なんにもなかったのね、きっと」

「建物の外側の敷地はどうでしょう？」

「中庭と変わりありませんよ、南さん」生瀬が答えた。「母屋の外も平屋棟の外も、土の地面が広がっているだけです」

ひな子が頷いている。

「このお宅のそばを川が流れていましたね。川に入っての移動はどうでしょう？」

美希風のこの仮説には、

「川!?」と、生瀬は驚き、そして苦笑した。「川の中を歩いたって言うんですか？　足跡を残さないために？　野戦の攪乱（かくらん）戦術じゃあるまいし」

だが、ひな子が、

「兵士がやるなら、殺人者もやるかもよ」

と言うと、生瀬は口を結んだ。少しの間をあけてから、彼は北東の方向を指差した。

「あっちの地点で、川は大槻邸に最接近しているはずです。でも、川岸が急ですし、そこもほとんど土が剝（む）き出しで、川までの数メートルの地面も土のはず。痕跡が絶対に残りますよ。川はこうぐるっと……」

生瀬は、右腕を横に回した。

「敷地を東から南へと迂回するようにして流れていく。でも、距離が離れていきますからね。

東で二、三十メートル。南だと数十メートル。なっ、ひな子ちゃん？」

ひな子は黙って頷いた。

「そうだ、それに今は、梁(やな)が邪魔をする」

「やな？」エリザベスが即座に尋ねた。

「川魚を捕る漁法です、梁漁。昔ながらのやり方で、川の中に木材や竹……ムシロも使ったかな？　そうした材料で魚を誘い込むルートを作るんですよ。入口は広く、それが窄(すぼ)まっていき、傾斜も高くなる」

「魚は浅瀬に打ちあげられたようになり、捕まえやすくなるのだな」

「そうです。近くの釣り師さんたちが、地域のちょっとしたイベントがあってここ数日設置しているんです。ちょうどこの真南(まみなみ)辺りですね。そんなに魚は捕れませんけどね。あれは魚だけじゃなくて川に沿って移動する人間の邪魔もするんじゃないかな」

「それはないよ、尚央さん」ひな子が首を振っている。「魚が普通に通りすぎることができるように、梁は一部しか堰(せ)き止めていないんだから」

「そうか」生瀬は顎(あご)の先を掻(か)いた。「深い川じゃないし、向こうに回り込んで進めるか。

――いや、そういう細かなことじゃなく、南さん、川移動は現実的じゃないですよ」

これにはひな子も同感の面持(おもも)ちだ。

「だとしたら、川よりももう少し現実的な、あの渡り廊下の……」

美希風がそこまで言ったところで、母屋の中から正木刑事の声が聞こえてきた。

「警察犬の推薦状は出せないぞ」

話し相手はシェパードのコブシだ。横を歩いているコブシの頭を撫でていた正木刑事が顔をあげ、縁側の四人に視線を投げた。

「事件のことを論じていたのでしょうね？　なにか気づいたり思い出したりしたことはありますか？」

無類の犬派なのか、刑事の表情は柔らかい。

コブシは今朝、母屋に戻されてから、尋常ではない気配を察したようだった。主の決定的な不在を知ったのだろう。それからは不安そうで、落ち着きがなかった。家族を見かけては時々、顔を見あげ、もの問いたげに「ワフッ」と鳴き、悲しそうな風情だった。

美希風の見るところ、エリザベスは、そうした犬の様子を見て、大槻忠資の死の痛ましさを実感していったようだ。

コブシもひな子と同じで、少しずつ平常に戻ろうとしている。

「あなたの表情が明るいのは……」相手の問いには答えず、エリザベスが言い返すように口にする。「今取り調べている相手が真犯人だとの確信があるからかい？」

「明るいですかぁ？」情けなさそうに眉尻をさげて、正木刑事は苦笑する。「よく誤解されるんですよ。刑事としては困ったものですが、これ、地顔です」

「……元々の、代わり映えしない顔という意味か？」

間髪を容れず、美希風が訂正する。

「代わり映えしないというのは意味が違いますよ、ベス。持って生まれたままの、と言うのが適当かと。見栄えを変えがたい素顔の意味です。ところで刑事さん」

美希風は話の筋を戻した。

「今、工事中の渡り廊下のことを検討しようとしていたのですよ。あそこが犯人の移動経路とならないのは確かでしょうか？」

「ああ、あれね。誰も通れませんよ、あそこは」

正木刑事も縁側に出て、渡り廊下が見える位置に立った。

平屋棟の西側にはトイレや物置スペースがあり、その一角から渡り廊下がのびていく。母屋に向かって、南側にカーブを描く格好だ。長さは十メートルほどか。

「屋根は取りはずしてあって、ビニールシートが張られているだけ」

正木刑事は、自分の記憶を確かめるかのように言う。

「重みを支えるものじゃないので、このコブシが乗ることもできませんよ。廊下の床は、まだ生乾きのコンクリート。……キッドリッジさん。日本語で判りますかね？」

「やってみてくれ。意味不明のところは訊く」

教えを請う立場なのに、どこか横柄だ。

「両サイドを簡易的に囲っている壁は薄い板で、これも人の体重は支えられない。生瀬さんがぶらさがれば板が割れるんじゃないかな。それに、両サイドにはどちらも、小さめの細い木が並んでいるでしょう。枝先が壁に触れるほどです。だからなんらかの手段で壁を伝っていこうとしたら、葉が落ちるし、枝だって折れますよ。それらの形跡はまったくありませんからね」

懇切な説明に美希風は礼を言った。

そのまま、足を地面につけずに移動する手段を中庭にさらに仮構しようとしてみたが、可能なものはありそうになかった。

美希風は他にも、靴を履かずに平屋棟へ行って、木靴を履いて戻って来るケースをすでに幾つも想定してみていた。例えば、眠っていたのか失神していたのか、大槻忠資が意識のないまま平屋棟へ運ばれた場合だ。意識を取り戻した彼は、戻るに当たっては木靴を利用するしかなかった。――だが、こんな風に大槻忠資の体を運んだ人間の意図はなんだ？　忠資の反応や対処にも疑問が残る。両者の行動理由がまったく不明だ。

他の案も、現実性と合理性に欠けるものばかりだった。

苦慮する美希風の横で、検討過程を自負するように、正木刑事は言っていた。

「雨の後、二つの建物の間を移動したのは、この木靴の主、一人だけですよ」

広いダイニングの手前で、美希風たち四人と一匹は、朝霞さおりと顔を合わせた。

「大丈夫かい？」少し小走りに、生瀬尚央が近付く。

小さく頷くさおりは顔色が悪い。事件でショックを受け、手洗いを利用することが多かった。表情の曇ったわずかにやつれた気配が、また憂いの魅力になっているようで不思議なほどだった。

彼女の肩を抱くようにして、生瀬はダイニングに入った。テーブルには、豊海叶恵が一人で座っている。キッチンとつながる大きな開口部からは、座っている浜牧子と大槻未華子の姿が見えた。母の姿が見える席に、コブシを伴ってひな子は腰をおろした。

テーブルに座ったエリザベスに、スマホから顔をあげて叶恵は、溜息交じりに言った。

「夫です。なにかというと忙しいと連発していたくせに、今度は慌てて駆けつけて来るみたいです」

「心配なのだな」

「怒っているのですよ。なぜそんな面倒事に巻き込まれた、と」

玄関からざわめきが聞こえた気がして、美希風はそちらに足を運んでみた。鑑識班が引きあげるところで、見送る形だった刑事が引き返して来ている。

中に正木刑事がいたので美希風は声をかけてみた。

「鑑識の人たちはもっと前に引きあげていると思っていました」

「追加の鑑識作業をしてもらっていたのです。あなたの様々な推測を聞いた影響もありますよ、南さん」

「私の？」

「後ろ向きの足跡を偽装して犯人が平屋棟へ逃げたのなら、そいつは木靴を二足利用したはずだ、とかいった、諸々（もろもろ）の可能性も無視しづらくなったといいますか……」

二人はダイニングに入り、少し声を潜めた。

「それで、木靴を念のためにすべて調べてもらったのです」

「ほう。なにか出ましたか？」

「なにも出ません。血痕などはもちろん、どの木靴からも指紋一つ出ない。きれいなものです」

ふと、美希風は違和感を覚えた。今の鑑識報告には、おかしな点がないか？

キッチンにいる未華子に、美希風は視線を向けた。

彼女にもこちらの会話は聞こえていたらしく、目を向けてきている。考え込んでいる顔色だった。それから、腰をあげた。

正木刑事に言ったのは美希風だ。

「今のお話だと、おかしなことが出てきます」

「えっ？　なんです？」

「昨日の夕刻、私たちは木靴に触っているのです」

「――えっ」

「それはもちろん、凶器に使われた木靴ではありません。蝶が描かれているもので、未華子夫人が触らせてくれました」

正木刑事が問う眼差しを送った未華子は、頷く仕草で細い声を出す。

「観賞用とガーデニング用、一足ずつ、朝霞さんに手渡しました」

「観賞用のには、私も指先で触れた」

美希風の言葉も半ばに、体を返した正木刑事は朝霞さおりに確認している。

「昨日、木靴に触っているのですか？」

唐突とも思える質問に、さおりは首をぎこちなく縦に揺すった。

「二足、手にしましたけど……」

聴取をしていたリビングから出て、大槻旭を同行して通りかかった藤島刑事に、この情報が伝えられた。

関係者には改めて、木靴に拭き取るなどの手を加えた者がいるかという点が質された。誰もが困惑を示すだけだった。

大槻忠資が、ごく日常的に、自分の意思で木靴を履いて平屋棟から引き返しただけならば、他の木靴の指紋を拭き取るような真似をするわけがない。犯人がこれをした。

——なぜか？

さらに未華子は供述した。ここ一両日中に触れた木靴が他にもある。それらの指紋も消えていることにならないか——。確かにそれならば、二足どころかもっと多くの木靴の指紋が消されていることになる。

藤島刑事は、旭を署まで同行するつもりだったようだが、奇妙な新事実がそれをためらわせていた。

差し出がましくは思ったが、美希風はさりげなく口にしていた。

「見落としていますよね、大きななにかを」

正木刑事は唇をつまんで思案顔だ。藤島刑事は気持ちを集中するように目を閉じている。他の刑事たちも、事件の裏側を感じ始めている様子だった。

エリザベス・キッドリッジが言った。

「南美希風に、しばらく推理する時間をあげてみるといい。なにか浮かべば、早期での解決も可能かもしれない」

美希風は縁側に座り込んで、推理を巡らせていた。

なぜ、複数の木靴なのか？　隠蔽(いんぺい)するための手段か？　必要があってどうしても……？

木靴と、通常の靴との違いというものも推理の視野に入れた。

そして、〝複数〟とは具体的に、何足のことなのか……。

その問いを起点に発想を膨らませていると、ある霊感が訪れた。

その工作が可能かどうか、警察が入手している事実と齟齬を来していないかどうかなどを、美希風は正木刑事に声をかけて確かめた。

「とんでもない方法じゃないですか、南さん。でも面白い。実行できるのか、実演してみたいですね」

正木刑事は諸々、藤島刑事に進言するようだった。

8

「トリックですか？　事件の様相を反転させるような？」

ほぼ先頭を進む生瀬尚央は、眉間をむずかしげに曇らせながらも、好奇心を抑えられない様子だった。

美希風と共に関係者一同は、縁側に向かっていた。大槻旭の姿もあるし、コブシもついて来ている。

「刑事さんが実験してくれました」美希風は説明する。「藤島刑事が上級職とも協議して、試してみることを決めたのです」

ガラス戸が広くあけられた縁側には、藤島や正木、三、四名の刑事が待っていた。

中庭には、一目で変化が判るけれど、一瞬ではその意味がつかみにくい光景が展開していた。

事件の夜につけられた木靴の痕跡の横に、並行する形でそれらは置かれていた。目にした者の、「あっ？」「えっ？」という戸惑いの声が低く飛び交った。

「証拠物件なので、一つ一つ、ビニール袋の中に入れています」美希風は言った。「入っているのは木靴です」

それが十四個置かれている。一歩一歩進んでいる間隔で。

「問題の足跡は、七足の木靴でも作り出せるのです」

「なんと……！」生瀬は息を呑んだ。一同と同じくそれを初めて見たエリザベスも、「Oh my God」の呟きだ。大槻旭も目を丸くしている。だが、多くの者が、全体的な事態を把握できているかどうかは、まだ疑問だった。

「歩幅を想定して、最初の一足を置く」実行した正木刑事は、得意げな様子を隠し切れない。「次は、その木靴の上に、それぞれ左右の足を乗せればいい」

「木靴が――」驚く旭は声を高めつつある。「足場になるということか！　犯人の足場に」

「それが、日常的な靴と木靴の違いです」美希風は言った。「靴だとつぶれてしまいますからね。木靴は立体として高さを保ち、犯人の足を地面から浮かせる」

「バランス感覚は必要ですがね」これは正木刑事の経験上の発言だ。「まあ、運動神経がかなり悪くなければ、やり通すことはできるでしょう。木靴で自分の前方に足場を作り、慎重に進んで行けばいいのです」

ここで藤島刑事が、正木刑事とは反対にクールに説明した。

「基本を伝えておきますが、これらの木靴は大槻夫人にとって履きやすいサイズ、形状に統一して彫り出されたものですのでね。地面に残る形は同じです。底の様子にも明確な差異はない。すり減り方や傷などに拡大鏡レベルでの違いはありますが、問題のこの地面は花壇であって粘土質とは程遠い。泥としての緩さもあって、微細な痕跡までは刻みません」

「だから……」豊海叶恵は小声で、自分に言い聞かせているかのようだ。「一足でつけた足跡なのか、別々の靴でつけたものなのか、区別がつかないのね……」

「手が込んでいますがこの手段ならば、抽出されている不可解な事態に説明がつきます」

美希風はその点に言及する。

「大槻忠資さんは平屋棟へ出向いたように見えるのに、彼の靴がなぜどれも母屋に置かれたままだったような状態なのか。実際、行っていないからです。昨夜、被害者はずっと母屋にいたのです。そして、犯人はこんな手段を講じなければならなかったから、使用した複数の木靴からその痕跡が消し去られた。さらに、この手段がもたらすもう一つの効果が――」美希風は、「あっ！」と言葉を途切らせた。

誰もが不意を突かれて同じように驚いたろう。止める間もなく動いたのは、コブシだった。

「そう。あれです」

美希風が言葉で示すまでもなく、全員の目が、シェパードの動き、その光景に釘付けになっている。

コブシは、ビニール袋で覆われた木靴の上を歩いていた。颯爽（さっそう）と楽しそうに歩いている。足を踏み外さないように歩くゲームを味わっているのだ。

渡り切った彼は、地面に降りると振り返り、正木刑事と似たような得意顔になっている。

美希風は言った。

「昨夜も、あれと同じ事があったのでしょう」

「えっ!?」

大勢の視線が美希風に集中する。

「ええと、最初から説明するとまとめやすそうなので、順序立てていきます。平屋棟にいた犯人は、昨夜中に決着を付けるという決意を持っていたのでしょう。しかし行動を起こした時は雨上がりで、しかも中庭を通るしか術（すべ）がなかった。自分の靴の跡を残して行き来するのは致命的です。他の人の靴を履くのも、大したごまかしにはならない。もっとも、靴跡が判明しないように踏み荒らしながら歩く方法はあります。ところがこの犯人は、一挙両得のトリックを思いついた」

「木靴を並べて使えば……だな」エリザベスはコブシを眺めている。

「野戦で命を懸ける兵士の如く、犯人は自分の命脈を保つルートを闇の中で作り出した。母屋へ到着すると、余分に所持していた一足の木靴を仕上げに使う。一つを凶器にして被害者を撲殺。片方の底に泥を付着させて被害者に履かせた。これによって、平屋棟から歩いて来たのは被害者自身であり、容疑者は母屋の人間だけになる。そして一方、中庭に並べられた木靴は飛び石と同じであり、何度でも往復できる小道になっているのです。といってももちろん、犯行時、犯人は引き返しただけですね。一往復です。木靴を回収しながら平屋棟に帰り着いた犯人は、物置スペースにある雑巾でも使って泥汚れを落としたのでしょう」

「それによってすべての指紋も消えた」生瀬の表情は、納得しつつもどこか不機嫌そうだった。「それで、コブシの奴はその時に……？」

ひな子が、そう、それは？　という目をする。

「彼は、木靴の道を見たのでしょうね」美希風は推測する。「面白そうなゲームの道具だ。泥で脚は汚したくないでしょうが、〝飛び石〟を渡っていくのならば問題ない。この時、大槻忠資を呼び出すなどしていて犯人は縁側周辺にはおらず、コブシは単独で木靴の道を通って平屋棟の前まで行っていた。ドアがあいていたのならば平屋棟にも入っていた。あいていなければその場に留まっていたでしょうが、見つけた犯人が呼び戻そうとしても従わなかった。絶対的な命令口調の大声も、犯人はあげられなかったでしょうしね。仕方なく犯人も平屋棟まで進み、コブシを建物の中に入れた。こうして、コブシは朝まで平屋棟にいることになった」

「それであいつ……」生瀬は、一歳のシェパードを見ている。

藤島刑事がメガネをつまむ仕草をして、

「こうした可能性も示されると、平屋棟にいた方々が容疑者となりますな」と、四人の男女を見渡していった。

豊海叶恵は、「あらっ」と言った。その事実を再認識させられた生瀬尚央は大きな体を大木のように硬直させた。朝霞さおりはまつげを伏せたまま、独特の間をあけてから髪をゆっくりと掻きあげた。エリザベス・キッドリッジは、口元に苦笑を浮かべつつ、美希風を軽くにらんだ。

次に藤島刑事はこう言った。

「まずは朝霞さん。どういう理由で南信濃総合病院を辞められたのか、今度は通り一遍ではないご回答を得られるまで追及させていただきますよ」

美希風が縁側に近い洋間にいると、エリザベスが浜と連れ立つように入って来て、腰をおろすが早いか、今聞いてきたことの報告を始めた。

「朝霞という女性、病院勤めの時、大槻院長の情婦（ミストレス）だったようだ。知った生瀬がわめいていて、耳に入った」

「あの声は隠し事向きじゃありませんね」浜も一緒だったらしい。

美希風は手の平で目元を覆った。やれやれ——との思いだ。男女のごたごたは犯罪にはつきものかもしれないが、扱い慣れたいものではなかった。その醜怪（しゅうかい）さが彼の生理に合わなかった。

「大槻忠資への殺意になるだろうな」エリザベスは言う。「生瀬と朝霞のどちらにとっても」

空（から）になっているコーヒーカップをトレーに載せつつ浜は、

「生瀬さんは今知ったように装っていますけれど、すでに知っていたとしたら……」

と、ゲスト相手にも容赦せずにスキャンダラスな妄想をぶつける。

やせぎすな体の上の平たい顔は、表情が乏しく、聖なのか邪なのか窺い知れない修道女のようだ。

「なにをし始めるか……だな。だが、こじれた男と女がなにをしようと、わたしは興味がない。それよりも……」

「なにか？」美希風はエリザベスに目を合わせた。

「ひな子って娘が気になる。また無口になっていて、思い悩んでいるような様子に見える」

わたしもそれに気づいていますと誇るかのように、浜は鷹揚に頷いている。

「さっきたまたま小耳に挟んだが、コブシを抱き締めながら、『あんたは嘘をつかないよね』なんてことを囁(ささや)いていた」

「えっ……」

「まあ、そうですか」と、これは初耳らしく浜は呟く。

「あの日本語は間違いないはずだ。聞き違えてはいない」

本来表(おもて)には出てこない言動こそ、真実に触れていると美希風は感じている。ひな子のひっそりとした振る舞いは、美希風が今手探りしている思考に方向性を与えてくれるように思えた。

ただエリザベスのほうは、浜が退室するとまたすぐ、気まぐれなほどに話題を変えていた。

「う……ん、恋人と叔父の関係を生瀬が知ったのが、昨夜、平屋棟の部屋に行ってからだとすると、事件がこうした形で発生したのも理解できるな。――いや、だが、そんな激しく憤慨した男が犯人だとすると、足跡など気にせずに走り込んで行くか」

「複数の木靴のトリックが使われたのであるなら、彼は容疑者からはずれるでしょうね」

「そうか？　なぜ？」

「彼は長身ですが、それに比しても手足はさらに大きいのです。あの足に、木靴は小さい。ちょっとバランスを崩せば、足の縁(ふち)がすぐ地面に接してしまう。中庭を往復して、その痕跡が一つも残らないというのは不自然です。というより有り得ない。ただ……」

「なんだね？」

「私は根本的な誤りを犯していたのかもしれないのです」

「なに？　どこが？　なにが誤りだというのだ？」

答えを聞く前に正木刑事が入って来て、エリザベスはそちらに顔を向けた。

「再確認は済みましたがね、南さん……」正木刑事は、少しこそっとした様子だ。

「ありがとうございます。で、どうでした？」

「観賞用の木靴は、鑑識検査していなかったようですね。木靴を全部調べてみたというのは、ガーデニング用の木靴のことだったようです。まあ、それはそうです。足跡に関係するのは、同じ靴形を地面に残せるガーデニング用だけですから」

「そうなのではないかと思いましたよ」

「それで今回――」正木刑事は苦笑した。「鑑識さんは本件では何度も引き返すことになりましたね。観賞用の木靴も調べてもらったのです。それで、こちらにも指紋がないことが判明しました」

「被害者のスニーカーは？」

「靴底に土はありましたが、鮮明な指紋はまったくなし。……これは奇妙ですよね」

「ええ……」

「どうして？」エリザベスは不思議そうに二人の男を見た。「夜になってから大槻忠資は平屋棟へ行っていないことは判ったのだから、スニーカーも使っていない――」だがここでエリザベスも気がついた。「あっ！」

「そうですよ、ベス。夕方我々と一緒に中庭を歩いた時、忠資さんはあのスニーカーを履いていた。革靴じゃないから靴べらだけでは履けないし、実際に触っていました。その指紋が消えている」

わずかな間、言葉が途切れた。

「南さん」正木刑事が口をひらく。「なにか考えがあるみたいですが、どうしてこんなことを調べてみようと思ったんです？」

「正木刑事の行動を見たからですよ」

「私のっ⁉」かなり驚いた様子だ。

「実験に使った木靴を回収する時です。あなたは、飛び石木靴の横を歩きながら、ビニール袋を引っ張りあげて木靴を手元に集めていきましたね。なぜ、そうしたのです？」

「なぜって、まあ――」

人の気配を感じて正木刑事は戸口のほうに顔を振り向けた。

立っていたのは大槻ひな子だ。

「わたしに用があるって、南さん？」

美希風はゆっくりと腰をあげた。

「他人の家を勝手に歩き回るわけにもいかないので、案内を頼もうと思いましてね」

「いいけど、どこに？」


南北にのびる、正面玄関のある棟である。その二階に、美希風とひな子は来ていた。

エリザベスに言われた観点で、美希風はそれとなくひな子を観察してもいた。確かに、外界との間に壁を作っている気配があった。しかし親が殺された事件の渦中にいれば、そうした心理的なシェルターに避難するのはむしろ当然ともいえる。……ただ、一度は彼女も、そこから出て来ていたはずだった。それがもう一度、心を閉ざすような方向に揺れていて、それは、木靴の実験が行なわれた頃からだろうか……。

――いや。

美希風の新たな推理が正しければ、彼女をそうさせたのは実験が始まる前の出来事のはずだった。

二人が入った部屋は、一番南の端にある。美希風が寝室を与えられた東西向きの棟よりも南に張り出している一角だ。広くはないが、南向きの窓の展望がよく、テラスルームと呼ばれているらしい。

一度手にしたエアコンのリモコンを置き、美希風は窓の前に移動した。自生している木々の向こうには、清流が流れているのだろう。エントランスからそちらへと、白い小石の敷かれた小径（こみち）が続いている。

昨夜ふと目覚めた時に目に入ったものを探しに来たのだ。あまりにもあやふやで、時刻もはっきりしないために警察に伝える気にもならなかった目撃体験。今思えばあの時見えたものも、犯罪に関係していたといえる。

「ありがとう。もういいよ」

廊下へ出て歩いている間も、ひな子は無表情で機械的な動きをしているだけだった。彼女をそうさせているのは、不安と疑念だろう——と美希風は推測する。

そして恐らく、これから自分のすることは、彼女を救うことにはならない——完全には。

9

洋間には豊海叶恵が一人だけでいて、美希風にとっては好都合だった。

彼女はスマホでメールの文章を打っているところで、チラリと美希風を見ると、自嘲（じちょう）するような笑みの片鱗（へんりん）を浮かべた。

「夫はね、弁護士を同行させようとしているので少し遅れてるんですって」

美希風はそこに黙って立っていた。

操作を続けていた叶恵は、やがて不思議そうな面持ちになって美希風に目を合わせた。

その時間が数秒流れて、美希風は言った。

「昨夜あなたが使っていた部屋へ、キッドリッジさんに行ってもらいました。高低差はあっても、川までの距離はさほどないようですね。樹木などの障害物はない。そうした外の様子が北向きの窓から見える」

顔を覆うベールが落ちてきたかのように、叶恵の表情が瞬時に変わった。今まで想像することもできなかった表情だ。重い視線で人を観察するような半眼になって、面差しの華(はな)は陰に沈む。

視線を交錯させて数秒。叶恵は表情の硬さを解いてスマホをわずかにあげて見せた。

「わたしはこんな文章を打てばいいのかしら? 『妻としてあってはならない夜を謝罪します。ついでの子供じみた行為も恥ずかしい限りです』と」

まだ言葉は出ず、ただ呼吸を一つできただけの美希風に目を留めたまま、叶恵は言った。

「やはり、油断できない男だったのね」

「あしらわれて見事に利用された操り人形ですよ」

叶恵はスマホをオフにした。椅子に凭(もた)れかかり、脚を組んだ。

「はっきりさせておくけど、わたしは人殺しなんてしていないわよ」

「そうでしょうね」

「わたしの告白によって、事態は正されるということなのね？」

「恐らく」

簡単には見定められないほど、叶恵の胸中や脳内を思考の複雑な嵐が通りすぎたようだった。

「解剖なんかが始まれば、遺体はとても細かな検査を受けるのでしょうね」かすかな声量だった。「下世話な話だけれど、情交の痕跡も見つかって追及が始まる……」

「恐らく……」

豊海叶恵の唇は何度か震えるような動きをしてから、最初の一言を紡ぎ出した。

キッチンのテーブルで背を丸くしている大槻未華子に、少し歩きませんか、と美希風は声をかけた。

腰をあげた未華子は、そこで身動きを止め、奥深くまで探ろうとするかのように美希風の目を見詰め続けた。

「あなたに誘導されて私が作ってしまった幻影も、間もなく消え去りますよ」隣に聞こえないように、美希風は小声で言った。

未華子はまつげを伏せた。そして、

「スニーカーをどうしたのか、豊海さんが話してくれました」

そう言って歩き出した美希風について来る。

ダイニングには、エリザベスと浜が話しかけているひな子がいたが、彼女は視線を一瞬よこしただけでぼんやりと会話を続けている。

美希風と未華子は廊下を左に進んだ。正面に、正木ともう一人刑事の姿が見え、美希風は、時間をくださいという意味で手をあげて正木を制してからまた廊下を左折した。そこはすぐに正面玄関だ。

「豊海さんとご主人は、かつて関係があったそうです。持続的な仲ではなく、二、三度、そういうことがあったということのようですけど」

幾分厚みのなくなった雲を通してくる鈍い陽光が、玄関扉のガラス窓の向こうにあった。

二人は上がり框(がまち)に立っていた。

「昨夜、十時四十分頃、彼女の部屋に大槻忠資さんが忍んで行ったそうなのです」美希風は話し方を変えた。「驚き呆(あき)れたそうですが、まあ……、なにやらかにやらが事を進めてしまった。そして、忠資さんが半分眠ったようになった時、豊海さんにはある衝動が起こった。中庭に出るドア付近に脱いだままだと誰かの目に留まるかもしれないので、忠資さんは自分のスニーカーを彼女の部屋まで持ち込んでいた。この靴を、彼女は窓をあけて川に放り投げたのです」

愛人めいた屈折した心理がさせたことなのか、美希風には朧気(おぼろげ)に想像できるだけだが、女性相手にわざわざ説明するまでもないことだろう。

「昨夜の不貞行為は、かなりひどい醜聞です」美希風はそちらの観点に話を進めた。「もしこれが露見すれば、豊海さんの夫婦関係に亀裂をもたらすでしょうし、相当の社会的な損失も覚悟しなければならないのですから、このような作り話を彼女がするはずはない。ですからこの告白は信じられる。疑い得ないでしょう」

「そうですね……」やっと、未華子の声は出てきた。

「さて」

背後の廊下のほうから人声が聞こえてくるので、美希風は、玄関に移されていた自分の靴を履き始めた。足下は意外なほど暗く思える。

「大槻夫人。あなたがスニーカーを手に入れたのがいつなのか、明確には把握できていません。殺害行為の前なのか、後なのか。……後でしょうね」

未華子も靴を履き始める。

「はい。後でした」

二人は外へと出た。さほどまぶしいわけではないのに、目を慣らす必要があるように感じる陽(ひ)の光だ。せっかくの南アルプスの山々も、まだ雲に隠れている。鳴き交わす幾種類もの鳥たちの声は、軽やかだ。

「夫がベッドから姿を消して長い時間経っていることは、嫌でも気づきました」

未華子が自ら話していく。

「横になってはいられず、トイレにもいないことを確かめたら、信じたくはない事が起こっている予感がどんどん膨らんでいきました。今まで何十回も何百回も感じてきた予感でした。経験しすぎて、心にたこができてしまったような予感です。

……雨はあがっていました。縁側から平屋棟を見ていると、ちょうどあの人が戻って来ました。中庭を歩いて来ました。わたしの木靴を履いて。泥で汚して……」

核心へと進む前に、両腕を上体に回した未華子は、踵(かかと)をあげて体を上下に揺らした。

「そりゃあ、相手が誰かはともかく、なにをしてきたのかは判ります。もごもごと、靴をあんな風にされるとは、などということも言っていましたし。あの人は謝りました。木靴を汚したことを。木靴のことを謝りました。そのことは……。まあ洗えばいいしな、とも言いました。そのための木靴だ、と。脱いだ木靴の一方をわたしは手にしていました。それで彼の頭をひどく殴りつけたのです。まったく予期していなかった顔でした、あの人は。驚愕(きょうがく)しながらも、苦痛の声を封じるみたいに自分で口を覆って建物の中へ転がり込んで行ったのです。片方の木靴は履いたままでした。……わたしは、追いかけて何度も殴りつけた……みたいですね」

未華子の口調は遠くで見た映像を語っているかのようであり、逆に美希風は、その場に身を置いたかのような気分になっていた。

左へと首を巡らすと、白い小石の小径が見える。

「あなたはその後、外へ出て、あの小径を下ったのですね」

「そうです。……なぜそんなことをしたのか、自分でもはっきりとは判りません。命を絶つつもりだったのか、頭を冷やしたかったのか……。命を絶つつもりはなかったでしょうかね。頭や気持ちを静めて、この先することを決めたかったのでしょう。そうして川を見ていたら、闇の中でもかすかに目に映る物がありました」

「梁に引っかかっていましたか」

「あっ、ご存じでしたか。はい、竹などを使って水路を狭めるあの場所に、あの人のスニーカーが流れ着いていたのです。木靴は水に浮きますが、あの人の自慢のスニーカーもそうなのですね。軽量で完全防水。平屋棟の横からあそこまでくらいの距離でしたら、ほとんど沈まずに流れてくるのですね。夫の靴だと気づいた時には笑ったような気がします。でもそのうち、この僥倖にはなにか意味があるような気になってきました。ある意味奇跡的な遭遇です。活かすことができるのではないか……。スニーカーを掬いあげ、思案を巡らしながら、わたしは道を引き返したのです」

「そしてあなたは、スニーカーは何事もなくあるべき場所にあったと見せかけようと決めた。とにかくそれが、計画のスタートになると結論したのです。そのためにスニーカーを乾かすことにした。防水仕様とはいえ川を流れてきたのですからね、ビシャビシャなのは間違いない。乾かすためにあなたは、二階のテラスルームのエアコンを利用しましたか？」

ショックを受けたように未華子は目を見張った。

「どうしてそれを!?」

「いえ、たまたま目を覚ましましてね、窓ガラス越しにあの部屋のほうを見たのです」

「なにが見えたと？」気がかりそうに訊いた。

「カーテンでしょうね。あいていた窓から外へとなびくレースカーテン」

「ああ……！」

運命に感心したかのように息を吐いた未華子は、自白を勧められたかのように言葉を継いだ。

「ドライヤーのように音を立てる物と、長時間一緒にいる気にはなれませんでしたから、ヒーターにまかせることにしたのです。エアコンがあって就寝している人たちから一番遠い部屋があそこでした。ですけど、室温は二十数度。ヒーターの設定温度と変わらない。サーモスタットが働いて切れてしまうでしょう。もちろん、設定温度をあげてもいいですが、狭い部屋ではすぐに設定温度に達してしまいます。ですけど幸い、雨上がりで外の気温はさがっていました。それで窓をあけて、ヒーターを作動させたのです」

それを、揺らめくカーテンが告げた。

あの幽（かす）かな、霞（かすみ）にも見えたものを目に浮かべながら美希風はまたこれを思う。ひっそりとなにものにも知られないように存在しているものが真実に触れるのだろう、と。

それを知らずに、大槻未華子は寝室に戻り……。その先を美希風は推測する。

「布団に戻ってからあなたは、手に入れたスニーカーを有効利用する計画に知恵を絞っていった」

「なかなか考えはまとまりませんでしたけれど……。乾いたスニーカーを持って、縁側に戻りました。凶器から指紋を消しました。スニーカーの底には泥をつけた。警察が調べる頃には乾いているでしょう。本当でしたら、夫の指紋もつけるべきでしたが、そこまではできませんでした……。そして、中庭に残った木靴の足跡を見詰めているうちに、まだ漠然とでしたが、突飛なトリックが浮かび始めていました」

「事態を反転させ、平屋棟の人間だけに容疑を向けられる」

「ええ」

「しかしそのトリックは実際に行なうものではない。使われたと思わせればよかった。架空のトリックだ。そして、そんな発想に至ってくれそうな、手駒には打ってつけの男がいた」

美希風にとっては、自責と屈辱を感じないではいられない話の段階になった。

未華子はなにも口にしなかったので、美希風自ら話を続けた。

「その男は、引っかかるものがあれば執拗に推理を続けそうなタイプだった。そして実際に、超常的なまでに奇態な事件にも説明をつけてしまう。この男の発想パターンは利用できそうだった」

「それほど明確なものではありません」それは本音に聞こえる口調だった。「捜査が進む方向を見て、もし手を打てそうになれば偽の情報を出すつもりでいたのです」

「それが功を奏し、犯人がガーデニング用の木靴すべてから指紋を拭き消したというのが事実のようになった。夕刻に朝霞さおりさんとあなたが触れていた木靴から指紋が消えていたし、一両日前に他の木靴にも触っているのにとあなたが供述したからだ。木靴を並べるトリックを実行するのは、指紋を消しまくることも含めて大変ですが、それを演出するあなたがやったことは実に簡単だ。母屋から一歩も離れる必要もなく、複数の木靴に指紋があるはずなのに……と仄めかすだけでよかった」

単純というなら、木靴を履くという被害者が取った行動も、真相は実にシンプルだったのだ。普通に靴を履いて平屋棟に出向いたが、その靴がなくなったために、手頃な木靴に目がいってそれを利用しただけである。

「あらゆる意味で、使えたスニーカー、使ったはずのスニーカーが元の場所にあるというその一点で、事態の混迷は深まりましたね。見事な一手です、大槻夫人。生まれた謎は、日常離れした裏を感じさせて人々を巻き込む」

「平屋棟から消えたスニーカーがまた所定の位置に戻ったのは、ほとんど奇跡的な巡り合わせの結果ですから、推理の範疇（はんちゅう）を超えています」

「慰めてくれているのですか？」

　未華子はそれには答えなかった。

「川に捨てたはずのスニーカーがちゃんとあると知らされた時、豊海叶恵も驚いたでしょうね」そう言ってから未華子は、ふと思ったように美希風に顔を向けた。「コブシは、夫と一緒に平屋棟へ行ったのでしょうね？」

「たぶんそうでしょう。……もしかすると、縁側のガラス戸をあけた時にコブシが中庭に出て、平屋棟に興味を示してちょろちょろし始めた。それに大槻忠資のほうがついて行き、妙な気を起こしたのかもしれません。帰ろうとした時、地面はぬかるんでいたので、コブシの脚を汚さないように、『お前は朝までここにいろ』と命じたのではないでしょうか」

「ああ、そうね……」言ってから、未華子はまた美希風に目を向けた。「ところで、わたしの偽装工作は、どの辺から瓦解（がかい）していったのかしら？」

「そうですねえ……、大きく分ければ二つの点ですか。まず、再現実験に使った木靴を刑事さんが回収する時の姿がそれです。彼は地面を歩いて木靴を拾っていたのです。しかし犯人はこんなことはできない。木靴の上しか移動できないのですから。その条件で木靴を集めていくにはどうするか？　木靴の上を後ろ向きに二歩進むと、立ち止まってしゃがみ込み、目の前の木靴を拾いあげる。また立って後ろ向きに歩く。まあ、歩く時は前向きに進んでもいいですが、止まったらくるりと後ろ向きになり、しゃがんで木靴を回収することになる。どちらにしろ、厄介極まりません。普通に前方に歩いたような蹴り跡を地面に偽装しつつの作業になるのですしね。体操選手でもバランスを崩しそうです。そう感じたから刑事さんも、往路はきちんと再現できたのだから後始末は簡略化していいだろうと手を抜いたのです。しかしそれでは本当の再現にはならない」

「そうね……」

「回収する時の方法までリアルに想像して、これは現実に行なえるものではないと私には思えてきたのです。頭の中でだけ成立するトリックです。吟味を深めずに、私はそれに飛びつきすぎた。猛省すべきですね」

「もう一つの点はなんですか？」ひどく優しい口調だった。

「木靴からの指紋の消え方です。最初の鑑識の報告では、シューズボックスにある木靴からも指紋は一切検出されないというものでしたが、あれは、ガーデニング用の木靴に限った話でした。それも当然で、現場である中庭の足跡とまったく靴底の形が違う観賞用の木靴を調べる必要はないと判断できますからね。でも刑事さんと鑑識さんには、観賞用の木靴も調べてもらいました。すると、こちらのどの木靴からも指紋は検出されないということでした」

少し間をあけ、美希風は問いかける口調になった。

「犯人の行動としては、これは変でしょう？」

「……そうですね。利用する必要も、興味を引くはずもない木靴まで丁寧に拭ったことになる」

「これらの指紋の状態を作り出すのは、木靴をいつも丁寧に扱っている人ですよ」

「………」大槻未華子は静かに目を閉じた。

「夕刻、平屋棟からみんなが引きあげる時、あなたは靴やドア付近の汚れに気を配っておられた。拭き取り掃除用のシートぐらい手にしていたのかもしれない。皆が履いた靴を持ち込むしかなかったから、利用したシューズボックスはもちろん、ドア周辺も土汚れが気になりますよね。そしてあの時、ついでといいますか、当然といいますか、あなたは人の手に渡した木靴も拭きあげていたのでしょう。いつものように、自分の指紋さえ残さない丁寧さで」

さらに想像をたくましくすれば、相手が特に朝霞さおりであったからということも関係するのかと思われるが、美希風はそこまでは触れなかった。

「その時の木靴磨き(みが)は誰にも知られていないはずだという感触があなたにはあった。偽装工作を練りあげる時、その事実を利用できると目をつけたのでしょう。木靴を並べるトリックが、誘導された架空のものであるならば、ミスも含めてそれを構築できるのはあなた一人なのです」

「木靴の指紋を全体的に左右できるのは、わたしだけですものね……」

野鳥がずいぶんと囀(さえず)っている。

「あなたは効果を高めるために、先ほども言いましたが、一両日の間に触った木靴の指紋も消えているのでは、という仄めかしを行なった。でもこれは、少なくともひな子さんにとってはやりすぎだったのではないでしょうか……」

ハッと、未華子の顔色が変わる。「あの子に⁉　どういうことでしょう？」

「なんだかんだ言いながら、お嬢さんはご両親をよく見ている。木靴を使った後、お母さんがどれほど丁寧に手入れをしているかも知っていた。そしてつい最近も、お母さんが木靴の手入れをしていたのも見ていた。だから、ここ二、三日の指紋などないことをお母さんは知っているはずなのに……と疑問がわく」

息が抜けていくかのように、大槻未華子の両肩がさがった。

「そうでしたか……」

それでも数秒すると、弱々しく瞬きをしながらも、彼女の顔はあがった。

「今となっては見苦しい、格好をつけようとする言い訳にしか聞こえないかもしれませんが……」

「いいえ」

「自分の罪を隠さなければならないと思ったのは、あの子がいたからです。あの子を一人にはできない」

「……すみません」

「とんでもないことです」

「僕はここでもう少し、南アルプスが見えないか、待ってみます」

一礼し、大槻未華子は音も立てずに踵(きびす)を返した。

ほんの三十秒後、正木刑事は、犯人に自ら出頭されるという初めての経験をした。

10

大槻未華子が連行された後、南美希風とエリザベス・キッドリッジが大槻邸を辞そうとする時、玄関の間には、コブシが寄り添うひな子の姿があった。その両側には、大槻旭と浜牧子の姿も。

「あのね、浜さん」ひな子は、虚勢だとしても胸を張っている。「あんまり保護者面(づら)しないでよね。あんたより、もう一匹犬が来てくれたほうがありがたいわ」

「その程度では刺激が足りませんね」浜は、ぴしゃりと言い返す。「それに、本当の保護者面は、この程度のものではありませんよ」

玄関を出て、美希風とエリザベスは駐車場へ足を向ける。

「子供のことを思えば、か」エリザベスは冷めた顔をしていた。「本当にそうした思いがあるなら、なぜ、殴りかかる前にその思いを発揮しない」

「……そうした忍耐は、もう何十回もしてきたのではないですかね。今回は遂に、箍がはずれた」

横目で美希風を見て、エリザベスは言った。

「犯人の女が平屋棟にいた者が疑われる策を弄したのは、単に、容疑者の範囲を広げる自衛策以上の魂胆があったからじゃないかな。豊海叶恵も朝霞さおりも、夫とどういう関係にあるか、未華子は薄々知っていた。その女たちも疑われて追及される対象にしたかった。精神的に追い詰められ、仮面の下を暴かれる。反抗というか、いささかの復讐であり、未華子は若干でも溜飲をさげる」

それが事実かどうかはともかく、その策を後押しすることになった美希風としては胸中複雑だった。

駐車場は木々に囲まれていて風もない。

レンタカーの前の砂利敷きの地面を、リスが走り抜けて行った。

「昨夜のコブシだがね……」

「ええ」

「姑息な援軍として大槻忠資が連れて行った可能性もあるぞ」

「へえ？　どういうことです？」

「かつて関係があったとはいえ、男の妻も近くにいるこんな環境で、女があっさりドアをあけると思うかね？」

「はあ……」

「そこでコブシだよ。豊海叶恵の部屋の前であのシェパードに小さく吠えさせる。コブシだと思えば、女もドアをあけるさ」

「なるほど」

「しかしそばには男も立っている。だがドアはもうあけているし、犬もいるので気がほぐれている。後は会話次第で……」

ベスはそうした手を使われたことがあるのですか？　などとは口が裂けても問えないので、美希風は、

「そうかもしれませんね」とだけ言っておいた。

「コブシも、うまいこと利用されないようにしたほうがいいな。靴を履くようになった生物は、堕落の道を進む一方だ」

エリザベスは、うまいこと言ったという顔をしている。

1

自然は直線以外のあらゆる形状を作る、と主張するかのように、辺(あた)り一帯はゴツゴツ、クネクネとした無秩序ともいえる形に満ちていた。

大地は、不定形の岩でほとんどが埋められている。奇岩の群落だ。

わずかに見える樹木の枝はもちろん自在にのびているが、風が年中強いここでは、くねり方がやはり奇異である。

車に乗り込んだ山下英輔(やましたえいすけ)准教授が、窓から顔を出し、

「いいかね、ゼミの諸君！　形をつかむんだ！　形の意味を！」

と、学生たちに笑顔で叫ぶ。

「形なき内面をあえて固形化して表出するのが造形だ！」

准教授は手を振りながら、じゃあ傑作を成せよ、との言葉を最後に残してワゴン車をスタートさせた。

南美希風(みなみみきかぜ)は笑顔になって言った。

「まるでクラーク博士だな」

「ああ。少年よ大志を抱け、のですね」

リーダーの古澤辰己が即座に反応した。これで他の四名の男女も、それぞれの意味のこもった笑い声を漏らす。「馬上ほど格好よくはない」との小石川一兵の反応が、おおよその共通見解だ。

美希風は札幌の人間である。だから、歴史的な名言を残した札幌農学校の初代教頭の例えはすぐに浮かぶ。

「それに大げさだ」呆れたようにワゴン車を見送り、小石川は続けた。「明日、また合流するんだから」

ここは群馬県。軽井沢も近い山間部だ。学生たちは、東京にある芸術大学の造形学科の面々で、カメラマンである美希風はそのOB。そして、山下准教授よりわずかに先輩だ。今回は、学生らに写真を通しての造形的な発想を教えるために、外部講師として二泊三日の夏期合宿に帯同している。

「さあ、荷物を運ぶぞ」

リーダーの声で、皆が動き始める。

四棟のコテージまでは、平らな地面をなんとか見つけて造成された道が蛇行しながら続いている。その百メートルほどの距離に、

「荷物を運ぶとなると遠いなあ」と、浅虫仁は肩を落とす。

車は、ここから先へは入れないのだ。

「ヒトシくんが買い込んだビールが一番重たいんだから、泣き言言わないでよ」

と発破をかけるのは小里ちかだ。

もう一人の女子、松野奈々子は、

「女子も運ぶんですかぁ？」

と、とぼけながらの笑顔を作る。

古澤は真面目に、他の男子はぶーぶー騒ぎながら、性差のない分担に持ち込んだ。

無論、美希風も段ボール箱を抱えている。

遊歩道と名付けられている道は、アスファルトで粗く舗装されていて、緩く左右に曲がりながらT字路にたどり着く。人間の背丈ほどの表示板が立ち、右へ向かえば露天風呂のある山小屋、左へ行けばジオパークと案内している。

しかしどちらへ向かうにも、ここを中継しない主要ルートがあり、この一帯は〝盲腸コース〟とも呼ばれ、マニアックな登山をする者のベースキャンプになる程度で宿泊客はほとんど訪れない。だからこそ、安上がりの合宿地として選ばれたわけだが。

他に例の少ない奇観を売りにしているキャンプ場で、その点、学生たちはすでに楽しんでいた。

荷物をすべて運び終えるのに、二度の往復が必要だった。

割り当てられたコテージにそれぞれ荷を解き、ごく狭い中央広場に一度集合した。

古澤辰己はリーダーにふさわしく行動力があり、考えや物言いもしっかりしているが、服装は案外軽快だ。ロゴ入りの黄色いTシャツと、穿き慣れた様子のジーンズである。

小石川一兵は、眉も腕っ節も声も太く、大リーグの有名チームのキャップをかぶっている。日焼けも濃い。

二人に比べるとかなり小柄な浅虫仁は、外見にあまりこだわらないタイプらしく、動き回っているとポロシャツの裾がズボンからはみ出したりしている。

短髪の小里ちかにはボーイッシュな魅力があり、しゃきしゃきとした性格だ。Vネックのカットソーから鎖骨が少し覗いている。

長い髪と白い肌の持ち主である松野奈々子はおとなしそうな印象であるが、活動的なのか、ダメージジーンズにデニムシャツ姿で、それもまた似合っている。

古澤、小石川が三年。浅虫、小里、松野の三人は二年だ。

女子二人は小声で、日焼け止めクリームがどうのと、こちょこちょ話している。

「今までのところ、問題はないね？」

美希風が確認を取る。

ありませ～ん、の声が複数あがり、キャップを押さえた小石川が、「風がちょっと強いかな、というだけですね」と言う。

首都圏では三十度半ばという高い気温が続いているが、ここでは三十度には達していない。風も、荷運びで汗ばんだ体には心地よい。だが秋になるとこの風は、荒涼とした景色を強調する冷気を早々に運ぶだろう。

「各々、撮影機材を用意して、三十分後にここに再集合としよう。喉を潤したり、日焼け対策をしたり、いろいろあるだろうからね。浅虫さんは、サンダルじゃなくて、足をきちんと守れる履き物にしたほうがいい」

「はい」

解散した五人を見送った後、美希風は自分の服装――カーゴパンツにサファリジャケット、白いキャップ――を点検してから改めて、コテージの並びや景色に視線を巡らせた。

彼らが荷運びをした道は南にのびている。三叉路が交わる場所のすぐ北側が、この広場だ。コテージは東側に並んでいる。戸口はそれぞれ南向き。鍵はない。コテージ寄りの広場の一角に、木のベンチを脇に備えた水場があった。コンクリート製の升状の洗い場で、少し高い位置に蛇口がある。

そこにさっそく、浅虫が缶ビールを抱えて運んで来た。水を張って缶ビールを入れ、氷もザラザラとぶちまけて水を出しっ放しにした。缶と氷が涼しげに、水中を舞い始める。

各コテージにも無論、洗面施設はある。トイレと、風呂も備わっている。

コテージは四棟で、どれも平屋造りであるが、広場に一番近い一棟は〝母屋〟と呼ばれていて二回りほど大きい。裏には、納屋か物置のような小屋もある。〝母屋〟には広い調理場とダイニングがあり、登山道の途中にある休憩所といった趣だった。蚕棚（かいこだな）状の寝台も三つある。ここに泊まるのが、古澤と小石川の二人。

その東側に建つコテージ一号に宿泊するのが女子チームだ。ベッドは一つしかないので、折り畳み式の簡易寝台を持ち込んである。

コテージ二号には南美希風。

コテージ三号には浅虫だ。

浅虫が冷えた缶ビールを自分のコテージに戻し終えた後――彼はもしかすると素早く一本呑（の）んだのかもしれない――学生全員がまた顔を揃（そろ）え、午後二時半から撮影フィールドワークが開始された。

東西にのびる道の南側には一面、何百年か何千年か前の溶岩が奇岩となって転がっている。黒に近い灰色の岩は、細かなギザギザとした凹凸（おうとつ）から波頭のように見えるもの、頭部の尖（とが）った覆面をかぶった人物たちの行列を思わせるものなど、見てくれは様々だ。

小石川はさっそく、「あれは、ミレニアムバージョンのゴジラだな」などと連想を働かせている。

キャップのつばを後ろに回して撮影を始めている美希風の手にあるのはデジタル一眼レフカメラだ。学生たちはもっぱらスマホの撮影機能を使っているが、スケッチブックや双眼鏡を併せて活用している者もいる。

コテージの裏、北側に見える疎らな木々は、固い溶岩台地の上に懸命に根を張ろうとしている。地表を這うゴツゴツとした根は、魔物の動脈とも見えた。女性陣はもっぱら、この北側一帯でシャッターを切っていた。

こうしてまず思い思いに撮ってもらった後、美希風は全員を集めた。初歩的講義の開始で、それぞれの写真の狙いなどを聞きながら、シャッタースピードや絞りの基礎を伝えていく。カメラの液晶モニターに呼び出した、撮影したばかりの自分の写真を使って美希風が解説をしていると、浅虫が声をあげた。

「あれっ、先生。こんな迫力ある岩、ありましたっけ？」

彼らは一応、美希風のことを先生と呼ぶ。

画面の中の左側手前で、重量級の玉子形の岩が黒々とした存在感を示している。背景に写る岩の並びは、大から小へと計算されているかのような効果的な配置で、遠くまでの広がりも遠近感たっぷりに伝わってくる。

「これは、あの岩さ」

美希風は、ほんの十メートル先の岩を指さした。

「えっ!?」

と驚く声が重なる。

それは、腕が回せる程度の大きさで、これといって目立つものではなかった。

「広角レンズを使ったんだよ」

カメラバッグの中の交換レンズを見せながら、美希風は説明していった。

「そこにある対象を撮るだけではなくて、自分がほしいショットを作り出すことも、カメラには可能なんだよ。写真、なんて言うけど、真実を写しているとまともに捉える感覚は、どう？　もう過去のものじゃない？　写真機という技術が日本に入ってきて驚いた当時の命名だからね」

ああ、という学生たちの頷き。

「そもそも真実ってなんだ、という話は、踏み込むとややこしいから割愛しよう」

賛成という表情が並ぶ。

「一枚の写真の中に真実らしきものがあるとしたら、それは撮影者の意図だよ。イメージであり、感覚だ。ある意味、主張。技術系や学術系の記録など、正確さのみが求められるジャンルを除いて、カメラマンが審美眼と自主性を持って撮影した写真が切り取る真実は、撮影対象と撮影者との関係性だ。ドキュメンタリー写真でも、社会派写真でも、日常の何気ないスナップでも、そこには必ず撮る側の思い、感性がこもる。だから、一枚の写真の中にある形は、その写真の中だけに存在していいんだ。それは、その作者だけの形なんだ。それを作り出す練習もしてみようか」

こうしてまた、各々の撮影時間が再開された。極端ではあっても、自分なりの演出を強く加えた写真から造形のインスピレーションも得られるかもしれない。それで美希風は、学生の間を歩き回りながら、ホワイトバランスやヒストグラムの創造的な使い方なども、それぞれのスマホの性能に合わせて伝授していった。

熱中症にも気をつけながらの撮影会は、夕方まで順調に続いた。この間、他に人影はまったく見かけなかったし、車がやって来ることもなかった。

辺りの奇観は、彼らの独占状態だった。

2

七時半。夕焼けはもう消え去っているが、空にはまだ明るさの名残がうっすらとあった。

夕食の後の夜の部は、かなりハメがはずされている。

六人全員が〝母屋〟に集まり、歓談の輪ができていてにぎやかだ。

未成年である松野奈々子以外には酒が入っている。主にビールだが、小里ちかと小石川一兵は焼酎にも手を出している。ちかの呑みっぷりは、なかなか豪快だ。

古澤辰己に、

「山下先生が認めていたのって、これほどの、コンパみたいなバカ騒ぎですかね、南先生？」と眉をひそめて問われた美希風は、「明日に響かなければいいだろう」と答えておいた。

この二人は、さほど呑んではいない。

「第二部だ。夜の部は、これでいいじゃない！」小石川が、焼酎びんをタクトのように振っている。「気持ちのメリハリは必要だ！」

「そう」すでに顔の赤い浅虫仁は調子よく叫ぶ。「合宿は、交流会の意味もある！　意思疎通をはかり、団結を強めるのだ！」

「意思の疎通といえば……」そう切りだしたのは、ちかだ。表情がどこかニヤついている。

「ご存じない方もいるんじゃないですか？　なんと今日は、奈々子の誕生日なのです！」

美希風が様子を見る限り、男の中でこのことを知っていたのは小石川だけらしい。

古澤は、そうなのか？　と言わんばかりに目を丸くし、意表を突かれた様子の後で浅虫は、

「それ見ろ！」と胸を張った。「打ち解けた仲間になればこそ、パーティー気分も醸成されるし、そもそも、こういうタイミングの良さも招くんだ」

「パーティーといえば……」

またそんな調子で声を挟んだちかは、テーブルの下に身を屈めた。

美希風はお祝いの拍手をしようと思っているが、そのタイミングがはずされている。ちかがテーブルの下から持ちあげて披露したのは、リボンのかけられた白い箱だ。

「じゃじゃじゃ〜ん！　プレゼントだよ」

奈々子は両手で口元を覆い、歓喜と驚愕の表情だ。

忘れ物をしたと言って、ちかは一人でコテージへ戻っていたが、この仕込みのためだったらしい。飲み会用の食器類の入った段ボール箱を運び込んだ時、陰に隠して持ち込んだのだろう。

「おめでとう、奈々子」

言ったちかが手を叩き、ここで一斉に、おめでとうの拍手になった。

ありがとうございます、と、ぺこぺこ頭をさげ、それから奈々子は改めて、「ちか、ありがとう」と、しみじみ口にした。

「プレゼント、あけていい？」と彼女が訊けば、贈った当人ではなく、浅虫あたりが「あけろ、あけろ」とはやし立て、リボンがはずされて箱はひらかれた。

覗き込んだ奈々子は、「えっ？　ケーキ？」と、不思議そうに瞬きをする。

ローソクは立っていないが、ホール型のケーキが見える。しかし、大きくはないとはいえ、悪路での車移動も長時間続いたというのに形が完璧に保たれているのは、美希風が見ても不思議だった。

皆を驚かせたのは、そのケーキを、ちかが手づかみしたことだ。そしてそれを、彼女は奈々子にポーンと放った。

動揺で、ひゃっと体を揺すりつつも、奈々子はそれをキャッチした。続いて、ケーキをまじまじと見る。

「おもちゃ……」

「スクイーズだよ」ちかが笑顔で言った。「ここまでケーキを持って来るのは無理だから、ケーキとプレゼントを合体させたわけさ」

「ひゃ〜っ、気持ちいい！」さっそく、奈々子は握り締めた感触に驚喜している。

握る感触を楽しむ癒やしグッズは、男子の間にも回り始めた。「なんだこれ⁉」と、驚きつつの笑いが広がる。美希風の手にもそれは渡ってきた。

なるほど、思わず声が出るほど、他にはなかなかない触り心地だ。普通のスポンジ素材とはまるで違う。粘土を握っているかのように指は潜り込んでいくが、もちろんクッション性がある。温かみもあると錯覚してしまう心地よさだった。

スクイーズケーキが奈々子の手に戻ったところで、

「何歳になったの？」と、古澤が訊く。

二十歳とのことだった。

「ようやく二十歳か……」小石川がそう呟いている。

目を輝かせたのは浅虫だ。じゃあ、酒が呑めるじゃん！　と身を乗り出す。解禁、解禁！と騒ぐが、奈々子にはまだ飲酒する気はないらしく、断っている。それでも勧めようとする浅虫は、ちかにたしなめられてようやく黙った。

松野奈々子の飲酒解禁はまだ先になるようだ。

「奈々子、コーヒーでも淹れる？」

ちかは、バースデーの雰囲気に少しでも近づけようと気をつかっているようだが、奈々子は笑顔のままで首を振る。

「この爽健美茶でいいよ」

「ここだとどうしても、ムードがイマイチだよね」

「そんなことないよ、ちか。学校や家では見られない星空が味わえそうだし」

「それがねえ、奈々子、もう曇ってきている感じだよ」

「そうなの〜」

そこで奈々子は、美希風のほうに顔を向けた。

「先生。撮影のことといろいろ教えてもらったので、ついで——あっ、ついでなんて言ったら失礼ですね。ごめんなさい。あのぅ、星空の撮り方を教えてもらったりできませんか？　明日晴れれば、すぐに実践できるし」

「おお、いいね。いいよ。でも今夜のこれからの空模様だと体験学習はむずかしそうだから、座学にしようか」

「座学?」

「カメラの中に入っている写真とデータを頭に入れてもらう教室だ」と、美希風はいつも傍らにある愛機を手に取った。「でも、パソコンがあったほうがいいかな。この画面じゃ小さい」

「パソコンは、ヒトシのコテージに運んだ荷物の中にあるはずだよな」小石川が言う。

この〝母屋〟に置ける荷物は意外と少量だった。調理だトイレだとなにかと動き回るスペースなので邪魔になってしまうのだ。そのため、もっぱら食材を置くだけにし、残りの荷物は浅虫のコテージに詰め込んである。

浅虫にコテージが一つ与えられたのは、いびきがうるさいためだった。それにどうせ遅くまで酒を呑むのだろうという読みで、付き合いきれない古澤と小石川は〝母屋〟の寝台を望んだ。それで、丸々一軒与えられたのだから、代わりに、荷物置き場を引き受けろ、という交換条件になった。

明日、山下准教授が合流すれば、浅虫はコテージを明け渡して〝母屋〟の寝台に移る。

「星空の撮影方法か。ボクも齧っておこうかな」

そう言って立ちあがった浅虫だが、出口ではなく、奥へと足を向ける。

「おい、どこへ行くんだ?」と、古澤が呼び止める。

「こっちは荷物置き場の不便引き受けてるんだから、出し入れはそっちでやってください
よ」

「ノーパソは？」

「え？　トイレですよ」

遠慮なく言う浅虫は、なぜか腕まくりまでする気合いの入れ方でトイレへ向かった。

顔を見回し合って誰も動き出さないので、

「つたく、しょうがないなあ」と、古澤が立ちあがって玄関に向かった。

「すまんね」と、美希風は声をかける。

ノートパソコンを置く場所を作ろうと、テーブルの上を片付けることにして四人で動く。

持ち込んだ酒は、もうなくなろうとしていた。

戻って来た浅虫と入れ替わるタイミングで、「少し涼んでこよう」と、ポーチを手にちかが席を立つ。当然、奈々子も追う形になり、美希風もカメラ片手に星空観察へ出ることにした。

蒸し暑かった〝母屋〟の中に比べると、夜風はやはり心地よかった。

少し離れた場所で、女性二人は並んで夜空を見あげていた。奈々子は、スクイーズケーキを大事そうに胸に抱えたままだ。

一部には鮮烈に星々が覗いているが、空の多くはガスに覆われているように見える。

近づいた美希風は彼女たちに訊かれるままに、星座の位置などを話し始めた。

ゆったりと時間が流れる印象だ。

しばらくして視線を巡らせた美希風は、いつの間にか外に出て来ていた小石川が、〝母屋〟の陰でスマホ画面を見つめているのに気がついた。かなり真剣な目が気になる。

近寄る美希風に気がつくと、小石川はサッと顔をあげた。

「どうかした、小石川さん？」

「いいえ、別に。友達と連絡がつかないだけです。そのうち、メールくるでしょう」

スマホを仕舞った小石川は、〝母屋〟へ入って行った。

美希風は女子の所へ戻って夜景としての岩の大地を眺め、それも話題にしながら、三人はぶらぶらと、コテージの並びに沿って歩き始める。

「古澤さん、遅いわね」

と、ちかが口に出した時、前方から当人が姿を現わした。ノートパソコンと接続ケーブルなどを抱えている。

「待ちくたびれて、外に出たのかい？」

「ただの夕涼みです」奈々子は笑顔を向ける。

「こいつ」と、古澤はノートパソコンを揺する。「選りに選って奥のほうにあるしさあ。乱雑だから少し整理もして――、あれ？」

言葉を途切れさせて不思議そうにする古澤の視線を、他の三人も追う。

小石川と浅虫の二人が、〝母屋〟のほうからやって来るところだった。

「ここから先は、ボクのコテージでやりましょうよ」浅虫は、手にしているポテトチップスなどの袋をぶらぶらさせて見せる。「酒がちょうどなくなったのでね。コテージから運んで来るのもバカらしい。ボクのコテージでなら、在庫がなくなるまで腰を据えられる。それにさぁ、古澤先輩、〝母屋〟を酒臭くされるのを嫌がってるみたいだし」

「なかなか悪くない、一石二鳥、三鳥の場所替えだと思うぜ」小石川も乗り気で提案する。

コテージの中だともっとくつろげるかもしれないということで、一同はコテージ三号に向かった。

コテージ一、二、三号はどれも同じ造りで、スペースは大きく分けて三つ。水回りと居間と寝室だ。居間にはカーペットが敷かれ、ちゃぶ台と呼べそうな、形式の古い和室用テーブルが出ている。

「宅飲みって感じだなあ！」完全に気を抜いた様子の小石川は、広げた脚を投げ出して座っている。

部屋の隅にある冷蔵庫をあけている浅虫は、「山下先生が来る明日は無理ですからね、これ、今夜中に片付けようよ」と、残りの缶ビールの本数と種類をお披露目していた。美希風が地元でよく目にするメーカーのドライは見当たらない。

　六人揃うとさすがに狭いので、ドアをあけっ放しにして寝室も続き部屋にし、床やベッドに座る者もいた。今は、古澤がベッドの縁に腰掛けている。

　ドアをあけて左側すぐに、頭部を左に向けてベッド。奥の壁に作り付けのクローゼットがあるが、男にそれは必要あるまいとのことで、その手前とベッドの間が六つほどの段ボール箱でほぼ埋められている。

　長い合宿ではないし、重量もあるから、粘土、陶土、金属などの類いの造形素材は用意していない。様々な制作用道具以外は、発泡スチロールやバルサ材、フィギュアパーツなどの軽量な物が多く、それだけに嵩張(かさば)るともいえる。

　さすがに枕元にある窓はあけ閉めできるように、窓の前と、歩ける程度の隙間を段ボール箱の並びの真ん中にあけてあるようだ。荷の上にはざっと、小さく薄いブルーシートがかぶせられている。雨漏りがあっても、ベッドの上ではなく器材を守ろうという優先順位にしか思えず、浅虫はもっとすねていいのかもしれなかった。

　テーブルに置かれたパソコン画面を利用した美希風の星空撮影座学はそれなりにみんなの興味を集め、短くはない時間続けられた。だがそのうち空気は少しずつ崩れ、アート論を交わしながらもやがて酒飲みタイムへと移っていく。

　そうした中でも小石川が、寝室側で一人でいる時などに、大きな体を小さくしてスマホ画面に見入っている姿が美希風の目に留まった。

女子二人は、十時半頃に引きあげていった。ほんの短い距離だったが、美希風は、コテージの中に到着したら連絡を入れるように二人に伝えておいた。彼女たちがコテージ一号に向かって三分後、無事着きました、おやすみなさいの連絡が美希風のスマートフォンに入った。

小石川が〝母屋〟に引きあげたのは、その一時間後だ。

それから程なく、さすがの浅虫も酔いつぶれだした。

「お二人さん、そろそろおひらきにしたらどうだい？」

「もう少しで、呑み尽くしますから……」まぶたがトロンとしている古澤が応じる。「中途半端だと、明日こいつがうるさそうです」と、半睡状態の浅虫に視線を送る。「呑む物がなくなれば、文句のつけようもない」

それもそうだ。ここまできたら、ほどほどに、という忠告も間が抜けている。ゴールが目前だった。

もし二人が寝入ってしまったとしても、風邪を引く気候ではない。

美希風は、真夜中近くに腰をあげた。

「かなり酔ってるんだから、外をうろつかないように」

「はい」

くぐもりながらも一応、浅虫も返事の声をあげた。

夜空の下に出て、美希風は隣のコテージに向かう。
どこかでフクロウが鳴いていた。

3

五時半に目が覚めたのは上出来だ――そのように、すでにまばゆいばかりの朝日の中で美希風は自分の行動を評価した。高原の空気の中にあって透徹感充分の陽(ひ)の光が、カーテンもまぶたも突き抜けてくるのだろう。だから自然に目が覚めた感じである。

朝の見回りをしようと思っていた。まがりなりにも学生たちを預かる引率者の立場であるし、朝日の中の景色も味わっておきたかった。

と、ちょうど身支度を終えた彼の耳に、戸口へ駆け寄って来る足音が聞こえてきた。

そして、ノック。

「先生！　南先生！」

小里ちかの声だ。尋常ではない。彼女を慌(あわ)てさせているのは、並大抵の出来事ではなさそうだ。

それを証明するかのように、ドアの外に立っている彼女の顔には血の気がなかった。

その瞬間、押し寄せた不安や針の先のような恐怖で、美希風の心臓が一瞬跳ねた。これが彼には、久しくなかった感覚と感じられた。不安そのもので心臓が汗をかくような、身体の奥から発せられる動揺……。

長く時間が経ったけれど、移植された心臓がまだ、美希風の情緒と完全に同期していない。そのため、感情の振幅を生々しい心臓の拍動として意識することがなくなっていたのだ。しかし今――

かつてあった心身一体の波紋を、心臓が全身に響かせた気がする。移植する前には何度も体験していた、心の大きな揺れがリアルに再生するかのようでもある。発作の度の恐怖。自分より早く死んでしまった両親に、取り残されてしまったと絶望した時の孤立感。眼球の奥が焼け、そこから湯のように溢れ出す涙。マジックの教師の無残な死との遭遇。フラッシュバックの如き、震わされた心臓が持つ記憶の数々――。

なにか、医学的に言う除神経心に変化をもたらす小さな契機でも訪れたのか……。だが今は、その感触を分析している場合ではない。

「どうした？」と、ちかに訊く。

「へ、変なものが……。大変なことが起こったんじゃ……」

混乱してうまくまとめられない彼女に案内を頼むことにし、すでに温気をはらんでいる戸外に踏み出した。この土地では吹き流れる風がつきものだったが、今は、なにかを忘れたかのように無風状態だ。

急ごうとしながらも腰が引けているようなちかは、〝母屋〟のほうに進んでいる。

「変なものって？」

「死体だと思うんです」

一瞬、美希風の足が止まった。「死体？　人間の？」

ちかは声を出せなかった。青ざめた顔のまま、頷いて見せる。

彼女が連れて行ったのは、中央広場だ。

そして、まるで立ち入れない結界が張られているかのように、広場の縁で彼女はぴたりと立ち止まった。震える指で、ある方向を指し示すだけだ。

「ん？　死体なんて見当たらないだろう？」

地面にはなにも転がっていない。

「ひょ、標識」ちかは声を絞り出す。「案内板に……」

ここからは、南側に正面を向けるT字形の表示板が、斜め後ろから見えている。……そういえば、表示板にはなにか、異物が加わっているかのようだ。

美希風は本能的に慎重な足運びになって、表示板の正面へと、ゆっくり回り込んだ。

……死体だ。ここにあった。

ちょうど成人の身の丈と同じほどの高さのある表示板に、人の体が縛りつけられている。背を表示板につけ、両腕を左右にのばしている。閉じられた両脚は、表示板の基礎石の上に載り、足首と膝の辺りで縛りつけられていた。腕を縛っているのは、付け根と手首の部分だ。成人の男だろう。どちらかというとスマートな体形。ギザギザとした横縞模様の長袖の化繊シャツ。そしてジーンズ。黒いウエストバッグを巻いている。

本当に人体なのかと疑うような思いで、美希風は、男の手に指をのばした。触れる寸前、引っ込めて、ハンカチを指先に巻いた。

その状態で、男の左手に触れた。……死後硬直を思わせる、不気味な実感があった。

本物の人体だと受け入れがたかったのには理由がある。

その死体は、表示板のT字形に合わせるかのように、首から上がなかったのだ。付け根から上がきれいにない。

そうした情報不足とグロテスクさの過剰とによって、かえって現実感が伴わないのだ。

……もう陽炎でも立ちのぼったのか、変形十字架を含む光景が、波打ち揺れたように目に映る。

フクロウはもう鳴いていない。ジージーとうるさいほど、虫たちが騒いでいる。

4

合宿参加者である五人の学生たちが無事であることに、美希風はまず安堵を覚えた。小里ちかと手分けして、全員に声をかけて回ったのだ。誰もが、取るものも取りあえずといった様子で最低限に身支度を調え、事態を知って顔色を失っている。

午前五時五十二分。中央広場。

水場の脇にあるベンチを中心に、彼らは集まっていた。

すでに警察には通報してある。早朝ではあったが、美希風は、山下准教授にも連絡を入れた。それと、エリザベス・キッドリッジに。

今回、エリザベスは、ここからさほど遠くはない前橋市で旧友と過ごしている最中だった。予定どおり動けなくなりそうな事態をメールで知らせておく。

ベンチに腰を落としている松野奈々子が最も深刻な失意状態で、上体を折り曲げるほど項垂れている。その両側に、支えるように座るのが、ちかと古澤辰己だ。小石川一兵は、ベンチの後ろのほうで呆然と立っている。浅虫仁は地べたに座り込んでいた。

洗い場の外枠であるコンクリートの少し冷たい感触に手を当てたまま、美希風は全員を眺めわたしてから言った。

「あの……遺体は、竜川司という学生らしいんだね？」

緩く、不安定に、二、三の頷きが返ってくる。

あの死体の服装は、すぐに竜川を連想させるものだという。三年生の彼は、〝溶接グループのゼブラ〟と呼ばれて、あまりセンスのよくない横縞模様の服をトレードマークのようにしている。死体が着ている服も、皆が見慣れているものらしい。

竜川は山下ゼミのメンバーではないが、造形学科の学生で、この五人とは親しいという。

「ウエストバッグもそうだし、あの履き古した靴なんか……」小石川が力なく声を出す。

「まさにあいつの、いつもの……」

「体の特徴はどうだろう？」美希風はそこを訊いてみた。「特定できる特徴はないかな？　見えるのは、手しかないけれど」

ややしばらくして、小石川の声が聞こえてきた。

「あいつ、腕や脚は毛深くて、そのへんは肉食の獣イメージだった。指の節にも毛があって、わりかし判りやすいかも……」

そこでやや意外なことに、奈々子からも声があがった。

「指でしたら……、左手の中指に大きなホクロがあります……」

そうなのか？　という奇妙な空気がわだかまる。そんなことまで知っているのか？　と。

「確かめてみるかい？」

美希風は促してみる。酷かもしれないが、死んでいるのが誰なのか判然としないことには、事態の了解も、そして悲しみの方向も定まらない。

同じように考えたのか、

「あいつが死んでいるのか無事なのかはっきりしないことには……」と、小石川が呟いている。スマホを手にして凝視する。「あいつでないなら……」

この時、美希風は察した。

「小石川さん。昨夜、君が盛んに連絡を取ろうとしていたのは竜川さんなのか？」

小石川は顔をあげ、古澤が不思議そうに声を出す。

「連絡を取ろうと？」

「していたよね？」美希風は、小石川に目を向ける。「なぜかその様子を隠そうとしていたが、あきらめきれないかのように何度か……」

「そうです」告げる小石川は背筋をのばした。「竜川と連絡をつけようとしていました」

「どうして？」と声にしたのは浅虫だが、他の全員も同じ意味を持つ視線をぶつけていた。

「サプライズ告白を計画していたんです、あいつ」

サプライズ？　告白？　と交錯する疑問の声に、小石川は答えた。

「昨日、奈々子ちゃんの誕生日だったろう？　その夜にあいつ、奈々子ちゃんにプロポーズするつもりだったんだ」

若者たちの体や表情が揺れた。ちかは、奈々子の横顔を見つめる。古澤は息を吸って両手を握り締める。浅虫の唇は口笛を吹く形を作った。

奈々子当人は、一瞬見開いた目を閉じ、耳を塞ぐかのように両手で頭を抱えた。まつげが震えている。

「二人は、その……」浅虫が言った。「付き合ってたんですか？」

小石川が頷き、ちかが言う。

「なかなかうまく隠してたけどね。でも、そうなんだぁ、結婚を考えるほどにねぇ……」

「これで、竜川さんがここに出現しても奇異でないことは判明したね」美希風は指摘しておいた。

学生たちによる最初の検分であの死体が竜川司らしいと見定められた時から、それは大きな疑問だった。どうして突然、ここにあいつが現われるのか。

「サプライズプロポーズのプランを知っていたのは、小石川さんだけなんだね？」

美希風のこの確認に、小石川が答える。

「そのはずです」

「でもどうやって、彼はここに来たんだい？　いつ？」

「高校時代の後輩に、車で送ってもらったんですよ。この近くが竜川の生まれ故郷なんです。だから、こんな計画も思いついた。この裏を……」

小石川は、疎（まば）らに木の生える北側の土地に目をやる。

「三百メートルも行くと、市道に出るんです。午後七時半に、車でそこまで運んでもらって、おりる。その後は徒歩で、林というか、あの一帯を抜けて来る」

「暗い中を？」幾分驚き、美希風は訊く。

「いえ、七時半って、まだそんなに暗くはないですよ。上映前の映画館より明るいんじゃないですか。それにもちろん、懐中電灯は持っています。持ってたはずです。それと、精密な位置情報アプリに、コンパス。このキャンプ場までたどり着くことに、なんの不安も感じてなかったですね」

「ところが、予定の時刻になっても、彼は姿を見せなかったのだね？」

「七時四十五分になってもなにも起こらない。スタンバイできているのか確認しようと思いました。ちょうどその頃、メンバーそれぞれが外に出たりとばらけ始めたので、竜川のスマホに電話をしてみたんです」

「そこを、私が目にした」

「ああ、あれは二度めです。最初は〝母屋〟の中で、浅虫をやり過ごしながらこっそりかけました。竜川は呼び出しに応じませんでしたよ」

「林の中で迷ったかもしれないわけか？」と古澤が言う。

「でも、だとしたら電話に応じないのは変だ。それで不安を感じ始めて、二、三分後には二度めをかけた。〝母屋〟の外に出てね。この時、南先生に見られたんだ。電話はやっぱり通じなかった。不安が広がったけど、正直、混乱もしていた。どういう事態なのか想像できない。予定どおり車で到着していたのかどうかも不明なんだぞ。もっと前の段階での計画変更か、アクシデントかもしれない。そのうち、俺をターゲットにしたドッキリか、とも疑いだした」

そこまで話したところで、不意に体の向きを変え、小石川は歩き始めた。

「やっぱり、確かめる。あいつなのかどうか……」

続くように、奈々子も腰をあげた。ふらつかないようにするだけで精一杯という身ごなしだ。それでも、足を運ぶ。

美希風と、小石川一兵、松野奈々子の三人がT字形表示板の所までやって来た。

血にまみれた痕跡が死体にないのが、せめてもの救いだった。首はかなり乱暴に斬られたと察せられるが、その切断面も視線の高さよりわずかに上なので、直接目に飛び込んではこない。

悲しみと覚悟で心を半分麻痺させているような学生二人は、死体の左手に視線を注いだ。

中指にはホクロがあった。

小石川は呟く。あいつの指だ、手だ、……あいつの死体なんだ。

奈々子は倒れ込みそうな様子だ。そして、トイレに行きたがった浅虫に、ちかは、「あんた、シャワーも浴びなよ、ちょっと臭いから」とずけずけ言う。確かに、酒のにおいが汗臭さに化けている感じだ。

諸々(もろもろ)の事情から、美希風は、彼らを一旦(いったん)それぞれのコテージに引きあげさせた。短時間で〝母屋〟に集合することも伝えておく。

奈々子と浅虫以外の三人がほぼ同時に〝母屋〟へと集まって来たが、ちかは、「奈々子は寝込んだ状態だからそばについていてやりたい」と申し出た。それで彼女はコテージ一号に引き返した。

浅虫が姿を見せたのは数分後で、それまでの間美希風は小石川に、竜川を車で送って来たはずの、彼の後輩に電話をしてみたのかを訊いてみた。竜川への三度めの電話からは、ということだった。竜川の実家の電話番号も承知していない。そこまでの連絡先は知らないのだ、電源が切られているか圏外だとの例のメッセージが返されるだけになったという。

しばらく沈黙が続いた後、最後に合流した浅虫が、男たちだけが集まっている〝母屋〟で口をひらいた。

「安全のためにも、集まっていたほうがいいんでしょうかね？　まさかホラー映画みたいに、首切りが趣味のモンスター怪人が徘徊(はいかい)しているとは思えないけど」

学生二人は応(こた)えに詰まっているようなので、美希風は頭の中を整理するために考えを口にした。

「モンスターでないならば、あんなひどいことをする理由はなんなのか」

頷くように首を動かした古澤は思案の面持ちだ。小石川は、「正気じゃねえ」と吐き捨てる。

美希風は戸口まで行って玄関ドアをあけ、奇岩の大地に目をやった。

「失われている首、探してみるか」

後ろでは、えっ？　という声がこぼれている。

「今できる弔いの一つであるという気もするんだけどね」殺人者が遺棄した被害者の頭部を放置したままでいるということに、無力感を嘲られているかのようないたたまれなさを覚える。また、頭部は重要な証拠でもあり、発見の過程で大きな手掛かりと出合うかもしれない。「見つけておけば、警察も余計な捜査をしなくて済む」

一面の溶岩台地は、穴を一つ掘ることも困難だろう。しかし凹凸が激しいため、頭部ぐらいの大きさの物体であれば死角に隠せる場所に事欠かない。むしろ無数ともいえ、途方に暮れる。

外へ出て少し移動し、美希風は建物の裏に目を向けた。この時、物置が目に入る。モンスターが潜んでいるとは思えないが、真っ先に調べてみるべき場所だろう。

美希風は足を運んだ。顔を出した男子学生たちも、距離をあけながらもついて来ている。

木造の小屋だ。〝母屋〟の北西に位置している。

開き戸には錠もなく、それを美希風はそっとあけた。中は薄暗く、狭苦しい。かなりの数と種類の物品が押し込まれているのだ。

「狭いし、見にくいですね」と、恐る恐る寄って来ていた浅虫が後ろで言う。

裸電球が一つ、天井の真ん中からぶらさがっている。

目を配りながら、細い通路状の床を美希風は進んだ。体を横にしなければ入れないほどの隙間が左側にあったが、彼が進んでいる通路部分は、奥に積まれている木箱類の手前で右に曲がっている。そちらに体を向けると、壁にぶらさがっている物が目に入った。

手斧（ておの）と、猟師が使いそうな山刀（やまがたな）だ。剣鉈（けんなた）よりもごつい。気になるのは、もう一つ、なにかがさがっていたのではないかと思える掛け釘があることだった。そこにはなにもさがっていない。

見たくもない生首だが、それを検（あらた）めるためにもう一度視線を巡らせてから、美希風は引き返すことにした。

「なにもなかったよ」外に出て、報告するように美希風は言った。「血痕もないと思う」

すると、小石川の声がした。

「南先生、あれ、なんでしょう？」

身長の高い彼が、背伸びをするようにしてある一角を見つめている。

「どれ？」

美希風は移動し、他の二人も寄って来る。

二、三歩前に出ると、浅い岩の窪地(くぼち)の中に異物が見えた。窪地はバスルームほどの広さだろうか。ちょうどそれを埋める格好で人工物が広がっている。園芸用品なのだろう、ビニール製か不織布(ふしょくふ)と見える灰色のシートだ。

美希風は近づいてみた。

シートには黒く見える染みがあり、それは乾いている血のようであった。

シートの下になにかありそうで、嫌な予感が背中を這いのぼる。その感覚には先刻の、小里ちかの声と様子から予感を覚えた一瞬のような心臓のおののきはない。だが、胸が絞られるような、生理的な嫌悪を伴う不安感であるのは確かだ。

シートをめくって実態を知るべきか……。現場保存優先か。

「君たちは見るなよ」

勇を鼓(こ)す必要があるかどうか、まだ迷っていると、ちょうどこの時、近づいて来るパトカーのサイレンの音が聞こえてきた。

5

パトカーの制服警官たちに続き、所轄署の刑事たちも到着。そこに、県警の捜査一課の人数も加わると、自然一色だったコテージ周辺は俄に、雑然とした、野太い声が交錯する緊張と熱気の濃密空間となった。

さらに少し後、前後するようにして山下准教授とエリザベス・キッドリッジたちが姿を見せた。

遊歩道に姿が見えた時から山下英輔は顔色が失われていたが、竜川司の死体を目の当たりにして以降は、悲嘆と混乱で半ばショック状態になった。

エリザベスは、メガネをかけた四十歳見当の男と一緒だった。

その男に、腹の出っ張りが目立ち始めている中年警部補である源田が、「おや、住吉医師」と声をかける。「どうして現場へ？」

名前を聞いて、美希風にも男の素性が判った。エリザベスが旧交を温めていた人物だ。医大に勤務している監察医である。彼女は昨日招かれて、住吉家に泊まったはずだ。

「こちらのキッドリッジさんは、実はアメリカの法医学者でしてね」

「ほう」

「アメリカの大学での私の先輩に当たります。意見を聞きながらの現場検死から始めれば、仕事も正確で早いかと思いましてね」

それ以外にも、エリザベスが恐らく、友人が巻き込まれているから駆けつけたいと拝み倒したのだろう。なんやかや、強く要請した可能性のほうが高いかもしれない。

エリザベスがさり気なく、美希風のほうに目配せをよこした。

服装はパンツスーツ。そのライトグリーンの色合いは彼女には若すぎるかもしれないが、それも強気に着こなしている。彼女の視覚的存在感は、乾き切った灰色の大地の中、アスファルトさえ突き破って直立する若芽さながらの生命力を見せていた。

言うまでもなく、美希風にとって心強い援軍だった。

「係長に話を通すために、連れてきましょう」と、源田警部補がその場を離れる。

住吉監察医は、丸めて持っていた白衣を身につけようとし始めた。エリザベスが黙って手を差し出し、医療鞄のような物を住吉から受け取った。エリザベスに礼を言いつつ、袖を通す住吉は、シートなどで保護されておらず剝き出し状態の磔死体に視線を吸い寄せられている。

「……あんな遺体、一課の人たちも初めて目にするだろうな」

この現場での捜査本部は、〝母屋〟ということになった。関係者一同は、美希風に割り当てられていたコテージ二号に集められた。コテージはそれぞれ、刑事の手でざっと検められている。

松野奈々子は、座っていられる程度には回復していた。

コテージの一間に七人は狭いので、美希風と山下英輔は寝室側に座る場所を見つけている。居間に扇風機があるだけで、エアコンの設備はない。窓はあけられているが、気温の上昇による不快感は増していくようだ。警察も証人たちへの人権的な配慮から、彼らをここに閉じ込めておくつもりはないようだ。捜査官の目が届く範囲ならば、外を自由に歩いてよいと言われている。

基本的な事情聴取は、源田警部補が中心になってすでに済まされていたが、これからは個別に聴取をする、と告げられた。

まずは、第一発見者である小里ちかが呼ばれる。彼女は、「本当にただ、早く目が覚めてしまったから、たまたま散歩に出ただけなんです。本当に、ぶらっと、たまたまなんです」と力説しながら連れて行かれる。

二番めが美希風だ。今度の刑事にも、物置に入った件を話すと眉をひそめられた。しかしその行為による捜査の混乱はないようだ。

三番めは小石川一兵。警察は死亡推定時刻を昨夜の八時頃と見積もっているようで、小石川はその時間の前後、被害者のスマートフォンに何度も着信履歴を残している。

順次呼ばれていき、最後は山下英輔だった。彼は疲労困憊（こんぱい）の様子で、「俺までアリバイを訊かれたよ」と腐りながら帰って来た。

彼は昨日は、藤岡（ふじおか）市に近い町で、籐（とう）細工の名工に研究用の取材をしていたのだ。八時頃は打ちあげの会食の真っ最中だったという。今日の午前中は、次の授業で使う近代こけしの買い取り契約に出向く予定であったが、それは無論お流れだろう。

それぞれの記憶と供述、そして聴取の過程で得られた警察側の情報から、美希風たちに判る事態の全体像は今のところ次のようなものだった。

まず、昨夜の各人の動きで再確認された内容。

飲み会の場を十時半頃に後にした女性二人は、コテージの中でおしゃべりをしながら三十分後には眠りについたという。

十一時半頃に切りあげた小石川は、〝母屋〟の裏で少し林に入り、「竜川〜」と呼びかけたらしい。しかしそれ以上の〝捜索〟はしなかった。完全に闇に覆われた荒れ地は、安易に踏み込めば自分の遭難を招きそうだった。そもそも、とにかく事態が把握できないので、行動指針が定まらない。

最後まで呑み続けていた浅虫仁と古澤辰己だが、とうとう浅虫がいびきをかき始め、古澤は苦労しながらも彼をちゃんとベッドに運んだということだった。古澤が〝母屋〟に引きあげたのは午前一時頃になる。小石川は無論、寝ていた。

被害者だが、これは竜川司で間違いない。美希風と男子学生たちで見つけたシートの下に、彼の頭部はあった。切断に用いた凶器もあったらしい。死後かなり時間が経ってからの切断だ。死因は、後頭部への殴打ではないかと推定されている。

被害者が身につけていた物。ウエストバッグの中身は、ごく簡単な宿泊セット、小型の屋外用ハンディライトやコンパス、運転免許証、サイフ。他に携帯していたのはスマホ。そして胸ポケットにあった小さな箱に、それほど値段は張らない女性用指輪。

美希風が窓から外を眺めると、一人で立っているエリザベスの後ろ姿が見えた。遠くに集まっている警察車両や、溶岩の荒海が固まったような大地を背景に、明るい緑色の姿が自然体で佇(たたず)んでいる。

外に出た美希風に、立ち番をしていた制服警官が視線を寄こしたが、なにも言いはしなかった。へたなものを撮られては困ると余計な警戒もさせたくないので、カメラは部屋に置いたままだ。

横に立つと、エリザベスはわずかだけ顔を向けてきた。

「霧氷(むひょう)、と言ったか?」

「え?」

「観光用の映像で見た覚えがある。冬山の樹木が氷で覆われて複雑な景観を作り出している。

特異的で興味深い。樹氷か？」

「霧氷でしょうね」

エリザベスは目の前の景色に目を戻した。「ここは、岩で作られた霧氷の森のようだな」

「なるほど。味のある表現です」

「この次日本に来られたら、ぜひ、きっと、本物を見に行くぞ」

「必ずそうしましょう」

「美希風くん。君が知人であることは警官諸君に伝えた」

「ああ……」

「わたしの父親が君の心臓移植手術をし、今はわたしが術後の経過観察と健康管理をしている、とね」

誇張が激しい。術後何年経っている？　しかも今度の来日についての連絡があるまで、この親子との接触はほとんどなかった。

「それに、捜査にはわたしよりあの男のほうが役に立つだろう、とも進言した」

「ああ!?」

「事実と思う」日本を歩き始めて一月(ひとつき)ほどになるが、本国で誤って覚えた男言葉はまだ完全には抜けきらない。一方で、警察用語の習得ぶりは目覚ましい。「鑑識の初動捜査で目星がつけば問題ないが、そうならなかった場合、君の思考方法と直観はこの手の事件と相性がいいんだから、期待は持てる。よいな？」

よいかどうかは判らない。

それとなく首を巡らすと、離れた場所から源田警部補がこちらに目を向けていた。感情は見せず、ただ眺めているという様子である。

視野の隅に表示板が入った。もう遺体はおろされていた。

「住吉さんとの検死結果は一致している。死亡推定時刻は前夜の二十時前後で間違いない」

美希風は向き直り、耳を傾けた。

「頭の後ろに加えられた打撃が死因だろう。四角い棒（バー）で殴られたか、ステップの角にでもぶつけられたか。三回、打撃されている。外部出血は少なかったようだ。従って死因を正確に言うと、脳内出血だろうな。顔を殴られた様子もある。死後数時間して頭部は切断された。あのシートの下が、切断した現場だ。乱暴な切り方だ。刃の切れ味が弱い……、あの刃物はなんと言っていたかな……、なた？」

「ああ、鉈ですね」

「たいして切れない鉈で叩き切ったのだ。ええと……、肉片も飛び散っていたよ」

「ベス。その単語は思い出してくれなくてもよかった」

「犯人は返り血対策に神経をつかっていた。全身をカバーしていたのだろう物が残されていた。薄いレインコートのような、カッパとか呼ばれていた物と、とても長い長靴、ゴムの手袋、さらに作業用の厚い手袋」

　軍手だろう。

「鉈も一緒に、すべてシートの下にあった。シートももちろんそうだが、どれも、あの……木製の小さな家――」

「物置ですね」

「物置にあった品だ。サインポストに遺体を縛りつけていたロープもそうだ。犯人のものらしい指紋は発見されていない」

「男性二人が呼び寄せられていたようですが、このキャンプ場のオーナー会社の人たちでしょうかね？」

「そうだ。会社の中間……中堅、か？　……そういうポストの者と、この施設の管理者だな。有益な情報はない。鉈は、斧（アックス）などの似たような切断道具と一緒の場所にあったのだな」

「壁にさがっていましたよ。あそこでしょう」

「それだ。なくなっている物は特に思い浮かばないそうだ。撲殺の凶器は見つかっていない」

「遺体を引っ張りあげ、縛りつけるのも相当の労力が必要だと思いますが、なにか工夫などされていたのでしょうか？」

「これといった痕跡はなかった。使われたらしい道具もない。力にまかせた作業だろう。腕の、この……」エリザベスは、肩と腋(わき)の辺りで指をグルグルと回す。「付け根に、ロープが何重か巻かれていて、ここの皮膚の傷みが最も激しい。もちろん死後のものだ。サインポストの横棒にも、こすれた形跡が明瞭。従って、両腋に縛りつけたロープを、横棒に掛けて引っ張りあげたのだろう。遺体の肉付きはそれほどよくはない。それに、人体の頭部はボウリングボールほどもの重さがある。それが除かれているのだから、重さとしては多少扱いやすくなっているだろう」

「女性二人でも可能ですか？」

「なにっ⁉」

エリザベスが顔を振り向けた。

「可能性の検討です」

「……意志の問題に還元されるだろうな、美希風くん。意志の力が肉体の力も生む。必死になれば、想像を超える力もわく。だとしても、力が加わる両手の保護は重要になるな。やわな皮膚では、人体との綱引き(タグ・オブ・ウォー)の痕跡が残るだろう」

美希風は、推理というより妙な妄想をした。死体をそのまま磔にしようとした犯人には、あとわずかの腕力が不足していたのではないだろうか。そして犯人は気がついた。頭一つ分の減量があれば、死体を吊(つる)しあげられる、と。だから切断に踏み切った。

この場合、被害者の人体の何割かでも磔にすることが最優先の動機ということになる。そのような動機が存在するか？　また、こうした疑問もわく。表示板で作業を始めてから重さの問題に直面したはずで、ならばそこで切断作業を始めないか？　ところが犯人は、遺体をまた林のほうまで運んで、往復の労力と時間をかけたことになる。表示板周辺には照明はなく、人目を逃れるまったくの闇であることに変わりはない。少し移動すれば岩陰もある。つまり、シートがあった場所と同じ条件で解体作業をできる場所が近くにあるということだ。

しかし犯人はこの合理性を無視した。

異常が異常なままで、さらに矛盾まで生じるのは、この想像が不合理すぎるからだろう。

「美希風くん」思案がちにエリザベスが口をひらく。「あのように首を切断した死体を提示するのは、刑罰のアナロジーとして日本では馴染みのあることなのか？」

「刑罰。……さらし首。首をさらす昔の刑罰ですね」

「さらす、か。ここでは胴体のほうが、さらす、に処されていたが」

「さらされていましたが、一般的な感覚とはとても言えませんね。打ち首獄門なんて、日本人にとっても完全に歴史的なフィクションですよ。ハラキリと同じく。犯罪現場として見ても、滅多にない……というより、過去にあったのかどうか。バラバラ死体事件はありますが、胴体の磔を伴うなんて、そんなケースは知られていないはずです。磔の処刑やさらし首のアナロジーとは考えにくい。ギャングでもしないでしょう」

「刑事たちの話でもそんな様子ではあった……」

「もっとも、慎重に見れば、首の切断や切断された首には、歴史的な背景もあって独特の重きが置かれる傾向はあります。ある作家がエッセーに書いていました、日本語に生首という単語はあるが、それに相当する意味での生腕や生脚はない、と。切断された首を生首と言います。戦乱の世を通して、切り落とされてしまった腕や脚は相当数あったはずですよね。首よりは数が多いでしょう。大きな戦(いくさ)が終われば、そこには無残に、腕や脚が転がった。それなのに、それらを一言で表わす単語は、少なくとも現代まで残ることはなかった」

「首が特別だったということだな?」

「倒した武将の身元を明かす物証でもありますからね。首級(しるし)、御首級(みしるし)などと別格の表現も用いる。個人の識別に最も適しているのと同時に、その人間そのものが宿っている部位でもあったのでしょう。もしくは、生首が怨霊(おんりょう)の集約物であったり。そうした背景もあり……」

美希風はスマートフォンを出して操作し、

「首の時には限定的に、〝きる〟にこの漢字を使ったりすることも少なくありません」

と、〝斬〟の漢字を見せた。

「これはルールではなく、慣習ですらないので、そうでない場合も多いですけどね」

「そうか」画面から目を離し、エリザベスはまた少し考える。「では、この地方に、生首にかかわるフォークロアはないのか? どうだ?」

「ないですね。山下先生や生徒たちと情報交換しましたが、誰にも思い当たるものはなかった」

「すると完全に個人的な動機ということか。奇っ怪な話だな」

奇っ怪という言葉は最近覚えて、彼女は気に入っている。

「遺体をおろしてから、死斑(しはん)も調べてみた」エリザベスの語りは、残っていた法医学的な情報に移った。「背中に、薄れつつあった死斑。下肢には、濃く生成されつつ定着した死斑が認められた」

「それは、つまり？」

「遺体は数時間、仰向(あおむ)けでいたということだ。それから垂直になった。つまり磔状態になったのだろう。血液が死体の下部に停留することによって皮下に発現する死斑は、初期であれば死体の姿勢を変えることで消えてしまう」

「血液がまだ動くから」

「そうだ。そして今言ったように、数時間経過という時間帯であれば、姿勢の変化によって前の死斑がすべては消えず、新たな死斑が併発的に出現するということも起こる。七、八時間以降だと、姿勢が変わっても定着した死斑は変化しない」

「数時間は仰向けでいた、と」

正確に言えばこうなるだろう、と、美希風は頭の中で細部を詰めた。死後しばらくの間は死斑は移動するということは、どのような姿勢でいたかも判らないということだ。仰向け以外の姿勢だったかもしれない。数時間が経過して死斑が定着し始める時間帯に、一定時間は仰向けでいた、となるだろう。とはいえここは、エリザベスが指摘したとおりのシンプルな見方でいいはずなのだ。なぜなら――学生たちや准教授が集められているコテージ二号のほうに目を向けて、ここでエリザベスが、「あの中に犯人はいるのだろうな」と感情を殺して言った。

「……その公算が高いでしょうね、残念ながら」行きずりの犯行とはまったく考えられない。

学生たちの誰かが犯人であるなら、死斑の状態は当夜の彼らの動きと齟齬なく符合する。

彼らは、七時前から〝母屋〟に集まり、夕食の準備を始めた。

そして、七時半以降にこのキャンプ場に到着したらしい被害者、竜川司の死亡推定時刻は八時前後。この時間帯はちょうど、松野奈々子の誕生日の話題が出た辺りで、直後から各々がばらけた行動に移っている。短時間ならば、一人きりになる時間があったのだ。もっとも女性二人はトイレに行く時も一緒だったので、単独行動はほぼ取れないと言えるかもしれない。

だが少なくとも男たちには、撲殺を為す時間はあったはずである。しかし一方で、首の切断や胴体を磔にする時間はまったくない。であるから必然的に、遺体は人目につかない場所に放置されていたことになる。

飲み会の場所が〝母屋〟からコテージ三号に移ってからは特に、各人がほとんど目の前にいるような状態で、個人でこっそり自由にできる時間は誰にもなかった。

つまり、殺害された直後に仰向けにされてそのままずっと隠されていた遺体に、皆が寝静まった後、頭部切断などの非道が行なわれたと考えられる。死亡推定時刻が八時で、全員が就寝したのが午前一時頃。五時間が経過している。死斑が定着しつつあったのだ。

「遺体搬送と一緒に、住吉さんも引きあげるようだな」

遊歩道のほうに視線を向けていたエリザベスは、そちらに歩き始めていた。

「挨拶をしてこよう。わたしはここに残る。首切り死体など珍しいから、解剖にも立ち会えば知見（ちけん）を得るための格好の素材だろうが、今回はあきらめよう」

「ベス。学生たちの前ではそうした言い方には気をつけてください。被害者の恋人もいる」

「ああ、そうした点は大切にしなければならない国だったな」

コテージ二号の玄関ドアはあけたままになっている。

多くの靴が並んでいるあがり口に入った美希風の耳に、

「竜川と連絡がつかなくなった時に、誰かに相談しようと思わなかったのか、って、何度も刑事に責められたよ」と落ち込む調子の小石川の声が聞こえてきた。

「責めたってわけではないでしょ」まだ力の入らない語調ながら、それでも奈々子はそう慰めた。「確認ですよ」

二歩進んだ美希風は肩で壁に寄りかかり、見るとはなく、聞くとはなく、彼らの会話の傍らにいた。

「簡単に相談できるなら苦労はないよな」と、古澤も小石川を擁護する。

「うん。あいつの一世一代のサプライズだったんだから、下手なことして台無しにはできないしなぁ……」

「後輩の車から、竜川さんは七時半に市道でおりたっていうのは警察も確認したんですよね？」と、浅虫が小石川に尋ねた。

「ああ。杉って奴ね。竜川のスマホに履歴もアドレス帳登録もあったから、警察はすぐに連絡が取れたんだな。杉はガールフレンドも車に乗せていたらしい。二人は口を揃えて、七時半ジャストにおろして、竜川司が林の中を歩いて行くのを見送ったと証言しているみたいだ」

「その二人が犯人ってことはないかなぁ？」思案を深めるように、浅虫はぐっと顔をしかめる。「そして、罪をこっちにかぶせるために、このキャンプ場まで死体を運んで来た」

「でもそこから、遺体を切断したりあんな物に縛りつけたりする理由があるか？」反問した後、古澤は声の調子を密やかに落とした。「松野さん、話の内容がむごくなってごめんよ」

聞き取れないほど小さく、奈々子は「いいえ……」と応じたようだ。

「理由っていうなら」浅虫は疑問を追究する。「あんな血なまぐさい死体の扱い方に労力を払う理由は、誰にならあるってことになります？　十字架で磔刑にするような、あんなことに？」

「磔刑もなにも、竜川さんは罰せられなければならないような人では絶対になかったよ」小里ちかが、震える声で強く言う。「十字架の聖なる力で苦しんで罰せられるべき悪魔は、犯人だよね。人間じゃないよ、そいつ」

「まさにね」小石川は頷き、それから、「……でも、あの案内表示板が十字架の形だったら、竜川の遺体の首も、そのままだったのかな？」と問いを発した。「T字形だったから、それに合わせて首から上も消されたとか。まともな理屈にはなってないけどね」

「ああいうT字形を、エジプト十字架と名付けた人はいる」そんな知識を披露したのは古澤だ。

「えっ？　誰？」

「昔のミステリー作家で、エラリー・クイーンって人。『エジプト十字架の謎』という長編ミステリーを書いている」

美希風も何度か読んだ覚えがあった。

「ああ、そのタイトル、見た記憶があるよ」小石川は思い出した様子だ。

「『エジプト十字架の秘密』っていう翻訳タイトルもあったかな。T字形の道路標識に、首なしの死体が磔にされるんだ」

「T字形の十字架って、エジプト様式なんですか」感心した顔色の浅虫だが、古澤に、「そうした事実はない」と応じられると、「はあ？」と脱力した。

「この作品は国名シリーズの中の一冊なんだ。で、読者の注目をできるだけ集めたいから、思わせぶりで魅力を感じさせる国の名前を出す必要がある。エキゾチックな、〝オリエンタル殺人事件〟みたいな。だから、エジプト風味は作中で無理矢理こじつけた感じだ。十字架の様式にはまったく関係がない」

「それで……」小石川が訊く。「その作品ではどういう理由で、死体はそんな風に扱われたんだ？」

「計算された動機としては最も典型的な内容だよ。今では真っ先に思いつく見方だけど、それに先鞭（せんべん）をつけた名作として知られてるってところだ」

古澤がその内容をやや詳しく説明したが、今回の事件では当てはまらないな、というのが全体的な感想と判断だった。

美希風にとっても、死体損壊とサディスティックな装飾をした犯人の動機解明が最重要課題だった。猟奇性に溺（おぼ）れて古典的な推理小説の見立てをした、などという非理性的な理由ではないはずだ。よほどの、確固とした理由がある。そこを解きほぐせば、真相までは間近だろう。

少し沈黙が落ちていた室内で、古澤が、

「竜川は泊まるつもりだったんだろうな」と小声で呟いていた。「期待どおりの返事をもらえなかったら気まずいだろうに……。大掛かりなことをしたし、よほどの自信があったのかねぇ」

ちかがすかさず、たしなめるように発言する。

「奈々子がどう返事するつもりだったのかなんて、究極のプライバシーですから、詮索しないでくださいね、みんな」

リーダーの古澤が代表し、「そ、それはもちろん」と、焦り気味に応えていた。

風が少し唸りを強めたので、美希風は屋外に目をやった。

6

時刻は十時半を回っている。

心理的なショックは大きく、惨殺死体も目にしたというのに、美希風は空腹感を覚え始めていた。朝から胃に入れたのは、関係者みんなで精神安定を図るためにコーヒーブレイクした時のコーヒー一杯だけだ。

心臓が動き続けている限り、身体は生々しい生理活動から解き放たれないらしい。そしてこれも、命が自らを支えようとする懸命なる信号なのだろう。

玄関に影が差したと見ると、姿を現わしたのはエリザベス・キッドリッジだった。両手に、スポーツドリンクのペットボトルをさげている。

「君たち、差し入れだぞ」

大小様々な歓声が広がった。自分たちが〝母屋〟にストックしておいたものではあるが。

「ありがとうございます」山下准教授は、感謝の思いを浮かべて頭をさげた。

紙コップに注いでいく学生たちに、「法医学の勉強をして歩いている」と自己紹介したエリザベスは、テーブルの正面に腰をおろした。押し出される形で、浅虫と小石川が立ちあって壁の前に移動する。それでもそんなことはかまわず、喉の渇きを癒やせて、みんなホッとした笑顔だ。

しかし、その時間も長くは続かなかった。

顔を見せた源田警部補が、「学生の皆さん、来てくれるかな。血液反応が出ないか、ちょっと調べさせてもらいたいのでね」と告げたからだ。「なに、手の先っちょ辺りだけだから」

ハンカチで額(ひたい)の汗を拭(ぬぐ)ってから、源田は美希風に目を合わせる。

「まあ、あんたはいいだろう」

急に重苦しい気配になった学生たちが肩を落として出て行く姿を見ると、美希風の胸中に責めを負うかのような疼(うず)きが生じた。顔を合わせた瞬間にもう伝えていたことだが、改めて、美希風は山下准教授に、合宿中にこんなことが起こってしまい申し訳ないと謝罪をした。

彼の反応もその時と同じだった。あなたが謝罪することではない。誰も予測できない事態であり、たとえガードマンでも防ぐことなどできないだろう。

「でも私は……」テーブルに肘を突いた両手の中に、山下は顔を埋めた。「受け持ちの学生が殺されたんだからな。それにもしかすると……」

その先の思考を嫌がるかのように言葉を切り、山下は顔を起こした。

「一度だけ電話を許されましてね。学部長と話しました。学長も含め、向こうはてんやわんやでしょう。保護者への対応もしてくれているはずです」

今までの学生たちの会話を通しても輪郭がつかめていたことではあるが、美希風は山下に、五人の学生と被害者との関係性を尋ねてみた。

彼らの間に目立ったトラブルはないはずだ、とのことだった。金銭問題も聞いたことがない。竜川司は大人しいほうなのだが、感情の起伏がやや激しく、走り始めると一直線という性格で、そのへんも〝ゼブラ〟と名付けられた理由のようだ。

松野奈々子は異性にモテるタイプだが、山下も、彼女と竜川が婚約まで考える仲だとは察していなかったという。

「最近、処刑や解剖の歴史を講義したことは？」と単刀直入に訊いたのはエリザベス・キッドリッジだ。「Tとか、文字の象徴性とか」

「ないですね。どう記憶をたどっても、こんな血みどろの〝表現〟に結びつく出来事は思い浮かばない」

「彼らの作品にアブノーマルが表われたこともないと?」

エリザベスの直截(ちょくせつ)な言い草に山下の言葉が詰まったので、美希風はもう少し嚙み砕いた。

「写真よりもっとそうだと思うが、絵画や彫刻造形は、計算や自意識を忘れ去るような、忘我の自動機械になった時にオリジナルの名作が生まれることが多いと思う。まさに、殻(から)を破って表出する潜在的自己だ。だからそうした作品から、制作者の奥底のエゴを読み取れる。私は、連続密室を敢行した殺人犯が描いた壁画に肌寒さを覚えた記憶があります」

「精神分析にも利用されている」

というエリザベスの一言に、美希風は問いを加えた。

「彼ら学生の作品に、警戒すべき潜在意識を感じたことはないんですね?」

「ないですね。ないですよ。むしろ、もっと異形(いぎょう)とも思えるただならぬ個性の噴出があっていいと思っているぐらいでした。でも、だからこそ……」

山下は、こめかみに指先を当てて目を閉じた。

……許されないよ。凶暴な病的人間以外がこんなことをする動機って、あるんですか?」

「こんな残虐事件の発生が信じられない。遺体の首を斬ってどうなるっていうんです?

美希風は、ここでも頭の中を整理することにした。

「まず、この一帯には人の死体を長期的に隠せる場所がないということが大前提になりますね。何百メートル四方にもわたって溶岩台地で、穴を掘れる場所もない。裏の林も同じで、頭部一つを埋めることもむずかしい。仮にそうした場所があっても、捜索する場所が極めて限られているのだから、どうせすぐに見つかってしまう。遺体を流す川もない。自転車もバイクも車もないから、当然、遠くへも運べない」

「そうですね……」山下は目をあけ、美希風の横顔を注視する。

「ここへ来る予定だった竜川さんが消息を絶つのですから、捜索はここでもすぐに始まり、遺体は長期間隠せないと、犯人は覚悟する。その上での保身計画になります」

「なるほど」

「またこれは、計画殺人とは思えない。被害者の竜川さんがここにやって来ることを知っていたのは小石川さんだけだという点は確認不能にしても、容疑者が限られる、遺体の処理にも困り果てるようなこんな限定的なロケーションで殺人を計画する者はいない。とするとやはり偶発的な事態の発生しか推定できず、こんなシーンが想像できますね。暗闇から現われた人影に驚いた犯人が、恐怖を感じ、防衛手段で思わず殴打を加えたという可能性です」

「ああ、ありそうですね」

「ですがこれも違うようです」

「そうですか……」

「今の場合は、過失致死でしょう。過剰防衛かな。さらに、状況、情状も考慮され、さほどの罪にはならないはずです、正直に申告すれば。ところが残酷な死体損壊などの罪を重ねていけば刑罰は当然重くなり、弾みだったという言い訳も成立しなくなりますね。明確な殺人隠蔽行為と処断されます。それを承知で犯人が血みどろの事後処理に走ったということは、犯人自身、殺意を持って人殺しを実行したと、心身の実感で確信していたのです。なにしろ、頭部に三度も打撃を加えているのですから。殺意が迸った犯行だったと、自ら認め、知っていた」

「だからこそ必死で隠蔽しようとした、ということですね」

「隠蔽……。首切りには、隠蔽と誇示の両面の意味合いがあるでしょうね」

「誇示？」

「世界史や文化史的に見ると、公に行なわれる首切りは、実行する側、命じた側にとってはショーアップされたプロパガンダではないかと思います。そうした意味で、誇示ですよね。古代の部族社会における戦争では、敗者側の首領や英雄の首が獲られた。武士の時代の打ち首。斬首。フランス革命の断頭台。すべて、霊的優位や権威の絶対性、体制の移行をショーアップして見せつけている」

「ショーアップしつつ、隠蔽している……と？」

「実行者にとって都合のいい残虐な人殺しの意味を、すり替え、そうですねぇ、その時の社会に容認させうる〝判例集〟の中に羅列して隠蔽している」あるいは、厳粛で確固としたものと錯覚させられている当時の正邪の基準に、か。「……犯罪の現場に限って見てみると、隠蔽の比重が大きいですかね。誇示も重要で見逃せないと思いますが、今は隠蔽を中心に考えてみましょう」

そうは言いつつ美希風は、自身の発言が刺激になったのか、磔という奇態で狂気じみた行ないが有しているだろう誇示の性質も気になりだした。発端に合理的な理由があったとしても、また仮に犯人自身がはっきり意識していなかったとしても、磔死体としたあの玩弄には、禍々しい闇から浮かびあがった誇示の衝動がやはりわずかにでも介在しているのではないだろうか。悪魔的な自己表現だ。

しかし推理で追えるのはやはり、隠蔽の理由、行動パターンのほうだろう。

「隠蔽の目的のうち、大きな理由は二つ判るぞ」と、エリザベスが口を切っていた。「一つは、遺体の身元を不明にしたい時。もう一つは、頭部に残った犯人にとって都合の悪い痕跡を隠したい時だ」

「ええ」と頷いた美希風は、そこで少し口調を変えた。「……でも考えてみますと、身近で過ごしている人がいる限り、顔が不明でも身元不明になることはないですよね。体の特徴がありますから。今回も、指の様子で友人たちには竜川司だと判った。顔がないと同一性についての説得力がないと感じるのは、私的な距離にはない第三者たちですよね」

「それだって、身内が当人だと認めれば受け入れるはず」と山下が言った。

「しかも、頭部が不明の遺体ならば当然犯罪がからんでいるから捜査対象で、そうなれば、指紋鑑定があり、現代では必殺のＤＮＡ鑑定もある。よほど長期間孤立していた人間でない限り、現代では、頭部が持ち去られていたり顔がつぶされていても身元不明とはなりにくいでしょうね」

「少なくとも今回の犯行では間違いなく、身元不明とはならない」これはエリザベスが言った。

「ですよね」明確に美希風は応じる。「頭部はすぐに発見される場所に放置されていた。指も指紋が採取できる状態。身分証明書も残されていた。身元を混乱させる時間稼ぎすら、犯人は意図していない。先ほど、学生さんたちが出した結論と同じです」

ここで山下は、論点を窺うような、探る調子で控えめに言った。

「すると、犯人にとって不都合な痕跡を隠蔽するために、頭部は切断された、と？　でも、頭部は持ち去られて隠されたわけではありませんよね？」

「……もしかすると、竜川さんは絞殺されたということはないでしょうか？」

「なんだと？」美希風にすかさず反問したのはエリザベスだ。

「犯人は、例えば特徴的な道具で被害者の首を絞めてしまい、その痕跡が頸部にしっかり残ってしまった。それが鑑定されれば犯人の正体はたちどころに判明してしまう。キッドリッジさん、私がこんな仮説を思いついたのは、あの点に疑問を感じているからです。犯人はなぜ、切れ味の鈍い鉈を使ったのか」

「ああ、あれをな」

「私は、鉈がぶらさがっていたと思しき場所も見ています。あそこには斧をはじめ、他にも大型の刃物があった。そして見るところ、斧の刃はかなり鋭かったですよ。犯人がそれを選ばず、鉈を使ったのは、切断することではなく、首をめちゃくちゃに損壊するのが目的だったからではないでしょうか」

「なるほど」と目を見開いたのは山下だ。「首に残った痕跡を消すために、ですね」

「しかし絞殺はないぞ、美希風くん」エリザベスの論調は明解だ。「被害者の顔面はうっ血していないし、眼球にも顕著なはずの溢血点がない」

「ああ、そうでしたね……」

美希風は髪の毛を掻き、それから、テーブルの上にあったキャップを頭に載せた。

「ちょっと風に当たってきます」

立ちあがる彼に、エリザベスはさらに言う。

「鉈を選んだのもたまたまかもしれないだろう。犯人の心理として、煌々とした明かりは使わなかったはずだ。満足ではない明かりだったから、刃物の善し悪しまではきっちりと見極められなかった。気持ちも急ぐ……？　逸る？　焦っていたろうからな」

曖昧に応じ、靴を履いたところで美希風は立ち止まった。

「いや、死因とならなくてもいいのか。争った時に、なにか特徴的な物で首を絞めたのですよ。結局、頭部への打撃で死亡したけれど、首には、犯人が知られたくない痕跡が残っていた」

「そのケースでは、被害者に意識があったのは間違いないから、首を絞められている時に抵抗したはずだ。首を絞めてくる凶器をはずそうとな。首に抵抗の跡が残り、皮膚片などが被害者の爪に遺留する。それはまったくなかった。指先に血液痕もない」

美希風は軽く唸った。

「そうですかぁ。やはり風に当たってきます」

生温い風が吹く屋外で考え込んでいると、後を追うようにエリザベスも出て来た。

そして程なく、松野奈々子と小里ちかが寄り添い合うようにして戻って来た。

もちろん、血液反応などは検出されなかった、と報告する。そして、コテージ一号にいてもいいと言われたということで、女子二人は男たちとは別の建物に向かった。

それから順次、男子学生も戻って来た。

誰からも血液反応は出なかった。

「俺、その辺を歩いてます」

と、思い詰めた顔の小石川は足を引きずるようにして離れて行く。

古澤はコテージ二号には入らず、腕を組んだまま背中で壁に寄りかかっている。彼らの間にも、猜疑の空気が広がりだしているのかもしれない。

美希風とエリザベスが黙ったまま、歩くともなく歩き始めたところへ、刑事二人が近づいて来た。一人は源田警部補で、彼より多少若くて中年の一歩手前であるもう一人の男は、人を容疑者として凝視することに慣れすぎてしまったかのような目つきをしている。

源田は、脱いだ上着を脇に抱えていて、それが風で揺れていた。

「こうしたねじ曲がった事件には相性のいい知恵を寄せ合って、捜査はどこまで進みました？」

にやつきながら源田は、判りやすい皮肉を口にする。

エリザベスに応戦させたくなかったので、それより早く、美希風は感情の起伏を伴わないまま声を発した。

「キッドリッジ医師の検死情報を、私が活かし切っていません」そこで美希風は、どうしても引っかかっている点を思い切って訊いてみた。「ところで、物置には斧がありますけど、あれは凶器の鉈よりずっと切れ味のいいものではないですか？」

瞬間、年下の刑事の目が厳しく光る。

「なぜ明かさなければならん。その交換条件で真相を教えてくださるとでも？」

「まあまあ、いいではないですか、宇藤刑事。内部情報ってことでもない」皮肉な調子ではなく、源田は幾分真剣だ。「南さん。確かに、斧より鉈のほうが、刃はずっと鈍いですな。それがなにか？」

「意図的だとしたら奇妙だ、と気になるのです」

「他に気になることは？」

「……そうか。気になる他のことね。そうですね、そこを洗い出してみます」

宇藤が、はんっ、と呆れたような声を出す。

「源田さん、伝えることをさっさと伝えて、引き返しましょう」時間の無駄だ、と表情で語る。

「伝えることとは、なに？」エリザベスが訊いた。

「もう、外部と自由に連絡を取っていいという許可です」源田は美希風に目を向ける。「引率の先生からゼミ担当の先生に伝えてください。昼食も、摂ったらどうです。……容疑者でも拘束できれば、食欲ももっとわくとは思うがね、そうそううまく早期解決とはならない」

宇藤のほうはますます不快げだ。

「被害者の遺族も遺体と対面する頃だろう。その時に遺族をせめて慰められる報告をできるようにと、プロが全員で、組織的な瞬発力を発揮している。まぐれなど期待せずにな」

「まあ、宇藤さん。気持ちはこの関係者たちも同じでしょう」

「気持ちだけならありがたくいただく」

その後、さほど乱れている様子もない髪を押さえながらエリザベスが言葉を吐いた。

「風のせいで、うっとうくさいな」

「いえ、キッドリッジさん」すかさず美希風は返した。「それを言うなら、鬱陶しいか、面倒くさい、です」

宇藤は一瞬、眉を吊りあげていたが、口はひらかずに踵を返した。

わずかに肩をすくめる仕草を見せて、源田警部補も背中を向ける。

言い方は高飛車だが、宇藤の語る内容には頷けるものがある、と美希風は感じた。被害者や遺族のためにも、少しでも早く報告できたほうがいいことが当然ある。

7

学生ら関係者たちも、そろそろこの現場から解放されるだろう。それがいいことなのか、悪いことなのか、美希風にもエリザベスにもはっきりとしない。

二人は、コテージ群の裏側を歩いていた。〝母屋〟のほうに向かって、考えがちに歩を運ぶ。

溶岩台地はじりじりと灼けていた。

「気になることといえば……」

美希風は、キャップのつばの先を人差し指でこする。

「首を切断する場所として、どうしてあそこが選ばれたのか、ということ」

これは、遺体を少しでも軽くするために重い頭部を取り除いたのではないかと妄想した時から派生した謎である。

「あの場所……」エリザベスが問いの内容を検める。「首や鉈が置かれ、血にまみれ、シートに覆われていた場所のことだな？」

「そうです」

二人は物置に近づいていた。

時々視野に入る刑事や鑑識課員たちは、報告書の作成やマスコミ対策などへと頭を切り替えているような顔つきだった。

美希風は腕をのばして指差した。

「もう見えています。あの場所。〝母屋〟からさほど離れているわけではない」

「この〝母屋〟の……」エリザベスはすぐ左手にある建物へ顔を向けた。「どの辺に、古澤や小石川が寝ていた寝台があるのだ？」

「一番東側。物置とは反対側ですね」

「ふ〜ん、ならば、切断現場と距離がないこともない。二重否定の用法は、これでいいか？」

「きれいに決まっています」

「建物という構造物自体が、物音の……物音を遮蔽する物になるだろうしな」

〝母屋〟の東西の幅は二十メートルほど。その北西の角から、そのまま北西方向にこれもおよそ二十メートル離れると物置がある。切断現場はさらに、その十メートルほど奥だ。

「確かにそうですが、心理的にはもっと距離を取ってもいいと感じませんか、ベス？　それに、音だけの問題ではありません。作業中、どうしても多少の明かりは用いたでしょう。スマホ画面のバックライトか、被害者が持参していたハンディライトなどが光源かと思います。言うまでもなく、闇の中で明かりはひどく目立ちます」

美希風はもう一度、切断現場を指差した。

「あそこは、〝母屋〟周辺から視線が届く場所ですよね。多少窪地にはなっていますが、完全に安心できる凶行場所として選ぶとは思えない。なにしろ、他にいくらでも、視線を妨げる地形があるからです。あの窪地のすぐ後ろに、三本の木が立っています。太い根がからまりながら、ちょっとした隆起を横に形成している。あの後ろまで行ったらどうです？　明かりはまったく漏れないはずです。ベスが言った、音の遮蔽物の向こうでもある」

ここでエリザベスもはっきりと、疑問点を実感できたらしい。慎重な眼差しで、周囲を見回した。

「……そうだな。光や物音を誰にも気づかれたくないと必死になっているなら、もう五メートル、十メートル、移動すればいい。どこにでも、目隠しになりそうな凹凸がある地形なのだからな」

その瞬間、美希風は霊感に打たれたようになった。

「どこにでも凹凸がある地形――」

一際焦点を結んだような目の光に、エリザベスは気付く。

「どうした？」

美希風は黙っていた。じっと集中している。作られ始めた推論がまだ砂の城で、それを壊したくないと念じているかのように。

「もう少し……」

呟くと、美希風の足が前に進んで行く。

黄色のテープが張られた規制線のすぐそばまでやって来た。

底はほぼ平らな窪地は、直径二メートル半ほどのクレーターのようでもある。首はもちろん、鉈やカッパ類もすべて回収されている。エリザベスが表現した肉片も見当たらず、黒ずんだ染みが流血の跡として残っていた。

「そうでした、ベス」まだ半分瞑想しているような様子ながら、美希風が口をひらく。「死後硬直のことを訊いていなかった。死後二、三時間すれば、顎や首を中心に硬直が始まるのですよね？」

「そうだな。あくまでも平均値だが」

「死後数時間で、肩や腕が硬直することは？」

「有り得るだろうな。ちょっと進行具合が早いが、起こらないとは言えない。様々な条件がすべて変数で、死後変化を細かく左右する。硬直は下部へと進み……、日本語の術語も頭に入っているぞ、下行型硬直の流れをたどる」

「……だとすれば」

唇を結び、美希風はゆっくりと目を閉じた。

キャップをぐっとつかむと、目深におろす。周囲の情報を遮断するかのようだ。

そのまま何秒も動きがなかったが、エリザベスは黙って待った。

やがて、美希風の口から小さな声が聞こえてくる。

「やはり最初からそうで……」

次の声は少し大きくなる。

「すべては形だったんだな……」

そして、次の一言は大きく響いた。

「なんてことだ、あの場所だ！」

「おい、美希風くん？」

「形だ。形が、こんな事態を要請したんだ……」

「なにを言っているのか判らんぞ」

他の要素はまったく関係なく、ただひたすら形が動機となった、とさらに呟いた後、体を反転させ、コテージのほうへ戻ろうとした美希風だが、その動きも不意に止まった。

「ああ！　あのT。もう一つのもの——そうだ、見せること、表わすことで隠したんだ」

「隠蔽の真相が見えたのか？」

ここでようやくエリザベスの存在を思い出したかのように、キャップのつばをあげた美希風は目を向け、

「刑事さんたちに調べてもらいましょう」

と言った。

そのコテージの寝室には南美希風とエリザベス・キッドリッジがいて、源田警部補が見守る中、鑑識課員が採証作業に当たっている。

ベッドのヘッドボード部分だ。どのコテージのも同じく、質素な、昭和の時代の子供たちが使っていたようなベッドである。

「刑事さん」美希風が、静かに声をかけた。「被害者、竜川さんのスマホですが、指紋は拭き取られていたし、電源は切られていたのでしょうね？」

「ん？」記憶を探っている顔である。「ああ、拭き取られていたし、電源は切れていたな」

それが？　と聞き返す前に、鑑識課員が声をあげた。

「出ました！　血液反応です。真新しい」

紫外線ライトを浴びて、青白く光る部分があった。ヘッドボードの下の段。はがき二枚ほどの面積か。

「きれいに拭き取ってありました」

「では、ここが殺害現場と？」自身の興奮を静めるかのように、源田は、蛇足的に再度の確認を求めた。

「遺体の後頭部の傷跡とも一致するでしょう」

これにはエリザベスの同意も加わる。

「角のある棒状（バー）の凶器。そのボードの角に打ち付けられたのだ」

美希風は、ベッドの横の床スペースに目を移す。

ベッドは、仰向けで寝ている者の右手側と頭部の二辺で壁についている。このベッドの左側には、段ボール箱が三箱、一列に並んで寄せられていた。その一つの上面にはへこみも見られる。

「床にも血痕があるはずなんだな？」

源田に問われ、

「そっちはまず間違いないでしょう」と、美希風は頷きを返した。「あんな狭い場所に死体を引きずり込んだとは考えにくかったので、ベッドの上で凶行があったのではないかと想像しました。その後に落とした、という行為なら有り得そうなので。でも、他の可能性もないではなかった。それを今、ここだと確定できたわけです。床のほうは、他の可能性はない」

ではお願いします、と一礼し、美希風はエリザベスと共に隣室に移動した。これからの鑑識作業には広い場所が必要になる。

居間にも結果を気にして刑事たちがいたが、彼らは美希風たちに道をあけた。

二人はそのまま外へ出る。

熱い風に眉をひそめつつ、エリザベスは口をひらいた。

「どんなきっかけからこんな推理になった？」

殺害現場が特定できるまでは仮説にすぎないからと、美希風は、エリザベスにも源田たちにも詳細は話していなかった。

「やはり、スタートは鉈の切れ味ですよ」

と、美希風は話し始める。

「人を殺したことによるパニックや、明かりの乏しさから、明確な意志ではなくたまたま手にした鉈で切断作業を始めたということは有り得るでしょう。しかし、使い続けることはないはずです。大変な苦労だったのは間違いないのですから。首を斬るというより、砕くような、厄介な難事ですよね。でしたら犯人は、舌打ちをするか悪態をつくかして、もっと簡単に切断する方法はないのかと思案します。まず絶対。なぜなら、返り血対策のために雨ガッパや軍手やらを一式探し出して身につけているのですから、犯人はもう冷静であったはずなのです。作業を楽にしようとして冷静に振り返れば、鉈のすぐそばにあった斧の類いにも思い至ります。そのはずなのに犯人は、斧を試そうともしていない」

「つまり、きれいに斬ることが目的ではなかったのだ」

「荒々しく損壊することが狙いだったのです。死体の首が曲がったまま硬直してしまったことを隠蔽するために」

前方から、二人の男がやや早足でやって来た。古澤辰己と浅虫仁だ。

「ボクのコテージでなにやってるんです?」と声をかけてきた浅虫は、すぐに苦笑した。

「ボクの所有してる……じゃなくて、割り振られただけの建物ですけど」

先に応じたのはエリザベスだ。抑揚のない声だった。

「殺害現場が判明したのだよ」

「えっ?」

次は、美希風が発言した。

「浅虫さんが寝ていたベッドの上で、竜川さんは殺害されたんだ」

はあ?　と顎がはずれたかと思うほど呆(ほう)けた顔をした浅虫だったが、

「冗談……」と言いかけた時から血の気が引きだした。「冗談じゃないんですよね?」

「残念ながらね」

と応えた美希風の後ろに、源田警部補が姿を現わした。ハンカチで額の汗を拭いてから、一つ、大きく頷いて見せた。

床の想定された箇所から血液反応が出たのだ。

同時に源田の仕草は、美希風に説明を促したと受け取れた。

「竜川が、このコテージに入っていたと言うんですか？」にらみつけるような顔で、古澤が問いかけてくる。

「入らざるを得なかったんだろう。犯人に押し込められたとも考えられる」

そこまで答えてから、美希風は、古澤と浅虫の顔に交互に視線を振った。

「たった半日間だったが、君たちは私の教え子だった。罪のない教え子たちには、突然あんな無残な形で友達を喪った悲しみ以外の心の負担をかけたくない。純粋に悲しみと向かい合うだけで充分だろう。だから、怪しまれ疑われる事態には幕を引く。いいね？」

浅虫は戸惑いがちに、古澤は迷いを払うように頷いて見せた。

「もっとも、友人の一人が殺人犯だったと知ることによる衝撃と悲しみは増えてしまうが

……」

「犯人が誰かも判ったんですか？」

古澤が美希風にそう訊くと、浅虫は激しく頭を振った。

「ボ、ボクは違いますよ！　ここのベッドで竜川さんが死んだとか言ってますけど、そんなことボクは知らない！　それ、間違いないんですか！」

答えたのは源田警部補だった。

「法医学と鑑識捜査によって確定だな。もう、疑いようのない事実だよ」

そこで彼は、美希風に後ろから声をかけた。片肘で戸枠に軽く寄りかかり、一見偉そうな姿勢だ。

「ところで南さん。この若者がしている無実の主張は信じられるのかね？　被害者はいつ、このコテージに来たのだ？」

「予定どおりだと思いますよ。七時半に後輩の車をおり、このキャンプ場に向かった。そして、十分後ぐらいには、林の中からこのコテージ三号の近くに出た。そこで犯人と被害者は鉢合わせしたのでしょう。驚き問う犯人に、竜川さんはサプライズプロポーズの計画を打ち明けた。両者の心情は想像するしかないわけですが、恐らく、犯人側には怒りか反発心、自尊心の傷を伴う嫉妬心のような感情が噴出した。そしてこの時、被害者のスマホの着信音が事態を動かしていったのではないかと想像します」

「着信音……？」

「刑事さん、この時間帯、小石川さんが竜川さんのスマホに二度、電話しています」

「そうだった、かけていたな」

「どうだろう、お二人さん」と美希風は、古澤と浅虫に尋ねる。「竜川さんは日頃、スマホはマナーモードにしていたのかな?」

浅虫は、「いつも普通に、着信音が鳴っていたと思います」と答え、古澤も、「彼は、マナーモードにするような気のつかい方はあまり……」と言った。

「ということで、闇の中に着信音が響きわたったと考えていいでしょう。混乱した事態と気持ちの乱れを制御したい犯人としては今の事態をまだ誰にも知らせたくなかったし、竜川さんを松野奈々子さんに会わせたくもなかった。それで、電話にも出させず、このコテージ三号に竜川さんを強引に誘い込んだ」

「ボクじゃない!」浅虫は慌てたように、また否定の声を張る。「このコテージに誰かを入れたなんてこと――」

「落ち着け、ヒトシ」と、古澤が言い聞かせる。「お前が犯人だなんて、言ってない」

そう、まだ言ってないな、とエリザベスも意識していた。美希風のこの行為は、恐らくわずかな執行猶予なのだ。だが犯人は、自ら裁きの場に出ることはないのではないか……。

「逆のパターンも考えられます」美希風は、声の質を乱さなかった。「竜川さんのほうも、騒ぎを広げたくなかったはずだからです。せっかくのサプライズが台無しになる。だから、電話も取りあえずスルーし、犯人を説得することを優先した。着信音や言い合う声を漏らさないように、コテージの中に移動して」

エリザベスが推論の先を予想する。

「言い合いは言い争いになり、二人は揉み合いながら寝室まで転げ込んだのだな」

「ええ。犯人がベッドの上に、竜川さんを押し倒す形になった。殴ることもした。馬乗りになった犯人は竜川さんの胸元を締めあげ、激しく揺さぶった結果、被害者は後頭部をヘッドボードに何度も打ち付けられた」

「それが致命傷になってしまった、か」エリザベスは呟いた。

「この時間帯にスマホが二度めの着信音を鳴らしますが、どのタイミングかによって大きく分けて二つの影響が推測されます。まず、言い争いの最中に鳴った場合。誰も介在させたくない犯人は苛立ちもあり、竜川さんの手からスマホを奪うなどして、電源を切ったのではないでしょうか。そんな勝手なことをされて、竜川さんのほうも本気で怒りだした。言ってしまえば、スマホの着信音が争いをエスカレートさせたケースですね。争いが高じ、結果、竜川さんが死んでしまった。しかしまだ激情の噴出はおさまらず、犯人は怒りのままに死体をベッドの脇に投げやった。この時の心理は怒りではなく恐怖だったかもしれません。自分の手の中にある死体に驚き、その現実を目の前から消そうとして死体を放り出した。……次に、ベッドの上の相手が死んでしまった事実を受け入れようとしている時にスマホの着信音が鳴った場合も、事態にうまく符合します」

「ほう、そうなのか？」興味を示し、源田警部補が先を促す。

「死んでしまった友人を前に呆然としている時に、ベッドの上などに転がっているスマホの着信音が鳴りだしたとしたら？　さほど間を置かずに連続して鳴る着信音は執拗に連絡を取ろうとしている相手をイメージさせ、犯人を焦らせる。そして当然の心理として、音も死体も、発覚の危険のあるものを大急ぎで隠そうとするでしょう。その結果、死体はベッドから落とされ、段ボール箱の隙間、陰へと慌ただしく隠された。電源の切られたスマホもそこへ投げ捨てられる」

「……段ボール箱の隙間」緊張の面持ちの古澤が、その言葉を拾う。「遺体をベッドから床のほうに放り出したという仮定にはずいぶん自信がありそうですね。根拠はなんです？」

彼は問い詰めるかのように前へ出る勢いだったが、少しふらつき、かえって半歩ほど後ずさることになった。

「証拠としての血痕が見つかったんだよ、古澤さん」美希風は答えた。「あそこに遺体の頭があったはずだと推定される位置にね。死斑という現象などから判断して、遺体が長時間仰向けであったことは判っている。後頭部からの出血は意外なほど少なかったようだけど、仰向けで床に接していたら血痕が残るのは当然だ。そして、浅虫さん」

名前を呼ばれて、浅虫は体を硬くする。

「このコテージのベッドの横の床は、ほぼ段ボール箱で埋まっていますね？」

「ええ……」

「ベッドの脇に沿うようにして三箱。人が通れる隙間をあけて、クローゼットの前に、大小四箱の段ボール箱。そうですよね？」

「はい……」そこになにか問題があるのかと、不安そうな面持ちだ。「窓から景色ぐらい自由に見たかったので、そのルートは残るように置いてもらいましたから」

「昨夜、ここで飲み会が行なわれていた時、私は、段ボール箱にかぶせられていたシートのへこみなどを見て、下に置かれている段ボール箱の並びをなんとなく想像していました。先ほどシートをはぐって、想像どおりだったと確認できました」

もちろんエリザベスも、今それを見てきた。刑事たちも目にし、そして鑑識が動いた。

「しかしシートを段ボール箱の上にかぶせた記憶は、浅虫さんにはないでしょう？」

「えっと……、はい、ありませんね」

「犯人以外の誰にもないはずです」美希風は続ける。「犯行当時、ベッドの下には段ボール箱が並べられているだけだった。シートはかぶさっていない。そうした場所へ、犯人は遺体を投げ落としたのです。放り出すような勢い、これがT字の磔事件を生んだのだと考えられます」

「えっ？」理解に窮し、浅虫はまじまじと美希風の顔を見つめる。

「ベッドから転がり落とす勢い。この時、遺体の腕は振り回された。体から離れ、両側に広がる。この姿勢を、きれいなT字形に象（かたど）るかのように段ボール箱はたまたま配置されており、段ボール箱の上で一度弾んだ遺体は箱の配置に従って床の隙間に落ちた。窓の前の、横に動ける細いスペースと、そこへ至るための真っ直ぐな中央部のルート。あそこの床はT字形だったのです」

「あっ」と目を見張った浅虫は、真の驚きが後から追いついてきたかのように、続いて「ああ！」と、太く呻いた。

「遺体を隠すために、犯人は咄嗟にシートをかぶせたのですよ。数時間後、遺棄しようとした遺体がT字形に硬直していたので、あなたは愕然としたでしょう、古澤さん。そこからあなたは、類例も稀な隠蔽工作を始めなければならなくなったんだ」

8

種類の違う複数の困惑とショックで、浅虫仁は目を白黒させた。恐る恐る、隣に立つ先輩にしてゼミ生のリーダー、古澤辰己に視線を動かす。

古澤は無表情だった。血の気は薄く、顔は灰色にも見えたが、冷静さが崩れる様子はなかった。だが、反応が硬すぎた。それは無実の罪を突きつけられた人間にはそぐわない、防備と反攻の反射的な構えだった。

ここで初めて重要容疑者の名前を耳にした源田警部補は、大きく息を吸い込んで体を揺すっていた。他の刑事たちも、低く重く、ざわめきを作る。

T字形に硬直した遺体。その異例の検討対象にエリザベスは、法医学者として瞬間的に興味を懐いた。その遺体の体位は、死亡直後に加えられた回転力などの、力の勢いやベクトルをも刻印しているということになる。

「古澤先輩が……？　えっ、数時間？」浅虫の発言と疑念は迷走していた。「あそこに遺体が数時間って、ボクが寝ている間もずっとあったんですか？」

「いや、寝ている時にはもうなかったはずだよ」そう美希風は答えた。「我々が飲み会の場所をこちらに移した時にはあったんだが」

「えっ!!　呑んでいた間、ずっと、寝室に竜川さんの遺体があったんですか⁉」

「そう。私はベッドに腰をおろしもした。同じようにしていた人はいたし、ベッドに寄りかかっていた人もいた。そのすぐそばに、遺体はずっとあったんだよ」

愕然となった浅虫は、完全に青ざめて顔を強張らせた。今初めてその事態を知ったのはエリザベスも同じで、自分は経験していなかったとはいえ、想像しただけでうそ寒いものが背筋を這った。

小石川はこのコテージに来てからも竜川に電話で呼び出しをかけていたそうだが、連絡を取りたかった相手は目と鼻の先にいたのだ。

「嘘だ……、あの時に……」

受け入れがたく呟いている浅虫の傍らで、古澤が口をひらいた。

「私が死体を遺棄したと言うんですか？　殺人犯だと？」

「残念だが、君しかいない。昨日の飲み会、真夜中すぎまでここにいて、君は浅虫さんと二人きりだった。そのうち浅虫さんは完全に酔いつぶれ、いびきをかき始めた。そこから君は、殺人の罪を逃れるための大変危険な綱渡りを開始したわけだ。隣室に浅虫さんがいる中、遺体を運び出さなければならない。そしてこの時、君は、先ほども言ったが遺体の両腕が広がったまま固定してしまっていることに気がついた。大変扱いにくい遺体といえる。胸部から下はまだ硬直していなかったと思われるが、便宜（べんぎ）的に言えば案山子（かかし）のような状態の遺体なのだからね。君はそのような遺体を、床の血痕を懸命に拭い取った後、恐らく窓から運び出したのだろう。指紋を拭き取った竜川さんのスマホも彼のポケットに戻す。それから、眠りこけている浅虫さんをベッドに運んだ」

　ぐっ、と、不快そうに浅虫が喉を鳴らす。

「時刻は一時頃だろう。一度〝母屋〟に戻って小石川さんが熟睡しているのを確かめてから、君は次の行動に移った」

　そう言った美希風に、コテージの中にいる刑事の一人が声をかける。

「しかし、両腕の死後硬直が始まっていたというのは確かなのか？　反応速度の幅の中には入っているのかもしれないが……」

「逆方向から推理すると、それしかなかったことが明らかになります」わずかに振り返って美希風はそう答えた。「遺体はなぜ、クレーターのようなあの窪みで首を切断されなければならなかったのか？」

「切断されなければならなかったのか、だと？」源田警部補がオウム返しで反問した。

「考えてみれば、切断現場はあそこでなくていいはずなのです。むしろ他にいくらでも、適当な場所があったはずなのです、通常であれば。仰向けであれうつぶせであれ、横臥している死体――特に、犯人が隠そうとしている死体というのは、人が寝ている姿勢とさして違わない姿を取りますよね。腕は体に寄せている。この姿勢で硬直しても、首の切断に適している場所はこの周辺にいくらでも――とまでは言わなくても、比較的たくさん存在しています。頭部を、地面か岩など、ほぼ平らな面の上で固定できればいいのですから。例えば、物置の中はどうです？」

虚を突かれたような刑事たちに、物置の内部を思い出す時間を与えるような間をあけてから、美希風は続けた。

「真ん中に通り道があり、ここに胴体を横たえられます。この通り道は突き当たりで右へと曲がり、鉈などのあった壁に行き着く。この右翼部分で犯人は動けますから、通常の横臥死体であれば、ここで頭部の切断作業が行なえたはずです。建物の中ならば、明かりが外へ漏れる心配もまずない。それなのに犯人はどうして、ここで切断作業をしなかったのです？」

確かに、と、改めてエリザベスは思う。

浅虫も、頭の中に明かりが灯った様子だ。

あまりに明確な設問と、盲点にあったその事実に刑事たちも集中している。

古澤の表情は硬いままだった。

「できなかったのですよ」美希風は言う。「両腕が真横にのびている遺体を、あの狭い物置に入れることは。床に横たえることはね。できなかったのです。〝母屋〟まで音が届きそうだから、物置の中は避けたのでしょうか？　でしたらなぜ、もっと遠くまで行かなかったのか？　他の地形も、遺体の形に拒まれたのですよ。棒のようにのびている腕が、凹凸のある地形に引っかかるのです。頭部が空中に浮いてしまう。これでは効率のいい切断行為などできない。唯一、T字形の遺体を平らに横たえて首に鉈を振るいやすく、多少でも身を隠せる場所は、あの、クレーターのような窪みだけだったのです」

「それですべてがすっきり整合するわけか」エリザベスは納得を味わいつつも、〝形〟が犯罪形態に及ぼした影響の説明はまだ半分だろうとも察していた。首の切断の解明がまだ残っている。

エリザベスの発言と重なるように起きていた刑事たちの今度のざわめきには、得心しつつ受け入れる気配が漂っていた。

「まあ……」美希風は、古澤の目を真っ直ぐに見つめている。「適当な範囲内に都合のいい地形が見つからなければ、硬直している両腕を折るか、コテージ群からは距離をあけた路上で、切断作業は行なわれたでしょうね」

「このコテージが現場なのに、浅虫ではなく私が犯人なのですか？」

古澤が反論をする。後輩から冷ややかな視線を浴びつつも。しかしいささか、あがきにしか感じられないタイミングになっていた。

「物証か、確固たる根拠があるんですか？」そう食いさがる声はかすれ気味だ。

「大きな根拠の一つは、犯行が可能かどうかという時間の問題だね。被害者の竜川さんが七時半まで生存していたのは確実、としておこう。殺害はこれ以降。ここから我々の中で、犯行が可能なほど長時間単独で行動した者はいるか？　各人がばらばらに行動し始めたのは、古澤さん、君がコテージ三号にノートパソコンを取りに行ってからだ。浅虫さんはトイレに行っていた。女性二人は夜空を見に外へ出た。私もすぐに続いた。小石川さんもコテージの外に出て、隠れがちに電話をかけていた。そしてすぐに屋内へ戻り、浅虫さんと二人で片付けを始めた。しかし古澤さん以外全員、〝母屋〟周辺にいたことは疑いようがない。私を含めた五人には、このコテージ三号で犯行を為して七、八十メートルの距離がある〝母屋〟まで往復する時間はまったくないんだ。だがまさに、古澤さん、あなただけには、このコテージ三号での時間がしっかりとあった。ノートパソコンを持って引き返して来るまで、けっこう時間がかかっていたよね」

お判りでしょう、と、美希風は、寂しそうな目の色で言葉を先へ送る。

「殺害、そして死体を放置しておいた現場がこのコテージ三号だと露見した途端、犯人は古澤辰己しかいないと特定されてしまうのです。だから彼は必死になって、遺体は段ボール箱で囲まれたT字形の床にあったと推定させる痕跡を消しにかかったのです」

「消したい痕跡の重要な一つが、曲がった首の状態でもあったのだろう？」と、エリザベスは美希風に、半ば問い、半ば確認していた。

「はい。キッドリッジさんも、刑事さんたちも見ましたよね。浅虫さんも知っている。このコテージの窓の前にあったT字の横棒に当たる隙間は、広いものではない。だから、そこに倒れ込んだ遺体の首は、頭が壁に当たってしまって曲がっていたのです」

源田警部補が、報告めいた一言を添える。「壁の板面にも、血痕を拭った痕跡があった」

「首は、前向きだったのか、左右どちらかの斜め方向だったのか判りませんが、曲がったまま硬直していた。この様（さま）は、広い場所で遺体がT字形に倒れていたのではないことを明示する。頭部付近は、横に長く、縦には狭い場所。……もう、誰もが場所を思い描けるようになる。

そして遺体を垂直にしてみれば、この体位は、十字架に磔にされて処刑された者が首（こうべ）を垂れている姿に他ならない。隣の部屋に人がいる場所で遺体の処理をしなければならなかった古澤さんは精神的に極度に追い詰められていた。その彼が遺体を持ちあげてみると、それは磔刑の様を定着させ、無言の告発をしていた。放置されていた場所を。自分を殺した犯人を。友人であった相手が今は死の硬化を始め、復活する預言者か殉教者であるかのようだ」

古澤はここで初めて辛そうに瞑目し、項垂れた。濃い苦悩の色で顔が歪む。

浅虫は唇を噛み締めて無言だ。

「古澤さんは、首を切断したかったのではなく、曲がった首の告発を消し去りたかったのです。それで、付け根から損壊し、首ののびている側は余計に粉砕した。一種の恐怖にも駆られていた。……キッドリッジ医師、残されたあの首から、遺体の首は曲がっていたのだろうと鑑定できる可能性は？」

「うん……。平均的な検死担当者なら、見逃すか、重要視しないケースも考えられる。しかし住吉医師や、そしてわたしもそんな法医学者ではないから、耳の後ろにつながる胸鎖乳突筋の緊張度の差などを慎重に検めて、首の傾斜の可能性を洗い出したかもしれない。しかし……」

エリザベスは、刑事たちの顔を見渡した。

「それは報告書に、参考項目として補足的に記載されるだけだろう。重要な意味があると気づけたかどうか。それは捜査官たちも同様のはず。そうなのかい、だから？　といった程度の記憶にしかならないのではないか」

「はい。遺体そのものの姿で目にするのとは、インパクトがまるで違いますよね。見れば、文字どおり一目瞭然。ほとんど全員の注意と意識を引き寄せる。放置すれば明らかにそうなるのですから、古澤さんは、うまくいけばまったく問題視されないかもしれない可能性に賭けた。少なくとも、コテージ内があのままの現場で、あの死後硬直状態の遺体を捜査陣に見せるわけにはいかなかったのです。……そうじゃないかい、古澤さん？」

声が出ないのか、まだあきらめがつかないのか、古澤は今にも倒れそうだが無言で立っている。

そんな男に、浅虫は言葉をぶつけた。

「ど、どうしてこんなことをしたんです！」

目を血走らせるほどの怒りの形相だが、半ば泣き声だった。

「竜川さんの行動を阻止したかったんですか？　いや、こう、自分の知らないところで進行していた事態の大きさに動揺しすぎたんですか。……ボクの勘違いじゃないと思うけど、古澤先輩は、松野さんに気がありましたよね？」

古澤は、浅虫に向ける背中を硬くするだけだ。

「だからって……！」

悔しげに、浅虫は古澤をにらみつける。

「言っちゃ悪いけど、先輩は、リーダーとして蔑ろにされると切れるところがあった。自分が軽視され、あざ笑われているとでも感じて、我慢できなかったんですか。竜川さんのほうにも、無神経で性急で、暴力的な言動があったのかもしれないけれど……」

「いや……」古澤がようやく、重い口をひらいた。「あいつに罪があるとは言わんよ」

エリザベスは、若い男たちの姿を想像した。恋の勝者を自覚する者のまばゆすぎる傲慢さ。一方は認めがたいほどの心痛に襲われるが、目を覆いたくなる敗北感に防備を巡らし、危険なことになりかねなかった予定外の乱入を責める建前で相手をなじる。この、すぐそこにある輝かしさを妨害する者へ、やがて怒りの反抗が始まる。

弾みのようにして、プライドの奥底にある心理的恥部を抉(えぐ)られ、一人は我を忘れた。

……しかしここまでならば、数え切れないほど起きている痴情沙汰にすぎない。

それが不幸な殺害事犯となり、奇態な巡り合わせは遺体への凄絶な狼藉(ろうぜき)まで招き寄せた。

そのようなことを思うエリザベスの横で、

「なるほど。エジプト十字架か……」

と、美希風が独り言のように言っていた。

「硬直した遺体が象徴していたのはまさに、十字架であってT字形でもある。中間の形象(けいしょう)だ」

昨日の去り際の、山下先生の言葉を思い出しますよ、と浅虫が呟いた。

　形をつかむんだ！　形の意味を！

「そう、それと」

エリザベスと刑事たちに向けるように、美希風が言葉を足した。

「あの表示板に遺体を縛りつけたことにも、もちろん意味があります。今はスマホで大抵の情報が手に入りますから、古澤さんも、死後硬直は簡単に消えることはなく、このままます強度を増して、十二時間後ぐらいには最高潮を迎えると知ってたでしょう。前夜二十時前が殺害時刻ですと、翌朝の八時、捜査が始まって検死が行なわれる頃には全身が硬直している。この硬直――問題なのは両腕の硬直ですが、これは当然、磔にされたことによってこの形に固まったものなのだと、警察側は受け止めます。しかし逆だったのですよ。両腕が真横に硬直していたことを隠すために、あの磔は行なわれたのです」

エリザベスは一つ頷く。

「表わすことによって隠蔽したわけだ」

あえて固形化して表出するのが造形だ！

形に翻弄されて狂想に墜ちた男が、後輩に対してなのか、「すまない……」と、その一言を口にした。

9

刑事たちのほうに顔を向け、美希風は小さめに声を出した。

「捜査上の穴をなくすために、もう少し詰めさせてもらってもいいですか？」

「うん？」と、源田警部補。「ああ」

「浅虫さんの無実を確定するために万全を期します。万が一にでも、彼が遺体をコテージ三号に遺留した犯人で有り得るか？　そうであったなら、彼自らが、飲み会の場所を〝母屋〟からコテージ三号へは変えようとしませんよね。誰もが〝母屋〟で呑み続けるつもりでいたのに、わざわざ遺体のある場所へ全員を移動させようなんて、犯罪者気質の異常者か、破滅的な常習犯でもない限り、人は絶対にしません。しかし、古澤さんはそうはいかなかった。

　コテージ三号に移ろうというのがあっと言う間に総意になり、これを不自然さなく覆すことは無理だった。遺体が見つかれば破滅だと怯えながら足を運んでいたでしょう。自分がノートパソコンを探す前から遺体があそこにあったのだろうが、それに気付かなかったという言い訳も成立しません。古澤さんはノートパソコンを持って来た時、遅くなったことの理由づけのつもりだったのでしょう、私たちに言ったのです、ノートパソコンが選りに選って奥のほうにあったし、ついでに荷物の整理もしておいた、と。これで、段ボール箱と同じ場所にあった遺体に気付かなかったなどということは有り得ないことになります」

「確かに」源田警部補が太い声で同意した。

「それと、もう一点だけ。浅虫さんが犯人であったなら、問題の段ボール箱の並びをあのままにしておくでしょうか？　犯人は、遺体のT字形を物理的心理的に消し去るために尋常ではない力を振るっています。犯人にとって遺体が罪と罰の形であるなら、その鋳型である段ボール箱の並びをそのままにしておきますか？　放置したまま傍らに居続けられますか？」

うむ……、と源田は唸る。

「一方の古澤さんには、段ボール箱まで並べ替える時間的精神的余裕がなかったのです」

「隣室で寝ている後輩がいつ目を覚ますか判らない危ない状況下で、血痕を処理し、運搬しづらい遺体を外へ出すだけで精一杯というわけだ」

「そのとおりです、刑事さん。犯人は最短時間で寝室を離れたかったでしょう。もしかすると作業の途中で、浅虫さんのいびきが止まったのかもしれません。一方、もし犯人が浅虫さんであるなら、時間はたっぷりあります。仮に、礫工作が終わってコテージに帰って来てから、段ボール箱を並べ替える前に疲労と酔いでうかつにも寝込んでしまったとしても、翌朝、何度もチャンスはありました。

またさらに、部屋の主である彼ならば、段ボール箱を並べ替えて、もし尋ねられたなら、その理由と時刻を自在に申告できます。夕食前の缶ビール準備の時に、ちょっと移動させたけど、などと。シートの下の段ボール箱を見た者がいない以上、これは誰にも論破できません。しかしこれらの何一つ、浅虫さんはしていない。よって、彼は古澤さんの共犯者ではなく、また、学生全員がグルだということも有り得ないということです。古澤辰己さんの単独犯ですよ」

「Oh,well、ロジックマニアか」と、半ば呆れてエリザベスは呟いていたが、反面、理解もしていた。木靴の事件を経験した後では、最終回答に慎重になるのも当然であろう。

源田警部補は、古澤に向かって一歩踏み出した。

「古澤辰己。竜川司殺害容疑で拘束させてもらう。なにか言うことがあるかね？　ああ無論、黙秘権を行使してもかまわない。知っているね？　弁護士と面会してからにするか？」

「……もう、認めなくちゃ。私がやってしまいました」

エリザベスは意識するともなく、数十メートル離れた場所で地に濃い影を落とす、T字形の表示板に目をやっていた。

太陽は真上にあり、罪を犯した青年が移送された後の大地を照らしている。

美希風もエリザベスも、関係者は皆、遊歩道の先の駐車スペースに移動して来ていた。

山下英輔准教授は、自分の頬を両手でパシパシと叩くようにして気合いを入れ、学生たちには、大変な経験をしたが、これもそのうち乗り越えて自己を厚く造形しろ、と回復を願う励ましを送った。

恋人を喪った女性、その親友……、彼女ら学生たちへの思いに深入りしても無力な美希風は、意識を自分の〝美希風ノート〟のことへと移した。

いつ止まってもおかしくない心臓を抱え続けていた少年時代、多感な時季、南美希風は溢れる思いを文字として記してきた。時にセンチメンタルであり、時にファンタジー同様であり、ある側面から見れば緩やかな流れを持つ遺書でもあった。コクヨのノート、大学ノート、くたくたになった何十冊という書き込みの集積……。

一定の健康体に落ち着いてからは書く機会も減ったが、今でもスマートフォンにはそのファイルがある。家では、ちょっと高価なえび茶色の表紙をしたモレスキンの日記帳がその役を果たしている。

それらのページに書いておこうか。今朝の、事件の幕開けを予兆したかのような、心理の揺れと一体化した心臓の鼓動。胸が弾む時には当たり前だった共鳴を思い出させる、かなり遠ざかった過去から鳴り響いてくる鐘の音のようだったあれを……。

「……そう、奥さんにそう伝えておいてくれないか、預けておいた荷物を受け取ったら、すぐに発つよ」

エリザベス・キッドリッジが電話で話している相手は、住吉医師だ。解剖はこれからしく、忙しくなるのは当然だ。

「いやいや、そういうことではない。旅の徒然、わたしの連れ、旅の同行者も、予定が急にあいてしまってね。先へ進むことにしたのだ。日本を巡る行程も、まだ半分だしね。……そうだね、万平ホテルにでも行ってみるよ」

通話を終えると、彼女は刑事をつかまえて交渉を始めた。調書作成のために警察車両で署へ向かうのだが、どうせならパトカーに乗せてほしいと言い始めている。日本のその手の車に乗ってみたいという好奇心を抑え切れないらしい。けっこう子供だ。

不幸にしてつかまった相手は宇藤刑事で、エリザベスはわざわざ英語でまくしたてているが、敵もさる者、けっこうきれいな英語で応戦している。手錠も掛けてあげましょうか？　などと。この分では、美希風もパトカーに放り込まれそうだ。

そのうち、上の判断にまかせるから待っていろ、ということになった。

「なあ、美希風くん」

この間に、彼女が声をかけてきた。

「サインポストに掲げられた遺体、あれには、誇示の要素はなかったと思うかい？」

「え……？」

ショーアップされた首切りにおける、誇示と隠蔽……。

「どうだ？　犯人のあの青年を駆り立てた心の動きの中に、誇示の念はまったくなかったのかな？」

美希風は、かなりディープに想像してみた。遺体を、誰に対して……？

自分を追い詰めた被害者自身に対して？　逆転の陶酔。邪な勝利宣言。

あるいはまさか、被害者と結託して屈辱と苦汁を嘗めさせたと犯人の目には映じる、竜川の恋人に対して？

「あればこそ、あんな行動に走れたのかもしれませんし、ただただ必死だっただけかもしれない」

答えにならない思いを口にしたところで、宇藤刑事を従えて上司がやって来た。

ご希望に添いましょうと伝えられると、エリザベスは実にチャーミングな笑みを浮かべた。

パトカーに乗り込みながら、彼女は美希風に言った。

人の奥底にある暗黒面は計り知れないな。しかも、正確な推測も測定も、定量化も困難だ。

だからわたしは、物言わぬ人体を研究対象にしているのだろう。

解説

千街晶之（せんがいあきゆき）
（ミステリ評論家）

警察官たるもの、アホウドリの教えに、しばしば従わなければならない——この愚かな鳥は、浜辺にたむろする人間たちの手や棒による破滅が待ち受けているのを重々承知で、不名誉な死をも覚悟のうえで、果敢に砂浜へ卵を産みにいくのである……警察官もまた然り。すべてのニッポン人は、警察官が回答の卵を無事に孵（かえ）すまで、見守るべきなのである。
（中村有希訳）

これは、捜査の達人としてアメリカにも知られたタマカ・ヒエロという日本人の著書『千の言の葉』からの引用である。——といっても、そんな奇天烈（きてれつ）な名前の日本人は存在しないし、その人物の著書ももちろん実在しない。これは、アメリカのミステリ作家エラリー・クイーン（従兄弟同士であるフレデリック・ダネイとマンフレッド・B・リーの合作用ペンネーム。作中で活躍する名探偵も同名）のデビュー作『ローマ帽子の謎』（一九二九年）の第一部の冒頭に掲げられた架空の引用なのである。なお、翌年に刊行された第二作『フランス白粉の謎』にもタマカ・ヒエロの引用は登場する。

　クイーンはその後、『ニッポン樫鳥の謎』（一九三七年）で日本育ちの女性や、その家政婦である琉球出身の女性を登場させるなど、日本という国にどこかしら神秘的なイメージを交えた好奇心を抱いていたように思える。もちろんこの時点では、コンビの片割れのダネイが一九七七年に訪日して松本清張や夏樹静子らと交流し、日本人ミステリ作家のアンソロジーを編纂することになるとも、彼らの歿後に本国アメリカよりも日本で自分たちの作品が愛され、多くのミステリ作家に絶大な影響を与えることになるとも、きっと夢にも思っていなかっただろう。

　日本でクイーンの影響が顕著なミステリ作家といえば、笠井潔、法月綸太郎、有栖川有栖、北村薫らが代表格だ。中でも有栖川は、クイーンの初期の傑作群「国名シリーズ」に倣い、臨床犯罪学者・火村英生が活躍する作品のうち数作のタイトルに（『ロシア紅茶の謎』『スウェーデン館の謎』といった具合に）国名を冠している。有栖川の場合はクイーンが使わなかった国名ばかりを選んでいるけれども、一方ではクイーンの国名シリーズを敢えて踏襲したタイトルのシリーズに着手したミステリ作家もいる。それが、第八回鮎川哲也賞の最終候補に残った『３０００年の密室』（一九九八年）で作家デビューし、以降、本格ミステリ界の第一人者として活躍し続けている柄刀一である。

　シリーズの一冊目にあたる本書『或るエジプト十字架の謎』は、二〇一九年五月、光文社から刊行された。各篇の初出は以下の通り。

「或るエジプト十字架の謎」《ジャーロ》六三号（二〇一八年三月）
「或るオランダ靴の謎」《ジャーロ》六四号（二〇一八年六月）
「或るフランス白粉の謎」《ジャーロ》六七号（二〇一九年三月）
「或るローマ帽子の謎」単行本書き下ろし

本家クイーンの国名シリーズは先述の『ローマ帽子の謎』と『フランス白粉の謎』のあと、『オランダ靴の謎』（一九三一年）、『ギリシャ棺の謎』『エジプト十字架の謎』（ともに一九三二年）……と続き、一九三五年の『スペイン岬の謎』で終わっているが（冒頭で触れた『ニッポン樫鳥の謎』は国名シリーズのように思われがちだが、実際は日本独自のタイトルである。また、国名シリーズの原題に共通する単語であるMysteryを「秘密」と訳している邦題もあるが、この解説では柄刀が「謎」のほうを選んだのに合わせ、冒頭のタマカ・ヒエロの引用も、「謎」で統一している創元推理文庫版に準拠した）、柄刀版国名シリーズも「ギリシャ」だけ飛ばした以外は原典と同じ順序である。探偵役を務めるのは、『ＯＺの迷宮　ケンタウロスの殺人』（二〇〇三年）や『密室キングダム』（二〇〇七年）などでお馴染み（なじ）の南美希風（みなみみきかぜ）。本書以前に彼が活躍した最後の作品は二〇〇八年刊行の『ペガサスと一角獣薬局』なので、十一年ぶりの登場ということになる。本書では、本職はフリーのカメラマンながら、これまで多くの難事件を解決してきた実績から、現在は民間から登用された北海道警察の特別捜査官扱いの待遇で、事件現場への臨場資格を有する立場になっている。そして、彼に心臓移植手術をした恩人の医師の娘であるアメリカの法医学者エリザベス・キッドリッジが協力者として登場する。彼らの前で繰り広げられる四つの難事件とは——。

まず、「或るローマ帽子の謎」では南美希風と、警察庁が企画推進した世界法医学交流シンポジウムに出席するため来日したエリザベス・キッドリッジが、帯同検視プロジェクトのため、たまたま都内で起きた殺人事件の現場に臨場するところから始まる。頭を何度も殴られて死亡した被害者は、イギリス製の帽子を保管するトランクルームの床に横たわっていた。どうやら、麻薬密売組織が関係している犯行らしい。

「或るフランス白粉の謎」では、「或るローマ帽子の謎」で言及された麻薬密売組織に関連する別の犯罪が描かれている。組織の幹部である老女が自宅で扼殺され、現場の床にはフランス製の粉白粉がこぼれていた。

「或るオランダ靴の謎」では、美希風とエリザベスは長野県にある病院長の邸宅に招待される。住人は院長夫妻と一人娘と家政婦、招待客は美希風とエリザベスを含めて六名。だが翌朝に邸内で他殺死体が発見され、現場には凶器の木靴が転がっていた。しかも、中庭に残された靴跡には不可解な点が……。

「或るエジプト十字架の謎」では、美希風は群馬県の山間部で行われた芸術大学の学生たちのゼミ合宿に外部講師として参加するが、その近くで、T字形の表示板に磔のように縛りつけられた首なし死体が発見される。

以上の四篇に共通するのは殺人現場の不可解な状況だが、それはクイーンの原典についても言えることだ。『ローマ帽子の謎』の劇場内の殺人、『フランス白粉の謎』の百貨店のショーウィンドウでの実演中に転がり出てきた死体、『オランダ靴の謎』の病院内の殺人、『エジプト十字架の謎』の首なし磔死体……といった具合に。

ただし、「或るエジプト十字架の謎」のみクイーンの原典『エジプト十字架の謎』について触れているけれども、本書において、クイーン作品への言及がこの一カ所だけであることにお気づきだろうか。他の三篇では、クイーンについて一切触れられていないのである。そして現場の状況も、原典に酷似しているのは「或るエジプト十字架の謎」だけであり、他の三篇は原典とあまり似ていない（「或るオランダ靴の謎」に医療関係者が登場するなど、細かい共通点はあるものの）。

ここでもう一度、本書の初出一覧を確認していただきたい。本書では巻末に配置されている「或るエジプト十字架の謎」だが、執筆順でいえば最初なのである（《ジャーロ》掲載時には初登場のエリザベス・キッドリッジに関する説明があったが、本書での収録順は四番目なので重複として削除されている。また「或るフランス白粉の謎」でも、初出の際にあったエリザベスの描写はカットされている）。著者は《小説宝石》二〇一九年六月号掲載のエッセイ「〈読者への挑戦〉への誘惑」で、「或るエジプト十字架の謎」について「ただ一人の真犯人を特定するロジックに、我ながら確たるものを覚えてしまったものだから」「デビュー二十周年という節目。初の〈読者への挑戦〉をやってみてもいいのではないか。……しかし結局、気張りすぎないようにと、手控えることにしたけれど。自信のある方は挑戦してみてほしい。鑑識が凶器を特定し、その殺害現場がどこであるかが判明した時点でページを閉じて」と述べており、執筆順第一作のこの作品のクイーンばりのロジックに手応えを感じたことが窺える（実際、犯人を特定するのみならず、その人物の行動を手に取るように再現してみせる美希風の推理は、著者がクイーン流のロジックを自家薬籠中のものとしている証左となっているし、そのことは他の三篇についても言えるのだ）。この「或るエジプト十字架の謎」では事件の状況を思い切りクイーンの原典に寄せた著者だが、いざこれをシリーズ化するとなると、すべての事件の状況を原典そっくりにするのは無理があるし、些かオリジナリティを欠く……と気づいたのではないだろうか。

　とはいえ、「或るフランス白粉の謎」の場合、麻薬密売組織が絡んでくる点は原典の『フランス白粉の謎』と共通している。だが本書の読者は、その組織が、原典は麻薬と無関係な「或るローマ帽子の謎」から既に登場していることを不思議だと感じたかも知れない。この点も、執筆順が収録順と逆だったことを知れば謎は解ける。著者は「或るフランス白粉の謎」に原典に合わせた麻薬密売組織を登場させ、その設定がまだ使えることに思い至って、書き下ろしで追加した「或るローマ帽子の謎」（「或るフランス白粉の謎」の初出の時点で「或るローマ帽子の謎」の事件にも言及されているので、両作品の執筆はほぼ同じ時期だったと推測される）にも同じ組織を登場させた——というのが実際の創作過程だったのではないだろうか。

この「或るフランス白粉の謎」では被害者が老女でその苗字は八田だが、これはクイーンの『Yの悲劇』（一九三二年）の被害者、エミリー・ハッター老夫人を意識したものだろうし、現場に白い粉がこぼれていたという状況も『Yの悲劇』そのままである。国名シリーズからは逸脱したオマージュだが、このあたりは、『Yの悲劇』の人気や評価が極めて高い日本のミステリ作家だからこそ思いついた趣向と言うべきだろうか。

また、本書の単行本版の帯には、「謎めいた事件現場。そこには、神々しいまでの犯行計画と、どうしようもなく俗な人間の本性があった」という内容紹介が印刷されていた。しかし、現場のミステリアスな状況や、複雑に入り組んだ犯行計画に対し、犯人の動機そのものはわりと世俗的……というのは、クイーンの国名シリーズにも言えることだ。本書はその点においても、クイーンの原典に敬意を払う姿勢を見せているのである。

柄刀版国名シリーズは、本書のあと、初の長篇である『或るギリシア棺の謎』（二〇二一年）が上梓されており、二〇二三年七月には第三弾『或るアメリカ銃の謎』が刊行される予定だという。このペースで行けば、柄刀版国名シリーズの完結もそう遠い先のことではないだろう。タマカ・ヒエロの国のミステリ作家による挑戦を、あの世のクイーンはどのように受け止めるだろうか。

初出

或るローマ帽子の謎　単行本刊行時書下ろし

或るフランス白粉（おしろい）の謎　「ジャーロ」67号（２０１９年3月）

或るオランダ靴の謎　「ジャーロ」64号（２０１８年6月）

或るエジプト十字架の謎　「ジャーロ」63号（２０１８年3月）

２０１９年5月　光文社刊

※この作品はフィクションであり、実在の人物・団体・事件とは一切関係がありません。

光文社文庫

或るエジプト十字架の謎

著者　柄刀　一

2022年5月20日　初版1刷発行

発行者　鈴木広和
印刷　堀内印刷
製本　ナショナル製本

発行所　株式会社　光文社
〒112-8011　東京都文京区音羽1-16-6
電話 (03)5395-8149　編集部
8116　書籍販売部
8125　業務部

ISBN978-4-334-79354-8　Printed in Japan

組版　萩原印刷